FLORIAN PARENT

NE PARS PAS

Envie de discuter ?
Abonne-toi à mes comptes
Instagram et Tiktok

@flonyc

Tag-moi en story je repartage,
et viens me faire coucou en DM

@flonyctok

Si tu veux te
marrer ,
c'est ici que ça
se passe !

FLORIAN

DU MÊME AUTEUR

FLORIAN PARENT

À CEUX QUE NOUS ÉTIONS

FLORIAN PARENT

LES SONGES D'ELIAS

FLORIAN PARENT

Retrouve-moi ce soir
(le titre de livre à prendre)

à mes premiers lecteurs de *Retrouve-moi ce soir*, je suis sincèrement touché à chaque fois de lire vos messages, je n'imaginais pas à quel point ce roman vous parlerait,

à Joannie, Delphine, Nicolas, Jocelyn, Jimmy, Doran et Jonathan qui m'ont accordé leur précieux temps pour l'écriture de ce roman,

à Antoine dont la musique me fait m'évader et est une source d'inspiration depuis mon premier roman,

à tous ceux qui me soutiennent depuis le début de cette aventure, en particulier mes parents, mes amis et Adrien,

à mes grands-parents, en particulier mes grands-mères Simone et Alice pour leur bonne étoile,

à Flora qui restera à jamais dans nos coeurs et dans nos rêves,

FLORIAN

NE PARS PAS

7 décembre 2034

Biscarrosse, France

17h42

Lucas était allongé par terre, inconscient, son téléphone portable à quelques centimètres de sa main. La fine pluie qui tombait sur la terrasse coulait le long de son visage et le ramenait doucement à ses esprits. Le choc émotionnel avait été si fort, si brutal, que son corps s'était évanoui, comme pour le protéger.

Quelques minutes plus tôt

Lucas était installé dans son canapé, face à son projecteur. Il devait être allumé depuis plus de 2 heures, mais il ne le regardait pas vraiment. Il fixait le vide. Perdu dans ses pensées. Quelque chose le perturbait. D'un mot qu'il prononça, l'image en hologramme face à lui disparut le plongeant dans le silence et la pénombre. Lucas se leva, alluma les lumières et se dirigea vers la cuisine. Il n'était pas dans son assiette ce soir. Enfin, encore moins que d'habitude. Il attrapa dans le placard de la cuisine une tasse blanche ancienne au motif liberty. Les fleurs avaient été légèrement effacées par le temps. Lucas avait hérité de toutes les assiettes, verres et argenterie de sa grand-mère, et en avait fait la vaisselle de cette résidence secondaire. Sa façon d'honorer sa mémoire. La bouilloire était déjà chaude et sonnait, programmée comme tous les soirs à cette heure-là. Devant lui étaient alignées toutes ses boîtes à thé en métal. Il hésitait entre le Jasmin de Chine ou la Menthe du Maroc. Il se souvenait que le Jasmin était *son* préféré.

C'était le milieu d'après-midi. Dehors, le soleil était déjà en train de préparer son coucher. Lucas resta quelques instants là, face à la grande fenêtre de la cuisine. Il contemplait l'océan, laissant le temps au thé de diffuser ses arômes et ses vertus dans l'eau chaude. Pendant quelques minutes il ne fit rien. Ce paysage face à ses yeux l'émerveillait toujours autant depuis 10 ans. Cette maison sur la côte Atlantique, ils l'avaient achetée avant tout pour cette vue. Un tableau d'exception merveilleux. Une parenthèse hors du temps, de nature et de bonheur. Loin de Paris, du monde et du stress. Alors, au rythme des vagues qui venaient et repartaient sur le sable devant ses yeux, jaillirent les souvenirs. Il *le* voyait, il *le* sentait presque à nouveau à ses côtés.

La nuit arrivait à grands pas.

Lucas ne voulait pas rater le début du coucher de soleil. Pas ce soir. Son assistant personnel, l'intelligence artificielle qu'ils avaient choisie pour faciliter leur quotidien et qu'ils avaient baptisée John, lui indiqua que son thé était prêt. Lucas vivait dans cette grande maison ancienne à quelques pas de l'océan. Ils l'avaient acquise une décennie auparavant et l'avaient entièrement rénovée. D'extérieur, c'était une maison de plage qui ne ressemblait en rien aux autres maisons des Landes. Principalement recouverte de bois blanc avec d'immenses fenêtres à l'étage, des baies vitrées filantes et un toit dans des tons de terre battue observable du ciel. Une maison atypique de la région, dans un style Victorien, complètement isolée, qui dominait la plage et l'océan du haut d'une dune de sable artificielle. Lucas avait entièrement repensé l'intérieur de la demeure. Il n'était pas fan des gadgets et des nouvelles technologies, mais ils avaient cherché le meilleur de la domotique et de l'intelligence artificielle pour cette résidence secondaire, tout en respectant le magnifique cadre naturel qui l'entourait. Ainsi, tout y était automatisé et pouvait se contrôler à la voix, comme partout de nos jours. Avec le temps, Lucas y avait pris goût et aujourd'hui ne pouvait plus s'en séparer. Tenant sa tasse chaude, il s'apprêtait à sortir. Il attrapa un manteau ainsi qu'un plaid qui traînait sur un fauteuil dans l'entrée. La porte s'ouvrit et se referma automatiquement derrière lui. Cette porte en verre de la cuisine donnait sur une grande terrasse en bois, au bout de laquelle un escalier permettait l'accès direct à la plage. Un petit coin de paradis privé dont ils aimaient profiter été comme hiver.

Une fois dehors, toutes les lumières de la maison s'éteignirent derrière lui. Il aimait profiter de la vue dans les meilleures conditions, sans aucune pollution lumineuse. Ce scénario automatique de contrôle des lumières était prévu pour chaque soir et était aligné sur les heures du soleil. Il ne se déclenchait que si quelqu'un venait sur la terrasse. Lucas s'installa dans un fauteuil qui faisait face à l'océan. Tel un invité de marque, il se trouvait aux premières loges du spectacle. Il faisait encore très bon ce soir-là, une température toujours bien au-dessus des nouvelles normales saisonnières. Comme tous les soirs, Lucas s'apprêtait à admirer le coucher de soleil sur l'eau à perte de vue.

Ce que Lucas aimait le plus c'était le calme de cette nature incroyable. Il était apaisé face à ce rituel de couleurs qui s'enchaînait dans le ciel, offrant chaque soir une représentation inédite jusqu'au crépuscule. C'était la programmation des soirs d'orage qu'il préférait. En effet, c'était là que l'on pouvait admirer les plus belles couleurs du ciel se refléter dans l'eau. Jusqu'au grand final, offrant généralement un ciel en feu, même après la disparition complète du soleil. C'est ce moment qu'il attendait le plus chaque soir. C'est cette toile, digne des plus grands peintres, qui l'émerveillait le plus. Et qui, comme les tasses de sa grand-mère, lui rappelait de ne pas *l*'oublier.

Depuis 3 ans, pas un seul soir Lucas ne s'était autorisé à vivre autre chose que cet instant. Il le gardait précieusement. Un instant, pour *lui*, qu'il partageait secrètement avec leurs souvenirs. C'était comme s'il arrivait à se connecter à lui encore une fois. Les traits de son visage se mélangeaient au somptueux spectacle sous ses yeux. Sentant la chaleur du soleil même en plein hiver contre sa peau, le parfum iodé du vent, et vivant chacune des couleurs que ses yeux pouvaient percevoir, il revivait alors à nouveau leurs plus beaux moments.

Mais Lucas avait un autre plan de prévu pour ce soir. Depuis quelques soirs maintenant il y pensait de plus en plus. Il avait accepté qu'il était temps pour lui de passer à autre chose. Cela avait été long, mais son cœur et son esprit s'y étaient préparés. Vivre dans le passé n'était pas la vie qu'il voulait mener. Lucas avait à peine 36 ans. Il n'en était qu'au début de son histoire. Il savait qu'il était beaucoup trop tôt pour clore le chapitre de sa vie et qu'il était encore temps pour lui d'écrire un nouveau livre. Cela lui faisait mal, mais c'était la bonne décision à prendre. Et surtout, il était convaincu qu'*il* lui aurait dit de le faire, s'*il* avait pu. Pensant à ce qu'il s'apprêtait à faire, une larme se mit à couler le long de sa joue. Puis une deuxième. Il les laissa suivre leur cours jusqu'à ses lèvres, sans prendre la peine de les sécher. Elles se dispersèrent discrètement sous le vent salé qui frappait son visage.

Depuis 3 ans, les larmes étaient toujours là, mais elles lui faisaient de moins en moins mal.

Le soleil était à moitié caché par l'horizon à présent. La lumière pastel diffusée par l'atmosphère était belle, douce et rassurante. Dans un décor impressionniste, des couleurs chaudes se mélangeaient aux nombreux nuages qui dominaient le ciel. C'était *lui* qui lui avait donné cet amour pour la peinture.

Lucas regardait ce spectacle de la nature sans rien dire. Sa décision était prise. Il savait que ce soir il n'y aurait pas de grand final car il se devait d'avancer. Il prit alors une grande inspiration, ferma les yeux une seconde et les rouvrit en grand. Ils étaient brillants, remplis d'émotions. Il était prêt. Il se leva, ramassa sa tasse de thé sur le petit guéridon à côté de lui, et sans prendre le temps de le savourer, le finit d'un seul trait. Le soleil, lui, continuait sa trajectoire comme si de rien n'était. Rien ne pouvait l'arrêter. Il allait bientôt être complètement absorbé par l'horizon. Lucas connaissait par cœur ce ballet de lumières qui l'attendait.

Le crépuscule était proche.

Ses yeux étaient rouges et remplis de larmes qu'il tentait de retenir. Il ne craquerait pas. Pas ce soir. Ne laissant pas à l'artiste face à lui le temps de terminer sa représentation et de le remercier, il se retourna et se dirigea vers la maison.

À l'instant même où le soleil sortait de son champ de vision et que les derniers rayons chauffaient légèrement son dos, Lucas ressentit quelque chose d'inhabituel. Une présence. Comme si

quelqu'un essayait d'attirer son attention depuis la terrasse. Mais il ne se retourna pas. Il continua d'avancer, déterminé, jusqu'à la porte de la cuisine. Chaque pas lui faisait de plus en plus mal, mais il ne voulait pas revenir sur sa décision. Il devait *l'*oublier. En s'approchant de la cuisine, les lumières de sa maison s'éclairèrent doucement. C'était le scénario normal. Quand soudain, la lumière fut poussée à son niveau maximum. Lucas fut ébloui par le flash et demanda à son assistant virtuel de redescendre la luminosité à 20%. Une caméra de sécurité extérieure était installée juste au-dessus de la porte de la cuisine. Elle suivait chacun de ses mouvements. À son approche, la porte de verre s'ouvrît automatiquement. L'océan quitta alors le champ de vision de la caméra afin de ne filmer que le début de la terrasse et l'entrée de la cuisine. Lucas allait franchir le porche d'entrée quand une mélodie classique attira son attention. Il reconnut bien évidemment la musique. Cela venait de sa poche, plus précisément de son écran portable. C'était très étrange. Ce n'était pas sa sonnerie habituelle. Il sortit l'appareil de sa poche. L'écran sonnait, mais aucun numéro n'était affiché. Aucune mention, aucun identifiant, aucun nom. Seules deux flèches en mouvement indiquant une connexion entrante. Il pouvait uniquement, d'un regard ou avec le doigt, accepter l'appel « inconnu ». Il glissa son index le long de l'écran qui devint bleu nuit. Il n'avait pas pris un appel de cette façon depuis des années. Normalement John s'occupait de tout pour lui, juste au son de sa voix. Il approcha l'appareil de son oreille. Il eut l'impression d'entendre la mer en écho dans le téléphone. Quelques secondes passèrent, qui auraient pu paraître une éternité, jusqu'à ce qu'il entende *sa* voix et ces trois mots :

« …ne pars pas »

Un frisson se propagea au long de sa nuque et dans tout son corps pour se terminer au bout de ses doigts. En une fraction de seconde, tout ce qu'il pensait disparu et perdu à jamais lui revint. Il n'y croyait pas. C'était impossible. Son cœur commença à s'affoler et son rythme cardiaque à s'emballer. Lucas sentit qu'il perdait peu à peu l'équilibre. La douce lumière se dispersa progressivement laissant place à des milliers d'étoiles noires scintillantes qui apparurent les unes après les autres devant ses yeux. Il ne s'était pas senti aussi vivant depuis 3 ans. Paradoxalement, il perdait progressivement le contrôle de son corps, sous le choc émotionnel qui le traversait. Il essaya de s'agripper à quelque chose autour de lui, autre que ses souvenirs qui l'envahissaient. Rien à portée de main. Il perdit alors connaissance et s'effondra sur le sol, laissant son écran glisser sur la terrasse.

Il resta là quelques minutes, allongé et inconscient, perdu dans des pensées lointaines. Une fine pluie commençait à tomber. L'écran de son téléphone était redevenu noir.

Il n'aurait rien entendu de plus. De son côté, le soleil avait complètement disparu sous l'horizon, la nuit avait pris son relais.

L'appel était terminé.

De l'autre côté de l'Atlantique, et quelques années plus tôt, Paul finissait de préparer ses valises. C'était la première fois qu'il partait aussi loin de chez lui, de ses parents, et pour aussi longtemps. Paul avait le droit avec son billet à deux bagages en soute et un sac cabine. Difficile d'embarquer plus de 20 ans de sa vie dans seulement deux petites valises. Sa mère, Elizabeth, repassait ses derniers vêtements dans le salon, imprégnant une dernière fois de son doux parfum les affaires de son fils. Elle était tétanisée à l'idée qu'il grandisse trop vite et qu'il l'oublie. Son père, lui, était en train de préparer le dîner. Sa façon de participer à ce départ et témoigner son amour pour son fils. Son passeport et son visa d'études étaient soigneusement rangés avec tous ses documents dans une pochette de son sac à dos. Ses valises avaient été préparées méticuleusement afin d'y faire rentrer un maximum d'affaires. Il avait appliqué les conseils d'une émission sur Netflix de méthode de rangement pour gagner de la place. C'était un garçon sérieux et très organisé, et tout ce qu'il faisait le reflétait.

Paul n'était encore jamais parti en Europe. Pour être même tout à fait juste, il n'avait jamais quitté la côte Nord-Est des États-Unis. Il serait le premier de sa famille à se rendre en France. Il connaissait Paris à travers les films et les séries TV qu'il regardait depuis tout petit. Passionné de littérature, en particulier par les grands philosophes et écrivains français, il se demandait si le Paris de ses livres et des films édulcorés existait vraiment et si c'était celui qu'il s'apprêtait à découvrir. Paul préparait ce semestre à l'étranger depuis plus d'un an. Son rêve. Excellent élève de sa promotion en finance à NYU *New-York University* il avait obtenu une bourse pour partir étudier à l'étranger pendant 6 mois. Ses parents, si fiers de lui, avaient insisté pour lui financer son second semestre et lui permettre de rester plus de 13 mois sur le vieux continent. C'était une occasion en or pour lui de visiter toutes ces villes qui le faisaient tant rêver. Paul parlait français depuis tout petit. En effet, son père Michael, originaire de Montréal au Canada, avait insisté pour que son fils apprenne les deux langues. La France était donc l'option la plus pertinente pour lui et l'opportunité de découvrir une nouvelle culture.

Paul avait absolument tout prévu. Le hasard et l'improvisation ne faisaient pas partie de son programme. Il voyagerait dans toute l'Europe durant ces 13 mois. Il voulait absolument découvrir Berlin, Vienne et Amsterdam. Il rêvait de revenir sur les traces de sa famille, échappée d'Europe de l'Est aux US après la Seconde Guerre mondiale. L'été, il s'évaderait sur les îles Grecques du Dodécanèse et découvrirait toute l'Italie et sa nourriture dont il raffolait. Mais avant et plus que tout : Paris. La ville de l'amour. Notre-Dame, Les Champs Élysées, le Sacré Cœur ... tous ces monuments qu'il rêvait enfin de visiter. Et bien entendu le Louvre, le Petit et le Grand Palais, le musée de l'Orangerie où il pourrait se perdre parmi les paysages des plus grands artistes du 19ème et du 20ème siècle. Il rêvait éveillé pensant déjà à la nouvelle vie qui l'attendait là-bas, quand sa mère, un étage plus bas, le ramena à Brooklyn dans leur grand appartement du nord de Bushwick, près de Williamsburg, en criant depuis le salon.

– Paul, honey, vient dîner, ça va refroidir !

C'était le dernier repas qu'il partageait avec ses parents. Son vol partait dès le lendemain matin de La Guardia Airport pour Roissy Charles de Gaulle. À table, chacun faisait comme si de rien n'était, mais sa mère était à deux doigts de s'effondrer en larmes. Elle n'avait jamais été séparée aussi longtemps de son fils. Et son fils, c'était toute sa vie. Elle aurait aimé lui offrir un petit frère ou une petite sœur, mais la nature en avait décidé autrement. Elle était déjà bénie d'avoir Paul, et en remerciait le ciel tous les jours. Sa naissance avait été un combat long et difficile. Elle et Michael, son papa, n'y croyaient plus. Pourtant, près de 20 ans plus tôt, le miracle s'était produit. Pour tout cela, il était d'autant plus difficile de le savoir à près de 6000 km d'eux sur un autre fuseau horaire. Ils savaient qu'ils ne le reverraient pas avant au moins un an. Ils avaient déjà prévu de le rejoindre quelque part en Europe et de rentrer ensuite à New York tous ensemble. Enfin c'est ce qu'ils pensaient. Aucun d'eux n'avait idée ce soir-là, alors qu'ils savouraient un délicieux pain de viande préparé par son papa pour l'occasion, qu'ils ne se parleraient que par visioconférence pendant les 2 prochaines années. Comment imaginer qu'un virus se préparait à faire sa grande entrée en scène dans le monde entier ? Une information inconnue à cet instant présent, bien heureusement pour Paul, car sa mère ne l'aurait jamais laissé partir sinon.

– Tu as bien tous tes papiers mon chéri ? T'as ton passeport? Ton visa ? demanda sa mère déjà inquiète.

– Oui maman, je les ai, comme je les avais déjà ce matin et hier quand tu m'as demandé, répondit-il avec un sourire avant d'ajouter, ne t'en fais pas. Vraiment, s'il y a le moindre souci je vous appellerai.

– Tu as intérêt à nous appeler ! Et même si tout va bien, reprit-elle.

– Je t'ai préparé ton dessert préféré, lui dit son père en se levant.

Bien plus réservé que sa femme, Michael avait cependant lui aussi les yeux rouges de tristesse, mais le cœur rempli de bonheur pour son fils et l'aventure qui l'attendait.

– Oh trop bien j'adore, merci beaucoup papa.

Son père sortit un cheesecake au citron du frigo. Paul raffolait de desserts, en particulier ceux aux agrumes. C'était un garçon très gourmand. Heureusement, le sport qu'il faisait de façon intensive compensait tous ses excès. Il dévora sa part de gâteau tout en s'excusant car il était déjà en retard. Son téléphone et sa montre connectée n'arrêtaient pas de vibrer. Il consultait ses messages tout en avalant de grosses bouchées de ce divin dessert. Il avait prévu de retrouver ses amis de NYU qui lui avaient organisé une petite fête pour célébrer son départ. Et tout le monde se demandait où il était. Il se leva de table, embrassa ses parents et les remercia pour le repas. Il attrapa sa veste en jean et jeta un dernier regard à son look dans le miroir. Ses cheveux blonds-châtains bouclés en pagaille tombaient sur son front. Il tenta comme il put de redonner un peu de style à sa coupe, mais rien à faire, ils n'en faisaient qu'à leur tête. Tant pis. Le casque de sa moto allait de toute façon tout gâcher.

À l'instant où il mit un pied hors de la maison, sa mère qui se retenait depuis quelques minutes s'effondra dans les bras de son mari, regardant son petit s'envoler pour faire sa vie loin d'eux.

La plupart de ses amis avaient aussi des projets pour l'an prochain, mais aucun ne partait aussi loin que Paul. Il était très triste à l'idée de se rendre à la fête et de tous les retrouver, une dernière fois. Ils allaient terriblement lui manquer. À cet âge-là, les amis représentent ce qu'il y a de plus précieux dans la vie. Paul était également très perplexe quant à la mentalité des Français. Il se demandait s'il arriverait facilement à faire des rencontres et tisser de nouvelles amitiés là-bas. Tout le monde l'avait prévenu, les Français sont hautains, arrogants et plutôt grossiers. Mais ce qui le rendait le plus malheureux, c'était de voir Sam, son petit copain, pour la dernière fois.

Sam et Paul étaient en couple depuis 2 ans, mais se connaissaient depuis toujours. Leurs parents étaient amis, et c'est par eux qu'il l'avait connu. Ils s'étaient rencontrés plus jeunes lors de vacances organisées entre familles. Sam et lui n'avaient pas fréquenté les mêmes écoles mais passaient tout leur temps libre ensemble. Au fil des années, les choses avaient évolué entre eux. Une amitié forte les liait. Mais pas une amitié comme les autres. Ils étaient très proches, mais cela n'avait rien d'une relation fraternelle, comme on le voit souvent chez de jeunes garçons de cet âge. Plus les années passaient, plus ils grandissaient et avaient mutuellement développé des sentiments l'un pour l'autre. Ils s'étaient cherchés pendant très longtemps avant d'avoir enfin un soir le courage de s'avouer ce qu'ils ressentaient. Paul s'en souvenait parfaitement. C'était Sam qui avait fait le premier pas. Il lui faisait la tête depuis plusieurs jours, sans raison. Comme s'il lui en voulait de quelque chose, mais Paul n'arrivait pas à comprendre pourquoi. C'était un vendredi soir et comme souvent chaque semaine les parents de Sam et de Paul dînaient ensemble. Ils étaient tous les deux dans sa chambre à jouer à la console sans parler, quand Sam se lança. Il y songeait depuis plusieurs minutes, ce qui n'avait pas échappé à l'attention de Paul. Devait-il tenter de lui dire ce qu'il ressentait ? Passer à l'action ? Les mots ne l'aideraient pas. Alors, il s'approcha de Paul, le regarda droit dans les yeux comme pour lui demander son autorisation. Paul se laissa faire, et sans rien dire, Sam l'embrassa. Paul ressentait la même chose que Sam mais n'avait jamais mis de mots dessus. Ils avaient découvert ensemble qu'ils étaient gays, et l'avaient assumé l'un pour l'autre. Au grand bonheur de leurs parents, qui n'auraient

pas espéré mieux pour leurs enfants. Quel temps perdu quand ils y pensaient. Tout ce qu'ils auraient pu vivre s'ils avaient eu le courage de se le dire plus tôt ! Les années paraissant des décennies à cet âge.

Sam ne pouvait pas suivre Paul en France. Il avait choisi de rester et finir ses études à New-York. Il lui avait promis de venir le voir à Noël et au printemps. Ils avaient déjà prévu d'en profiter pour voyager ensemble en Europe quelques semaines. Paul avait précisément organisé ses voyages en fonction de Sam. Ils s'aimaient, vraiment.

Sam l'attendait assis sur les marches de la maison de Chloé, leur amie de l'université, chez qui était organisée la petite *goodbye party*. Une dizaine des meilleurs amis de Paul étaient déjà à l'intérieur en train de chanter et danser. On entendait la musique résonner partout dans le quartier.

– Ah bah enfin t'es là ! Ne me dis pas, ta petite maman chérie était trop triste que son petit ange s'en aille qu'elle ne voulait pas te laisser partir ce soir ? C'est ça ? lui dit Sam pour se moquer gentiment de lui.

Sam était un garçon très charmant et très séduisant. Un latino-américain au style que l'on aurait pu croire tout droit sorti du tournage de West Side Story avec une note de Grease. Tenue parfaite avec son perfecto et ses cheveux bruns noirs gominés.

– Tu me fais rire, tu la connais par cœur. Mais fais pas trop le malin, j'en connais un qui va pleurer aussi demain quand il me verra partir, lui répondit Paul avec un regard coquin.

– Tssss … Allez, ramène-toi tout le monde t'attend à l'intérieur. Par contre j'te préviens, on reste 2 heures max car après, je nous ai préparé une petite surprise.

– Ah trop bien, j'ai hâte.

– Tu crois vraiment que j'allais te laisser partir comme ça ?

Avant d'entrer chez Chloé et de rejoindre leurs amis, Paul attrapa la main de Sam, le regarda droit dans les yeux comme s'il voulait graver cet instant à jamais, et lui dit un « je t'aime » du bout des lèvres.

– Moi encore plus, répondit Sam.

Ils voulaient tous les deux faire fonctionner cette histoire malgré la distance. Ils s'étaient promis de s'appeler tous les soirs, de s'écrire sur WhatsApp ou Snapchat en continu pour faire vivre l'un à l'autre ce qui se passait à chaque instant de leurs journées.

Oui, Sam et Paul s'aimaient vraiment, comme on aime à cet âge insouciant. Mais le destin avait prévu un tout autre plan pour Paul.

8 décembre 2034
Entre Biscarrosse et Paris, France

Il devait être 2 ou 3h du matin. Lucas n'arrivait pas à trouver le sommeil et tournait dans tous les sens au milieu de son grand lit. Il avait un mal de crâne pas possible. En tombant sur la terrasse la veille, il s'était tapé la tête contre le sol. Il avait dû rester évanoui 20 ou 25 minutes, il n'était pas sûr. C'était la pluie qui l'avait réveillé, heureusement, car un froid imprévu était tombé juste après le coucher du soleil. Malgré la douleur assommante dont il souffrait, il lui était impossible de s'endormir. Il y avait une autre raison pour ça. Il se releva alors de son lit et s'adossa contre le mur de sa chambre, un oreiller dans le dos. Il attrapa sa tablette posée sur la table de chevet à côté de lui. Il n'était pas certain de ce qui s'était passé quelques heures plus tôt, mais il devait en avoir le cœur net. Il fit défiler du regard son écran pour en afficher ses historiques de communication. Il voulait

s'assurer qu'il n'avait pas rêvé. Parmi toutes les lignes qui défilaient devant ses yeux, une retint son attention. Il retrouva bien la trace d'un appel entrant inconnu. Un appel de 7 secondes précisément, reçu à 17h42 la veille. Il cliqua dessus afin d'obtenir plus d'informations. Mais aucun nom, aucun prénom, aucune localité. Les souvenirs se mélangeaient. Il n'était plus sûr de ce qu'il avait entendu, et s'il l'avait vraiment entendu.

« Ne pars pas »

Ces trois mots résonnaient dans sa tête depuis plus de 8 heures. Il se les répétait sans cesse. Ne voulant pas être agressé par la voix de son assistant personnel en pleine nuit, il fouilla lui-même, manuellement, dans ses archives de photos et regarda de vieilles vidéos sur son téléphone pour écouter le son de *sa* voix. Il n'y avait aucun doute, pour lui c'était bien la *sienne*. Elle avait cet accent reconnaissable parmi cent. Mais comment cela pouvait-il être possible ? Comment avait-il pu l'entendre ? Peut-être son inconscient qui lui jouait un tour afin de l'empêcher de tourner la page ? Une sorte de court-circuit cérébral pour lui rappeler de ne pas l'oublier ? L'idée de ce coup d'état par son propre cerveau lui faisait des frissons dans le dos.

Lucas avait vraiment besoin de dormir. Malgré le choc émotionnel qu'il traversait, il n'avait pas le droit de ne pas être en forme pour son important rendez-vous à Paris dans l'après-midi même. En une fraction de seconde, ses projets professionnels n'avaient plus eu aucune importance, comparés à ce *come-back* impossible. Même si l'envie le dévorait de rêver éveillé de *sa* voix pendant encore quelques heures, il ne pouvait pas abandonner sa sœur, Mathilde. S'il allait à Paris aujourd'hui, c'était pour elle. Mathilde et lui inauguraient leur troisième pâtisserie parisienne. C'était un grand projet sur lequel ils travaillaient ensemble depuis des années. Mathilde s'était énormément investie dedans. C'est elle qui en serait la gérante. Mais, pour la crédibilité du lancement, et surtout pour attirer un maximum de journalistes, il était essentiel que le célèbre pâtissier Lucas Guillot, qui se cachait derrière cette entreprise familiale, soit présent à la cérémonie d'ouverture. Il devait bien ça à Mathilde. Pour elle c'était le projet de sa vie. Ne voulant pas la décevoir, il se résolut à forcer son sommeil. Il se leva pour aller chercher un verre d'eau dans la salle de bain et prit un somnifère dans sa table de chevet.

Depuis 3 ans, les somnifères et autres hypnotiques, étaient malheureusement devenus ses meilleurs amis. Quelques minutes plus tard, Lucas rejoignit enfin Morphée, obligé de l'accueillir une fois de plus.

Lucas arriva à Paris le même jour en début d'après-midi. La nuit avait été courte, agitée, et le trajet assez long entre Biscarrosse et Paris. Avec l'aide de quelques compléments alimentaires vitaminés, il avait eu le coup de fouet nécessaire pour paraître en pleine forme devant ses nombreux invités. Le cocktail d'ouverture de la boutique débutait vers 18h. Toute la presse parisienne ainsi que des influenceurs étaient invités pour célébrer cet événement culinaire tant attendu. Il faut dire que Lucas s'était créé une vraie notoriété ces dernières années et que tout le monde s'arrachait ses créations. Cela partait comme de vrais petits pains, sans mauvais jeu de mots.

Il se gara au pied de l'immeuble de ses parents comme convenu par son assistant virtuel vers 15h. Face au bâtiment, il se souvenait de ses années passées ici. De son enfance, de son adolescence, du premier confinement de 2020 et plus que tout, de quand il *l*'avait rencontré. C'était surtout pour ça qu'il n'aimait pas revenir. Ses souvenirs lui faisaient encore trop mal, même aujourd'hui. Se plongeant dans ce Paris de son adolescence, les événements de la veille surgirent à nouveau. Il n'arrivait pas à oublier *ses* mots.

« Ne pars pas ».

Avait-il commis une erreur de monter à Paris ? Et *s'il* tentait de le recontacter ce soir et qu'il ratait sa seule chance de *lui* parler. Cela n'avait aucun sens. Même lui se trouvait fou de s'imaginer ces scénarios. Alors qu'il se répétait en boucle dans la tête ce qui s'était passé, il ne remarqua même pas qu'il était arrivé face à la double porte en bois du 4ème étage de l'immeuble. Il sonna, comme un inconnu dans sa propre maison. Mathilde ouvrit la porte et lui sauta au cou.

– Ahhhhh mon frère, je suis tellement contente que tu sois là. Merci d'être venu, lui dit-elle en l'embrassant et sautant partout. J'aurais jamais pu faire cette ouverture sans toi ! Oh là là tu sais pas à quel point ça me fait plaisir et me rassure que tu sois là. Qu'on soit tous ensemble avec maman et papa. Maman ? Papa ? c'est Lucas, venez !

– Oui, moi aussi ma Mathou, mais n'en fais pas trop ok ? dit-il fier d'elle en l'embrassant et la serrant fort dans ses bras.

Mathilde était la grande sœur de Lucas de seulement 2 ans. Lucas et Mathilde se ressemblaient comme deux gouttes d'eau. Elle était grande, de beaux cheveux bruns très sombres et bouclés. Quelques taches de rousseur sur le visage. Tout comme Lucas, enfin lui était la version cheveux courts et barbe légèrement grisonnante qui cachait une bonne partie de son visage. Mathilde était une fille extrêmement sensible. Elle avait toujours eu de grandes difficultés avec les interactions sociales. Elle s'était refermée sur sa famille pour se protéger. Ce cercle précieux était sa seule zone de confort. Et son frère était devenu toute sa vie. Elle le regardait depuis tout bébé avec tant d'admiration. Elle était sa fan numéro 1. Ils étaient très proches et Lucas l'avait beaucoup aidée dans son adolescence à lui faire vivre la vie la plus « normale » possible. Il l'invitait toujours à ses sorties ou aux anniversaires de ses amis. Même si elle l'accompagnait avec beaucoup de discrétion et de timidité, elle vivait de beaux moments notamment grâce à lui. Mais sans lui, tout était plus compliqué malheureusement. Incapable de vivre une histoire d'amour, ou même de se retrouver seule, elle vivait encore avec ses parents. Enfin, ils l'avaient installée dans leur studio au-dessus de chez eux au 5ème étage afin qu'elle soit un minimum indépendante, et eux, surtout, tranquilles. Mathilde était une jeune femme brillante. Et, très bizarrement, les interactions sociales du monde de la vente étaient les seules qu'elle arrivait à tolérer sans trop de difficultés. Et elle aimait même ça. Faudrait-elle qu'elle tombe un jour amoureuse d'un client, aimait dire Lucas pour rigoler. Mathilde avait travaillé quelques années dans la première boutique de Lucas, à Montmartre près du métro Lamarck. C'était sa mère qui avait insisté pour que Lucas la prenne dans son équipe et la forme. Les premiers mois avaient été plutôt difficiles, mais rapidement Mathilde avait développé une confiance en elle encore inconnue jusque-là. Lucas lui avait proposé de passer au service des

clients. Elle n'était pas la plus avenante des vendeuses, tout du moins au début. Et avec le temps, elle s'était beaucoup améliorée. Elle ne gardait plus aujourd'hui ses sourires pour elle, et aimait les partager avec les clients de la boutique. Il était évident qu'elle prenait du plaisir à faire ce métier. Après 4 ans et quand Lucas ouvrit sa deuxième boutique, il lui promit que si un jour il en ouvrait une troisième, elle pourrait en être la gérante. Il ne pouvait plus gérer son business tout seul. Sa mère qui ne travaillait plus depuis quelques années l'aidait déjà aussi avec ses fournisseurs et la comptabilité. Son entreprise était toute sa vie, et même un véritable projet familial. Lucas n'ayant qu'une promesse, aujourd'hui était le grand jour où sa sœur prendrait son indépendance professionnelle et deviendrait gérante de la pâtisserie de Saint-Germain-des-Prés. Ils transformaient « Les Pâtisseries Lucas Guillot » en « Les Pâtisseries Guillot ». Quelques minutes après son arrivée, Lucas, ses parents et Mathilde quittèrent l'appartement, habillés sur leur 31 pour la soirée, et marchèrent en direction de la future boutique.

L'événement dura environ 2 heures. Lucas détestait ce genre de soirée. Il n'était pas très à l'aise en public, et ne supportait pas d'être le centre d'attention. Mais il se prêta au jeu et répondit aux questions des différents journalistes et se laissa prendre en photo selfie avec les influenceurs. En plus de son talent, Lucas était un garçon extrêmement séduisant. Tous les hommes de la soirée attendaient de décrocher un instant avec lui. Et les femmes aussi, espérant secrètement pouvoir le « faire changer de bord ». Mais il n'y prêtait aucune attention et restait strictement professionnel. Ce côté inaccessible attisait encore plus leur désir. Alors que les agents de sécurité décrochaient gentiment les derniers influenceurs scotchés au bar à cocktails et à pâtisseries et les invitaient vers la sortie, Lucas et ses parents rassemblaient leurs affaires avant de fermer la boutique. La soirée avait été un grand succès, encore une fois. L'avenir de ce nouveau corner Guillot était tout tracé. L'autoroute du succès l'attendait.

En sortant de la boutique il faisait déjà nuit. Lucas n'avait même pas fait attention que ce soir-là, pour la première fois depuis très longtemps, il avait oublié son rituel. Il n'était pas allé profiter du coucher de soleil comme il avait l'habitude de le faire. L'espace d'un soir, toutes ses pensées s'étaient concentrées sur sa sœur et leur futur succès. C'était sa seule priorité pour quelques instants.

Ils étaient tous les quatre debout à quelques mètres de la pâtisserie. Il faisait doux ce soir à Paris. Ses parents proposèrent de fêter en famille ce grand événement dans un nouveau restaurant étoilé très prisé de la capitale. Le père de Lucas y avait réservé une table depuis quelques semaines en secret. Lucas, gêné, s'excusa mais, ayant prévu de ne pas s'absenter plus longtemps et rentrant dès le lendemain chez lui à Biscarrosse, il voulait profiter de ce passage éclair dans la capitale pour voir son amie d'enfance, Léa.

- Tu ne vas pas déjà repartir quand même ? Tu es à peine arrivé franchement. Allez, on ne s'est pas vu depuis Noël. S'il te plaît, reste un peu avec nous mon chéri, insista sa mère essayant par tous les moyens de l'attendrir et le faire culpabiliser. Je sais que ce que tu vis est difficile, je sais que tu ne veux pas en parler, mais s'il te plaît mon fils reste avec nous ce soir.

- Maman, je te promets que je viendrai vous voir plus souvent maintenant. Mais je dois absolument voir Léa ce soir il faut que je lui parle d'un truc qui ne peut pas attendre. Et demain matin tu sais quoi ? Je pars que vers 13h, je t'invite à prendre un petit-déjeuner tous les deux.

- Je viens aussi ! s'écria Mathilde.

Lucas embrassa sa mère et sa sœur et les serra fort dans ses bras. Un peu plus distant avec son père, une accolade et une bise témoignèrent de leur au revoir. Il regardait ses parents partir au loin. Sa mère cria un « tu es sûr de ne pas vouloir venir ? » auquel il répondit avec un grand sourire « à demain maman ». Tout en regardant ses parents s'en aller, Lucas tapota deux fois sur l'oreillette qu'il portait. John lui demanda comment il pouvait l'aider. Il lui demanda de géo-localiser Léa. Elle se trouvait dans un bar-restaurant à proximité, de l'autre côté de la Seine. Toujours en s'adressant à la voix dans son oreille, il lui demanda de commander une voiture pour s'y rendre. L'usage des assistants personnels virtuels était devenu la nouvelle norme. Tout leur était confié, pour une vie techniquement simplifiée. Quelques minutes plus tard, un véhicule s'arrêta en *warnings* sur le bas-côté de la route. Il passa son écran sur la poignée et monta dans le véhicule qui se débloqua automatiquement. Son assistant vocal prit alors le contrôle du taxi. Sur l'écran face à lui, l'adresse du bar s'afficha ainsi que le temps de trajet. Il en avait pour moins de 7 minutes pour arriver à destination. Il s'assit dans le véhicule, se pencha pour regarder à travers le toit panoramique en verre, et son esprit s'évada.

Il adorait Paris la nuit. En regardant les monuments éclairés et les passants sur les quais, il se souvenait de leur premier été à Paris. C'était en juillet 2020. Leurs balades et la vie qui reprenait doucement son cours cet été-là. Ils en avaient profité pour partager tout ce qu'ils pouvaient ensemble, ne sachant pas combien de temps cela allait leur être autorisé. Il se revoyait, lui tenant la main, rigoler dans les rues à *ses* blagues et lui faire découvrir la ville et ses richesses. Tout l'émerveillait. Et tout paraissait encore plus beau car ils le vivaient ensemble.

Depuis que Lucas était parti s'installer à Biscarrosse, son amie Léa était venue le voir des dizaines de fois. Elle aimait profiter de leur maison, un peu comme sa propre résidence de vacances. Parfois elle les prévenait, mais le plus souvent elle venait complètement à l'improviste. Léa était d'une spontanéité à toute épreuve. Un trait de plus qui complétait sa personnalité déjà très riche. Ces 3 dernières années, il ne l'avait vue que deux fois, dont le fameux soir où tout s'était terminé. Elle était descendue en catastrophe de Paris pour venir soutenir son meilleur ami. Léa et lui partageaient un lien très fort depuis leur enfance. Ils étaient comme frère et sœur. Mais, au grand regret de la mère de Léa, Lucas ne serait jamais son gendre. Ils s'étaient suivis tout au long de leur scolarité, de la maternelle jusqu'au lycée. Léa était ensuite partie en école de design alors que Lucas avait choisi un chemin plus « sûr ». Le chemin que ses parents voulaient pour lui. Un avenir scientifique à des années-lumières de la pâtisserie dont il vivait pleinement à présent.

7 minutes plus tard, la voiture s'arrêta comme prévu par John devant le restaurant. Une voix humanoïde indiqua à Lucas qu'il était arrivé à destination. De la fenêtre il la voyait déjà. Il ne lui fallut qu'une fraction de seconde pour l'apercevoir. C'est simple, on ne voyait qu'elle. Elle était en train de discuter avec une de ses amies à l'extérieur du bar. Léa était une grande femme, aux formes généreuses, avec de longs cheveux châtains aux reflets blonds. Toujours très bien apprêtée, et très maquillée, c'était le genre de femme qui se préparait toujours « trop » car « on ne sait jamais ». Sa copine regardait en direction du véhicule et reconnut Lucas qui s'avançait discrètement vers leur table. Il lui fit signe de ne rien dire à Léa, en posant son doigt sur sa bouche pour imiter un « chut ». Arrivé derrière elle, il posa délicatement ses mains sur les yeux de Léa. Elle sourit immédiatement reconnaissant son parfum, le même qu'il portait depuis des années. Une douce odeur épicée et boisée. Elle cria et fit se retourner toutes les personnes de la terrasse.

– Noooonnnnn, mon Lulu tu es là, comment vas-tu ? Oh je suis trop mais alors trop contente de te voir. Quelle surprise ! Mais pourquoi tu ne m'as pas prévenue que tu venais ? Tsssss je te déteste tu ne donnes jamais de nouvelles et tu te pointes comme ça, à l'improviste. Je te déteste mais rrrrr je t'aime tellement. Tu m'as tellement manqué, dit-elle émue en l'attrapant dans ses bras.

– Tu es bien placée pour dire ça ! Et arrête sérieux je t'ai déjà dit de pas m'appeler Lulu j'aime pas ! Je suis très content de te voir aussi Léa. *Hello Joan, how are you* ? enchaîna Lucas en anglais.

L'assistant personnel de l'amie de Léa activa automatiquement son traducteur de voix en anglais, laissant à Léa et Lucas le plaisir de se retrouver dans leur langue natale.

– Je te préviens tout de suite, je reste pas. Je repars demain à Bisca. Mais je voulais vraiment te voir ce soir.

– Quoi ? t'es sérieux ? C'est toujours pareil avec toi ! Un fantôme ce mec. Qu'as-tu de mieux à faire à Bisca seul dans

37

ta grande maison ? lui dit-elle en croisant ses bras et le jugeant du regard.

Lucas baissa les yeux. Elle s'en voulut un instant d'avoir dit ça, et se rattrapa tout de suite.

– Bon alors, t'es venu faire quoi à Paris ? reprit-elle.

– On a ouvert la troisième pâtisserie, je suis venu pour la soirée d'inauguration. Tu sais je t'en avais parlé, c'est Mathilde qui va la gérer. Tu l'aurais vue, elle était trop heureuse. Franchement elle a assuré. Je suis soulagé qu'elle ait enfin quelque chose à elle et qui la passionne, dit-il d'une voix douce en regardant ses mains et ses pieds.

– C'est pas vrai ! J'avais oublié que c'était ce soir, mais c'est génial ! J'irai la voir ce week-end alors.

– Elle sera ravie de te voir, elle me parle tout le temps de toi.

– Bon, allez, prends une chaise, assieds-toi avec nous, tu vas pas rester debout ! Tu prends au moins un verre ? Monsieur, dit-elle en appelant le serveur, mettez-nous une bouteille de champagne s'il vous plaît. Un Ruinart Brut sera parfait. Nous célébrons l'amitié ce soir, et le succès de mon ami bien sûr, dit Léa alors que le chef de rang s'apprêtait à rentrer dans le bar. Alors, tu as revu ta mère et ton père du coup ? Ta mère devait être tellement contente de te voir. Elle me parle touuuuuuut le temps de toi. Tu sais que j'essaye d'aller la voir la semaine quelques fois en sortant de l'atelier hein? Elle t'aime tellement tu sais. Elle aimerait te voir plus, elle me le dit à chaque fois. Mais bon, bref ne parlons pas de ça, tu n'es pas venu pour ça.

– Effectivement, mais je prends note et je te promets de faire un effort avec elle et avec Mathou.

– Et avec moi ! ajouta Léa d'une voix forte.

Le serveur les coupa dans leur discussion, apportant la bouteille dans son seau plein de glaçons et les trois flûtes à champagne. Il regarda Lucas avec insistance. Il l'avait reconnu. Le beau pâtissier qui faisait fantasmer toute la ville. Lucas le remercia, lui sourit, tout en lui faisant gentiment comprendre de les laisser. Il détestait qu'on le prenne pour une star.

– Tu te souviens quand tu es venue me voir au printemps dernier à la maison ? dit-il d'une voix posée et d'un seul coup très sérieux.

– Bien entendu ! Elle se tourna vers son amie. Tu sais ma Joan c'est quand je venais de me séparer de Mike, quel con celui-là bref, je rentrais de Nairobi et je suis directement partie sur un coup de tête chez Lucas. C'était tellement bien. Bon on n'a pas fait grand-chose car pour le faire sortir de la maison faut y aller au tracteur, mais le plus beau c'était les couchers de soleil qu'on regardait avec un bon apéritif. Je ferme les yeux, je peux encore voir les couleurs défiler devant moi. Des couchers de soleil comme on en voit encore très peu.

– C'est justement de ça que je voulais te parler, il hésita quelques instants et se lança. Il m'est arrivé quelque chose la nuit dernière. Enfin…. Je suis pas sûr. Je me suis évanoui quelques instants et je suis tombé sur ma terrasse. J'étais en train de regarder…

On aurait cru que les yeux de Léa allaient sortir de leurs orbites. Elle faillit recracher sa gorgée de champagne.

– O-M-G, mais tu vas bien ? Oh oui je vois sur ton front, tu as dû te cogner fort on voit encore le choc, dit-elle affolée. Mon pauvre. Tu es tellement maigre en même temps, tu manges mal, tu dois manquer de vitamines. Mon docteur m'a conseillé cette nouvelle pilule qui te délivre toutes les vitamines, fibres, protéines et calories nécessaires par jour, tu devrais la prendre.

Léa paraissait parfois pour une vraie Californienne dans sa façon de parler, mais il n'y avait pas plus française qu'elle.

- Léa, tu peux me laisser finir s'il te plaît ? Ma santé et mon poids ne sont pas le sujet-là.

- Oui oui pardon mon chat je dis plus rien, et elle fit signe de fermer à clé sa bouche.

- Bon, hier soir j'étais en train de regarder le coucher de soleil avant de tomber dans les pommes. Comme tous les soirs tu sais je le regarde. Mais hier soir, j'avais pris ma décision et je m'étais dit que ce serait la dernière fois.

Léa l'écoutait et commençait à sourire voyant son ami qui passait enfin à autre chose. Depuis des années elle essayait de lui faire comprendre qu'il n'était pas bon pour lui de rester enfermé tout le temps seul chez lui. De ne voir personne et ne vivre que pour ces couchers de soleil.

- Je sais, je sais ce que tu vas me dire. Ça a pris du temps, je sais que c'est pas sain ce que je fais. Je sais que je m'empêche d'avancer à m'accrocher au passé. Mais j'avais besoin de ce temps. Enfin bref, hier c'était censé être le dernier soir. Du coup, quelques minutes avant que le soleil ne disparaisse, je me suis levé pour rentrer chez moi. Je pensais même sortir aller chercher à dîner dehors, tu vois j'étais vraiment prêt quoi. Je me suis levé, j'allais rentrer chez moi, mais j'avais comme l'impression qu'on me retenait, et là, en arrivant vers ma porte, j'ai reçu un appel. J'ai presque peur de t'en parler, tu…tu vas me prendre pour un fou…..

La voix de Lucas commençait à se nouer, comme s'il avait honte de continuer sa phrase.

– Lucas, pas de ça entre nous. Tu peux tout me dire tu sais, on se connaît depuis combien de temps sérieux ! insista-t-elle.

Joan fit également un petit signe de sa tête et un sourire pour le soutenir.

– Je sais, je sais, dit-il sans la regarder et en prenant une grande respiration.

Il tremblait, mais reprit.

– J'avais pas mon assistant personnel avec moi. J'ai sorti mon téléphone et j'ai décroché. Genre je tenais le téléphone sur mon oreille quoi. À l'ancienne. Et je te jure, et vraiment je ne suis pas fou, j'y ai pensé toute la journée et j'ai la preuve même que ça a bien eu lieu, mais je te jure que je l'ai entendu, *il* m'a parlé.

– Qui ça « *il* » ? T'as entendu qui ?

– À ton avis…

– Hein ? Attends attends attends, tu es en train de me dire que Paul t'a appelé hier soir ?

Un blanc

– Mais… mais…mais c'est impossible. Tu ne penses pas plutôt que c'était un vieux message ? Genre ta boîte d'archives a peut-être *buggé* je sais pas ?

– Non c'était lui, je te jure. Il m'a dit de ne pas partir. Je sais que ça paraît surréaliste, mais c'est comme s'il avait senti que je l'abandonnais. Comme s'il sentait que je tournais la page, enfin tout du moins que je voulais avancer. Et il a trouvé un moyen de me contacter et me retenir. Je sais que j'ai l'air fou, mais je te jure, je te promets, crois-moi, c'est arrivé.

On pouvait lire la joie et l'espoir dans le regard de Lucas. Mais très vite, ses émotions basculèrent vers la peur et la tristesse face à la réaction de Léa qui ne semblait pas du tout adhérer à son histoire avec l'au-delà.

- Mon Lucas. Je... Je sais que tu traverses quelque chose de difficile et je n'imagine même pas la peine que tu ressens. Mais franchement, ce ... c'est pas possible mon chat et tu le sais. Paul est parti ... il ... il est mort ! dit-elle brusquement sans le ménager. Avec le choc, tu as peut-être imaginé tout ça, tu...

- Mais non, regarde Léa ! Je te jure, je suis pas fou. J'ai l'appel dans mon téléphone ! J'ai la preuve, regarde, regarde ! Je suis resté 7 secondes au téléphone avec lui, dit-il en lui tendant son écran.

Elle ne prit même pas la peine de regarder. Lucas la fixait désespérément droit dans les yeux ne voulant pas lâcher son regard, espérant la convaincre. Malgré son tempérament fort, il n'arrivait pas à retenir les larmes qui montaient. Elle ne lâcha pas son regard qui voulait lui dire qu'il devait passer à autre chose. Il fondit en pleurs. Il se sentait désemparé et perdu. Il ne comprenait pas ce qui lui arrivait. Pourquoi son esprit lui jouait-il ce tour. Il n'eut pas la force de se défendre davantage et laissa Léa, sans réellement l'écouter, dérouler un long monologue sur l'acceptation de la perte de l'être aimé, sur le deuil et l'importance de s'offrir une deuxième chance. Il savait qu'elle disait tout ça pour son bien. Il savait qu'elle ne voulait pas le voir souffrir davantage à s'accrocher à tous les signes qui pouvaient s'offrir à lui. Mais peu importe ce qu'elle disait, il était sûr de lui et ne comptait pas baisser les bras.

La soirée se termina sur une toute autre note. Les coupes de champagne s'enchaînaient, surtout pour Joan et Léa. Lucas préféra faire semblant de passer un bon moment et mit son histoire de côté quelques instants. Mais au fond de lui il n'avait envie que d'une chose, rentrer chez lui à Biscarrosse et tenter de résoudre ce mystère qui l'obsédait.

Depuis près d'un mois, Paul, comme des centaines de milliers d'étudiants à travers le monde, travaillait ses cours à distance. Les amphithéâtres s'étant transformés en salles de cours virtuelles auxquelles on assistait par visioconférence. C'était devenu la nouvelle norme, pour quelque temps. S'il avait su quelques mois avant son départ de New York que son année à l'étranger tant attendue se passerait plus des deux tiers du temps derrière un écran d'ordinateur, enfermé dans un appartement de moins de 25 mètres carrés, il aurait réfléchi à deux fois avant de partir vivre sa grande aventure européenne. Avec ce confinement, Paul avait développé un nouveau rythme de vie, comme beaucoup de gens. Il passait ses matinées en pyjama à travailler et il profitait de ses pauses déjeuner pour faire un peu de sport, malgré l'espace très réduit dans lequel il vivait. Il venait de finir sa séance quotidienne. Il sortit du frigo un plat tout préparé qu'il mit au micro-ondes avant d'aller prendre sa douche. La sonnerie du four micro-ondes retentissait déjà alors que Paul attendait depuis 4 minutes, nu, dans sa salle de bain, que l'eau chaude de la douche veuille bien arriver. Pas une goutte. Déjà la veille il avait rencontré des difficultés. Il décida finalement de se rhabiller en catastrophe pour aller tenter de résoudre le problème. Enfin plus exactement aller demander de l'aide à ses propriétaires.

De son côté, pour Lucas, le goût du confinement avait une saveur plutôt excitante. Pour cause, il ne le passait pas seul. Sur un coup de tête, et malgré les avertissements de ses amis et de sa famille, il avait décidé d'emménager avec son petit ami. Pour la première fois, à presque 22 ans, Lucas avait quitté l'appartement familial et pris son indépendance. Lucas et Marc étaient ensemble depuis près d'un an. Leur relation avait connu de nombreux hauts et bas. Passionnelle si vous les écoutiez, destructrice si vous demandiez à sa mère ou à sa meilleure amie Léa. Avec Marc dans sa vie, il s'était beaucoup éloigné de ses proches. Ce jeune garçon pourtant sociable s'était complètement refermé sur lui-même sous l'emprise de son couple. Enfin refermé sur sa relation. Marc attendait de Lucas toute son attention. Il aimait Lucas. Ses sentiments pour lui étaient indéniables, forts et sincères. Mais il l'aimait pour lui seul. Il ne voulait rien partager de la vie de Lucas, sa vie d'avant eux, cela ne l'intéressait pas. En un an de relation, Marc n'avait jamais accepté de rencontrer sa famille et limitait au maximum le temps passé avec ses amis. D'ailleurs, il s'assurait que plus les mois de la relation avançaient, moins Lucas les voyait. Il avait développé une forme de jalousie excessive et incohérente pour tout ce qu'il avait connu avant lui. Leur relation devait être une feuille blanche à écrire, et Lucas devait oublier son passé pour Marc. Cependant, dans son cercle d'amis à lui, Marc était plus qu'heureux de voir Lucas s'y épanouir. L'enfermer dans son univers était son but inconscient et Lucas s'était fait prendre à son piège.

Après le premier mois de confinement, ce qui paraissait être une très bonne idée au début, un acte de liberté et d'émancipation, apparut très vite à Lucas comme une énorme erreur. Certes il n'avait jamais été autant aimé par Marc que ces 4 dernières semaines, mais il comprenait enfin ce qu'appartenir à l'autre, dans le mauvais sens du terme, pouvait signifier. Dès que Lucas était sur son téléphone, qu'il passait un appel à Léa, ses amis ou ses parents, Marc se postait à côté de lui pour écouter. Ensuite, il se lançait dans des monologues destructeurs, persuadé que Lucas s'ennuyait avec lui, qu'il regrettait son choix. Combien de fois lui avait-il dit qu'il pouvait partir s'il n'était pas heureux avec lui. Lucas, n'avait bien entendu jamais osé saisir les perches qu'il lui tendait, et essayait plutôt de le rassurer. Mais il comprenait qu'il avait signé la fin de son libre-arbitre et s'était offert à son amant-ennemi. Conscient qu'il devait agir, et vite, pour retrouver sa liberté, il s'était organisé en cachette avec sa mère pour aller déjeuner chez eux. Il devait leur parler et leur demander de l'aide. Marc et lui étaient confinés à moins de 300 mètres de l'appartement de ses parents. La supercherie était facile. Il utiliserait l'excuse d'aller faire les courses pour se rendre discrètement chez ses parents entre midi et 14h. Il rentrerait ensuite en expliquant la galère qu'il a eu face à l'énorme file d'attente au magasin. Le plan était prévu pour aujourd'hui. Lucas, un peu stressé, attrapa son manteau, et avant de se diriger vers ce qu'il espérait être la porte de sortie de sa relation, embrassa Marc en lui lâchant un « à tout à l'heure, je vais aussi essayer de passer chez le maraîcher s'il est ouvert ».

L'escapade clandestine jusqu'à la rue Rollin se passa sans aucun souci. Il était resté dans le kilomètre réglementaire, de ce côté-là il n'avait rien à craindre. À peine arrivé au 4ème étage de l'immeuble vers midi, Lucas tomba sur sa mère qui l'attendait sur le palier et l'attrapa de toutes ses forces dans ses bras pendant plusieurs secondes, qui parurent être de longues minutes. Les gestes barrières n'existaient plus. Elle savait qu'elle ne devait rien dire sur sa situation et ce qu'elle en pensait. Elle savait comment son fils fonctionnait. Depuis tout petit, il prenait ses propres décisions, et le temps qu'il lui fallait pour les prendre. Elle attendrait qu'il lui demande son aide, et ce déjeuner qu'il avait organisé en avait tout l'air.

Une fois à table, tout le monde fit comme si de rien n'était et que ce déjeuner n'était rien d'autre qu'un simple repas dominical. Une parenthèse de bonheur en famille dans ce monde en pause. Lucas attendit le moment de passer au dessert pour commencer à parler de sa relation et de sa situation, à ses parents. Il était à bout, il l'avoua à demi-mots. Lui pourtant si fort d'habitude, avec un caractère plutôt dominant, s'était fait prendre de court. Il voulait rentrer à la maison, mais il ne savait pas comment faire. Marc était toujours sur son dos. Et il craignait sa réaction, qu'il se fasse du mal. De plus, il était extrêmement gentil avec lui. Il n'avait donc techniquement rien à lui reprocher, ce qui rendait la rupture encore plus difficile. Mais il savait au fond de lui que cette gentillesse cachait quelque chose de plus profond, avec quoi il n'était pas du tout à l'aise. Il redoutait par-dessus tout le moment du déconfinement. Il redoutait de ne jamais pouvoir se déconfiner de Marc et retrouver sa vie sociale.

- Mais, Marc, il travaille la semaine non ? Enfin il lui arrive d'aller à son boulot tu m'as dit non ? demanda la mère de Lucas.

- Oui, le mardi et jeudi, il y va le matin, répondit Lucas d'un air triste et coupable.

Sa mère réfléchit quelques secondes.

- Dans ce cas c'est très simple! Mardi prochain, dès qu'il quitte l'appartement, tu prépares toutes tes affaires. Ton père ta sœur et moi on sera en bas pour t'aider à tout porter et tu rentres à la maison! dit-elle la rage au ventre de voir le mal de son petit.

Lucas sourit. Les mots de sa mère lui faisaient chaud au cœur. Il ne savait pas si cela fonctionnerait, s'il en aurait la force, mais sentir l'appui de sa famille lui redonnait du courage et de l'énergie. Il s'en voulait de les avoir délaissés depuis tant de mois. Il s'en voulait de ne pas avoir écouté ceux qui l'aimaient et de s'être refermé sur cette relation toxique. La mère de Lucas avait maintenant clos le sujet pour retrouver leur doux moment familial et finir sur une note gourmande et positive. Son père finissait de débarrasser la table et sa mère découpait des parts de sa tarte aux pommes maison. Une recette familiale qu'elle avait hérité de sa propre maman. Mathilde, à côté de son père qui faisait la vaisselle, préparait le café. Il ne restait que Lucas à table. À cet instant, quelqu'un sonna à la porte.

- J'y vais, dit Lucas qui voulut lui aussi se rendre utile.

Il sortit de table, traversa le long couloir arboré de tableaux de famille, jusqu'à la double porte d'entrée en bois.

Lucas eut un instant d'hésitation avant d'ouvrir la porte. Et si c'était Marc ? S'il l'avait suivi jusque chez ses parents ? Anxieux, il accrocha le loquet de sécurité, par peur de la réaction qu'il pourrait avoir en le voyant. Le judas était cassé depuis des années il ne distinguait qu'une forme floue à travers. Un homme, ça il en était sûr, mais il n'était pas certain que ce soit Marc. Il ouvrit doucement pour vérifier qui se tenait derrière.

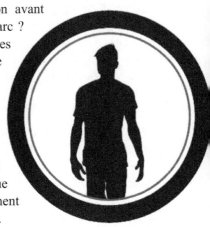

– Bonjour, je suis désolé de vous *disturber*, je suis Paul. Je suis le locataire de l'étage cinq. J'ai un problème avec mon eau chaude, j'aurais aimé voir votre mère à propos de cela, lui dit l'inconnu dans un français presque parfait avec un accent américain très prononcé.

Lucas fut pris de court. Il s'était tellement préparé psychologiquement à tomber sur Marc, que rencontrer un garçon aussi charmant que Paul, sorti de nulle part, lui avait fait perdre tous ses moyens. Il venait de faire un tour de montagnes russes. Il tentait de cacher les émotions qui jaillissaient un peu de façon chimique en lui à ce premier contact avec le beau locataire. Son accent, puis ses yeux, sa bouche et ses mains qui bougeaient et rythmaient chacun de ses mots, l'avaient déstabilisé en une fraction de seconde. Il n'avait jamais entendu parler de ce nouveau locataire par ses parents. Sa mère s'en était bien gardée. Il avait certainement dû arriver juste après son départ chez Marc. Paul était beau et très charmant. Il paraissait revenir d'une course. Il avait ses joues toutes rosées qui faisaient ressortir des tâches de rousseur, et des cheveux blonds mi-longs décoiffés et légèrement mouillés. Lucas ne savait pas quoi répondre, il resta planté face à lui, à le dévorer du regard.

– S'il vous plaît ? surenchérit Paul pour tenter de faire réagir Lucas qui ne bougeait plus.

– Oui, oui oui bien sûr, heu excuse-moi j'attendais quelqu'un d'autre, il referma et rouvrit la porte sans le loquet de sécurité. Entre je t'en prie, ma mère est dans le salon, on allait manger le dessert et prendre un café. Tu bois du café ?

– *Yes* avec plaisir, merci beaucoup, répondit-il avec beaucoup de politesse.

Lucas n'était pas sûr, mais à la façon dont Paul le regardait, quelque chose venait de se passer entre eux. Lucas referma la porte derrière Paul, le regardant avancer dans le couloir jusqu'au salon. Il dégageait une confiance en lui dans sa démarche qui le faisait fondre. Paul avait reconnu Lucas. Il l'avait déjà vu en photo lorsqu'il était venu chez eux la première fois et qu'il avait rencontré Laurence, la mère de Lucas, pour signer son bail. Le portrait du beau brun ténébreux que la mère de Lucas avait sur son bureau et qui l'avait envoûté quelques semaines plus tôt était donc bien son fils. Sa mère se réjouit en voyant arriver son petit locataire et l'invita à son tour à les rejoindre à table pour le café et une part de dessert.

– Ah Paul, je suis vraiment ravie que tu sois là, tu as rencontré Lucas du coup ! Viens je t'en prie assieds-toi à table avec nous.

Pendant tout le temps où Paul fut avec eux, Lucas l'observa discrètement. Paul n'arrêtait pas de sourire. De lui sourire se demandait-il ? Il n'était pas du genre patient et voulait en avoir le cœur net. Un peu impulsif parfois, Lucas aimait jouer les charmeurs-prédateurs, et la chimie en lui avait décidé que Paul serait sa prochaine proie. Il le fixa droit dans les yeux et lui demanda :

- Du coup, comment ça se fait que tu viennes d'emménager chez nous ? demanda-t-il coupant sa mère qui racontait une histoire inintéressante à souhait au pauvre Paul.

- Ah oui, en fait mon ancien propriétaire a voulu récupérer son appartement avec le *lockdown*, et j'ai vu l'annonce de votre mère sur Airbnb, donc j'ai visité. Et je suis très heureux ici, même si bon je suis très triste de ne pas pouvoir profiter de la France et de Paris comme j'aurais aimé.

- Tu es venu en France pour tes études c'est ça ?

- Oui, Paul est originaire de New York, dit Laurence en regardant son fils avec un grand sourire.

- Maman, laisse-le parler sérieux ! Il est grand ! s'exclama Lucas qui ne voulait rater aucune seconde de cet accent si charmant.

- Tout à fait oui, je suis venu finir mes études dans *l'economics and finance*. Je dois commencer un stage aussi après l'été, j'ai trouvé un poste dans une boîte australienne. Je croise les doigts, mais ça me semble heuu comment vous dites …

- Compromis ?

- Oui merci compromis. Ils doivent me rappeler bientôt, on verra. J'aimerai beaucoup pouvoir rester à Paris.

- Et tu es venu … seul du coup ?

- Oui, certains de mes amis aussi sont partis de New York pour les études, mais je suis le seul à être venu en Europe.

Lucas sourit intérieurement, fier de l'avancée de son enquête.

Les parents de Lucas ne disaient rien. Sa mère échangea un sourire complice accompagné d'un coup de coude discret à Patrick, son mari. Elle savait très bien ce qui se tramait devant leurs yeux. Son fils développait un intérêt soudain et plutôt évident pour ce jeune Américain qu'elle hébergeait. Elle le connaissait par cœur. Et ça ne pouvait pas tomber plus à pic. Elle adorait se faire des films dans la tête. Et là, elle se rassurait d'imaginer un scénario qui permettrait à son fils de vite oublier Marc.

- Et vous, vous vivez ici ? je ne vous avais jamais vu avant, reprit Paul un peu gêné.

- Tu peux me dire tu, on doit avoir le même âge tu sais, répondit Lucas en souriant. Oui, enfin non, enfin…oui je vivais ailleurs quelques temps mais je reviens à la maison, répondait-il d'un ton assuré.

Paul ne posa pas plus de question. Malgré son assurance, Lucas semblait gêné par le sujet. Ses parents, en particulier sa mère, étaient si heureux de l'entendre dire qu'il revenait vivre chez eux. Ce déjeuner avait porté ses fruits. Rien n'était encore fait, mais tout était en très bonne voie. Lucas, ses parents, sa sœur et Paul continuèrent de discuter en savourant la tarte aux pommes maison. Paul leur raconta un peu sa vie à New York, ses origines canadiennes, ce que faisaient ses parents etc… Lucas buvait ses paroles. Il l'écoutait, passionné. Il serait resté là des heures bercé par son accent. Mais le temps passait et avait d'autres plans pour lui.

Il était déjà presque 15h. Le déjeuner était passé plus vite que prévu avec l'arrivée surprise de Paul dans sa vie. Lucas était parti depuis près de 3 heures. Il sortit son téléphone de sa poche. Quatre appels en absence et une dizaine de messages. Tous de Marc. D'un ton de moins en moins sympathique, plus il les

faisait défiler dans son centre de notifications. Il devait rentrer. Il s'excusa auprès de Paul, qui en profita pour annoncer également son départ. Sa mère se leva de table, lui sourit et lui promit d'appeler un plombier pour qu'il passe au plus vite s'occuper de son ballon d'eau. En attendant, Laurence lui proposa de se doucher chez eux si besoin, il pouvait même rester dormir dans l'ancienne chambre de Lucas s'il voulait, le temps que le chauffe-eau soit réparé. Paul n'osa pas accepter la proposition par politesse sur le coup, même si l'idée de se retrouver quelques instants dans l'intimité de Lucas le faisait rougir intérieurement. Il y irait finalement le soir même, le plombier ne pouvant pas passer avant le lendemain soir.

Laurence prit son fils dans ses bras et lui promit que tout allait s'arranger. Elle lui donna rendez-vous mardi, lui promettant que tout serait vite oublié après ça. Mathilde lui sauta dans les bras, heureuse qu'il revienne vivre avec eux. Les deux garçons se dirigèrent vers la porte d'entrée de l'appartement. Sur le palier qui allait les séparer, Paul s'apprêtait à monter, et Lucas à descendre.

- Ravi de t'avoir rencontré Paul, j'espère que vous allez vite arranger ce problème d'eau.

- Oui moi aussi, je ne supporte pas les douches sous l'eau gelée ah ah ah je suis content de vous avoir ... de tu *sorry* rencontré également. Ça m'a fait beaucoup plaisir de parler français, avec ce confinement je le perds ... toutes mes classes sont en anglais.

– Ah bah écoute si tu veux la semaine prochaine on pourrait se faire quelque chose ensemble ? Je reviens dormir chez mes parents à partir de mardi, lui dit-il avec ses grands yeux perçants.

La balle était jetée et se trouvait à présent dans le camp de Paul. Lucas ne voulait pas rentrer chez lui avec des interrogations plein la tête. Il voulait en avoir le cœur net et savoir si Paul partageait la même excitation que lui ressentait. Paul baissa les yeux et regarda ses chaussures une seconde, gêné.

– Ça me ferait plaisir oui ! Mardi soir nous pouvons regarder une série ou un film sur Netflix enfin ce que tu veux ? Au moins, pas besoin d'attestation ah ah ah ou un autre soir le temps que tu t'installes ? Enfin quand tu veux, je suis libre tout le temps, répondit Paul en rigolant à moitié, tentant de cacher sa timidité.

– Ça marche, on va s'organiser ça, donne-moi ton insta, je t'ajoute et on en reparle ok ?

Lucas fondait petit à petit à chaque parole de Paul, mais tentait de le cacher et garder un air un peu froid et direct. Ce jeu des premiers moments. Les gestes barrières obligent, et afin d'amplifier la tension physique palpable entre eux, il lui fit juste un signe de la main en guise d'adieu et descendit les escaliers, laissant Paul remonter chez lui. Sur tout le chemin du retour, Lucas ne pensa pas un instant à la dispute qui l'attendait, revenant sans aucune course d'autant plus. Il avait déjà préparé son mensonge. Il lui dirait qu'il a fait la queue pendant plus de 30 minutes et en avait eu marre. Qu'il faisait beau et qu'il était parti se balader avec sa musique. Il n'avait pas vu l'heure passer. En réalité, il ne pensait qu'à Paul. Le coup de foudre existe-il vraiment se demandait-il ? Il ne savait pas si c'est ce qu'il venait de vivre, mais il n'avait qu'une hâte, c'était de le découvrir.

10 décembre 2034

Biscarrosse, France

Lucas était rentré comme prévu la veille vers 21h de son court séjour à Paris. Il avait conduit sur tout le chemin du retour, sans faire un seul arrêt. Certes la conduite était maintenant automatisée, et rien ne pouvait lui arriver, néanmoins il venait d'enchaîner près de 6 heures assis dans un véhicule à suivre une route des plus monotones. Mais il aimait les *road-trips*. Il avait choisi l'itinéraire de route premium, sans publicités sur le bas-côté, et avec pour seule distraction un paysage d'arbres à perte de vue. Cela lui rappelait la Californie par certains endroits. Le retour en voiture, couplé aux émotions de l'avant-veille et sa très mauvaise nuit l'avaient épuisé. À peine arrivé chez lui, John s'était occupé pour lui d'allumer la maison et préparer le chauffage de sa chambre. Il ne passa même pas par la cuisine afin de manger quelque chose avant de dormir. La fatigue était trop lourde. Il se déshabilla dans le couloir de l'étage qui l'emmenait à sa chambre, laissant son jean, son pull et sa chemise au sol. Il se glissa en boxer dans ses draps en soie et sombra presque immédiatement, ce qui ne lui était pas arrivé depuis 3 ans. Quelques minutes après, toutes les lumières de la maison s'éteignirent. Il n'eut même pas le temps de programmer son réveil.

Lucas se réveilla très tard ce matin-là. C'est la faim qui l'avait sortie des bras de Morphée. À moitié somnolant, malgré une nuit de près de 12h, il trouva la force, presque automatique, d'enfiler un jogging gris, un t-shirt blanc, des Birks et de descendre dans la cuisine pour se préparer un petit-déjeuner. Pour la première fois depuis longtemps, il avait fait une nuit complète et avait faim. Mieux encore, il avait envie de se faire plaisir. Cela lui rappelait les matins ou il préparait le repas au lit pour Paul quand ils passaient leurs week-ends ensemble. Il attrapa des œufs du frigo et un morceau de fromage. Du Cantal, son préféré. Il ramassa un avocat d'hiver (une espèce cultivée en France et qui arrivait à pousser dans des conditions très froides) de son jardin et une tranche de pain maison du congélateur qu'il fit réchauffer au four. Mais cela ne lui suffisait pas. Il se sentait particulièrement gourmand ce matin. Une sensation qu'il n'avait pas éprouvée depuis la mort de Paul. Il avait envie de sucre. Il avait plus particulièrement envie de préparer un gâteau. Et pas n'importe lequel, le gâteau préféré de Paul. Ne voulant pas perdre sa motivation, si rare ces derniers temps, il s'attela immédiatement à la tâche. Il sortit un grand saladier du haut du placard et tous les ustensiles nécessaires à la préparation de la pâte. À la suite du décès de Paul, il avait totalement perdu le goût de tout. Même le goût du goût. Tout lui paraissait fade depuis qu'il avait quitté sa vie, et rien ne lui avait plus donné envie de retourner en cuisine.

Pourquoi faire plaisir aux autres si on ne peut plus combler ceux qu'on aime ?

Cela lui avait coûté une presse assez compliquée ces derniers mois, et la remise en question de son talent. Paul Guillot avait-il été juste un coup marketing ? Un effet de mode ? Même si le monde de la pâtisserie s'était attristé pour lui de la perte de son mari, les gens oublient malheureusement très vite. La critique lui reprochait son manque de nouveautés, et son absence des interviews et émissions de TV. On ne peut pas vivre dans l'ombre éternellement. Mais, ce matin-là, le choc des trois mots deux soirs plus tôt et l'espoir qui l'animait à nouveau, lui avaient redonné envie de goûter au plaisir. En quelques minutes, il prépara la pâte de son gâteau aux citrons signature. « Le Paul » tel que l'on pouvait le commander dans une de ses boutiques à Paris. Il attrapa un citron et d'un geste il en tira le zeste. Il en mélangea quelques gouttes à la préparation de la pâte. Il n'avait pas de fraises fraiches, mais trouva un extrait d'essence de fraise au congélateur. Cela ferait l'affaire, exceptionnellement. Il déposa le gâteau au four. Après quelques minutes de cuisson, le gourmand parfum du « Paul » commençait à se diffuser dans toute la maison. Il ferma les yeux un instant et vit défiler devant lui quelques-uns des plus beaux moments qu'ils avaient partagés. L'odeur du « Paul » était de plus en plus intense. Son assistant personnel le ramena à sa cuisine en lui indiquant que la cuisson était terminée. Il ouvrit les yeux et sortit le gâteau du four. Il savourerait une part de son gâteau aux citrons, une fois reposé, en guise de dessert de ce brunch improvisé.

Plus tard dans l'après-midi, allongé dans son canapé, Lucas repensait à ce qui lui était arrivé. Il était temps de se plonger sérieusement dans cette histoire et de tenter d'établir une

explication plausible quant à l'appel qu'il avait reçu. Tout en fixant le vide, il s'adressa alors à haute voix :

– John, peux-tu me confirmer mes historiques de conversation du 8 décembre ?

Dans son oreillette, la voix de son assistant personnel répondit à sa requête.

– J'enregistre deux appels le 8 décembre. Vous avez eu également plusieurs discussions par message notamment avec votre mère, Léa et Mr Caron. Je note également quelques interactions sociales sur Meta et Amazon Social Places. Voulez-vous en savoir davantage ?

– Partage-moi tout ce que tu as sur mes appels entrants.

– Votre premier appel a été reçu dans la matinée à 10h53. C'est un appel de Mr Caron de la Banque de Paris. Il vous a laissé un message vocal concernant l'ouverture de votre boutique. Vous avez ensuite échangé par message avec lui et signé vocalement trois documents. Voulez-vous les consulter ?

– Non, passe à l'appel suivant, répondit-il sèchement.

– Votre deuxième appel a été reçu en fin de journée à 17h42. Je ne trouve aucune information sur l'émetteur de l'appel. Il a duré 7 secondes. Voulez-vous…

– Peux-tu localiser l'appel ?

– Un instant. Quelques bips résonnèrent en écho comme un signal de recherche. Je regrette. Il semblerait que l'appel soit protégé ou codé. Je n'ai malheureusement aucune information. L'appel a duré 7 secondes. Voulez-vous le réécouter ?

– Diffuse-le sur les enceintes du salon.

– Très bien, je diffuse l'appel de « inconnu » du 8 décembre 17h42.

Quelques secondes de silence. On pouvait entendre le bruit des vagues, légèrement étouffé. Et d'un seul coup sa voix résonna à nouveau dans toute la maison.

« Ne pars pas ».

– Peux-tu nettoyer la piste audio de l'enregistrement et retirer les perturbations de fond ?

– Piste audio nettoyée. Voulez-vous l'écouter ?

– Attends, peux-tu l'enregistrer dans mon téléphone ?

– C'est enregistré dans votre dossier personnel « documents ».

– Merci, peux-tu maintenant identifier la voix sur l'enregistrement ?

– Un instant. Je compare la fréquence de voix avec vos vidéos personnelles et vos archives d'appels. Veuillez patienter. Le même bip résonna à nouveau. Analyse confirmée. J'ai un match à 99,98%. Il s'agit de la voix de Paul Adam.

Lucas n'avait pas besoin qu'une intelligence artificielle le lui confirme, il savait reconnaître la voix de son défunt mari. Mais par précaution et voulant fonder son enquête sur des bases solides, il avait préféré vérifier.

– Tu es sûr ? oubliant un instant qu'il parlait à une intelligence artificielle, enfin je veux dire, peux-tu vérifier l'authenticité de ce message ?

Cela allait prendre un peu plus de temps. Ce que cherchait Lucas ici, c'était de s'assurer qu'il ne disposait pas dans ses propres historiques de conversation, ou vidéo, d'un extrait de Paul lui disant exactement ces trois mots. Quelqu'un aurait pu s'infiltrer dans son cloud et ses documents personnels, récupérer un son de la voix de Paul, pour une raison qu'il ignorait encore, et le lui diffuser via un appel intraçable. Il regarda la vieille horloge dans le salon. C'était l'un de ses seuls appareils qui n'était pas connecté et qui fonctionnait sans électricité. Il l'avait aussi récupérée de l'ancienne maison de sa grand-mère. Elle indiquait 18h. Il n'avait pas vu l'après-midi passer. Il pleuvait des cordes dehors, ça ne s'était pas arrêté depuis 2 jours. C'était bien la seule excuse valable qu'il avait pour ne pas aller voir le coucher de soleil ce jour-là. Son assistant le coupa dans ses pensées et le ramena à son enquête.

- Analyse terminée. Je n'ai trouvé aucune correspondance dans vos archives personnelles avec votre dernier enregistrement. Souhaitez-vous que je l'envoie en analyse à d'autres assistants personnels de votre cercle ?

- Non, pour le moment archive cette discussion et protège ce fichier.

Il esquissa tout de même un « merci », même s'il s'adressait à une intelligence artificielle. L'habitude de lui parler à longueur de journée, couplée à sa bonne éducation.

Qu'allait-il bien pouvoir faire maintenant ? Il ne voulait pas alerter la mère de Paul de sa récente découverte, ni même en reparler à Léa après leur discussion de la veille. Il était seul. Que cela pouvait-il bien signifier ? Qui lui avait envoyé ce message ? Quelqu'un essayait-il de se faire passer pour Paul ? Pourquoi prendre la peine de si bien cacher la source ? Il réécouta le message en boucle, tentant de comprendre. La voix de Paul dans l'enregistrement paraissait pressée, peut-être même affolée, il n'était pas sûr. Après plusieurs minutes de réflexion il soupira énervé. Il n'avait aucune piste. Il ne trouvait aucune explication rationnelle à son retour. Le temps de faire toutes ses recherches, et se questionner dans tous les sens, la nuit était tombée dehors. Paul ne l'avait pas rappelé ce soir. La pluie avait cessé, on pouvait de nouveau entendre au loin les vagues taper contre la dune métallique et la plage. Quelques années plus tôt, face à la montée des eaux et à l'érosion du littoral, une partie de la plage avait été renforcée par sécurité. La dune cachait maintenant une structure qui avait permis de sécuriser les rares maisons qui la surplombait. L'océan était fortement agité ce soir. Il décida de se refaire la scène, réellement cette fois et non plus virtuellement depuis son salon, espérant peut-être trouver un indice qui lui aurait échappé jusque-là. Il se leva de son canapé et marcha jusqu'à la porte de la cuisine qui donnait sur la terrasse. Il demanda à son assistant de lui relire le message de Paul.

– Lecture du message enregistré : « Ne pars pas », dit John en reprenant la voix de Paul pour les trois mots enregistrés.

Lucas était debout les yeux fermés à se concentrer sur la voix de Paul.

– OK, je suis là, je ne pense à rien, j'ai le téléphone contre mon oreille, et là je tombe, se rappelait-il à voix basse.

« Ne pars pas » se répéta à nouveau avec la voix de Paul sur les enceintes de la maison. Lucas regardait en face de lui, tentant de comprendre quelque chose, n'importe quoi.

– J'étais assis face à l'océan. Je me suis levé. Je me suis dirigé vers la cuisine … Rhoo mais putain ! Mais pourquoi me demander de ne pas partir ? Ne pas partir d'où ? De la terrasse ? De la maison ? dit-il en perdant patience et comme s'il parlait à quelqu'un.

Entre temps, Lucas était sorti sur la terrasse qui était plongée dans la pénombre. Alors qu'il parlait seul, il faisait de grands gestes autour de lui pour matérialiser ses déplacements et la scène de l'avant veille.

« Ne pars pas » résonna une troisième fois dans toute la maison, et maintenant à l'extérieur sur la terrasse en bois. Il regardait la porte en verre de la cuisine qui reflétait l'océan derrière lui. Il était perdu dans ses pensées.

« Ne pars pas », résonna une quatrième fois. À cet instant, la lumière s'alluma progressivement dehors sur les extrémités de la terrasse. L'assistant, ayant détecté sa présence à l'extérieur, s'assurait de sa sécurité en lui diffusant une légère lumière tamisée. Il ne disait rien. Il avait les yeux fermés. Il ne réfléchissait même plus. Il attendait.

« Ne pars pas », résonna alors une cinquième fois. Lucas ouvrit à nouveau les yeux. Il observa à nouveau la vitre où se reflétaient maintenant les lumières de la terrasse. Elles se mélangeaient aux reflets de l'horizon et l'océan. C'est là qu'il eut un flash.

– Le coucher de soleil ! J'étais en train de regarder le coucher de soleil quand je me suis levé. « Ne pars pas », peut-être voulait-il me rattraper ? Me dire de ne pas arrêter de le regarder ? C'est sûr, ça doit vouloir dire ça. Paul, comment t'as fait ça ? Comment tu as su que je voulais mettre fin à notre rituel ? dit-il sûr de lui.

Il parlait de plus en plus fort en levant les yeux au ciel comme si une réponse divine allait lui tomber dessus. Lucas était ému, comme à chaque fois qu'il repensait à Paul, mais il ne laissa pas le temps à ses émotions de prendre le dessus. Ne sachant pas vraiment où il allait dans sa réflexion, il demanda à son assistant de lui refaire un résumé précis de tout ce qui s'était passé entre 17h42 et quelques minutes après s'être évanoui ce jour-là.

– Analyse des vidéos de surveillances. Analyse des historiques de navigation. Analyse des historiques domotiques. Analyse des historiques de vos conversations, entre 17h42 et 18h15. Un instant s'il vous plaît. Toujours le même son en écho d'attente. Vidéo extérieure chargée. Historiques domotiques chargés. Historiques de conversations chargés. Voulez-vous que je diffuse la reconstruction ?

– Oui et diffuse le son sur l'enceinte terrasse.

Il visionnait les images enregistrées par la caméra extérieure sur son téléphone, tout en écoutant son assistant lui décrire exactement la scène.

– 17h42, vous êtes sur la terrasse. Je vous filme assis, de dos avec la vue sur la mer et le coucher de soleil. Je détecte un mouvement par la caméra. Je vous suis alors du regard et commence à filmer vos pas et la terrasse. Vous vous levez et marchez dans la direction de la cuisine. Je reçois une commande extérieure d'un utilisateur non identifié me demandant de mettre la lumière de la maison au maximum. Vous me demandez ensuite de la repasser à 20%. Vous recevez un appel, d'un numéro inconnu. La sonnerie est la musique d'*Antoine Decrop - Lights in a Windy Night.* Vous décrochez manuellement l'appel. Votre conversation avec numéro inconnu débute. Numéro inconnu dit : « Ne pars pas ». 7 secondes après l'appel, je note une secousse forte sur la terrasse. Vous êtes allongé par terre. Je détecte vos courbes vitales, vous êtes endormi. Je n'alerte pas les urgences. Vous restez immobile. L'appel est terminé. 18h07 je détecte à nouveau un mouvement, vous vous levez et entrez dans la cuisine. Je continue ?

Lucas se rappela à cet instant de la lumière. Ce flash éblouissant qu'il avait vu juste avant de décrocher l'appel. Une commande extérieure l'avait déclenchée ? Mais par qui ? Aucun utilisateur extérieur à son foyer ne pouvait interagir avec son assistant personnel. Même son cercle n'y était pas autorisé. Et il était le seul utilisateur encore actif. Enfin lui…et il y avait Paul. Paul aurait actionné la lumière ? Pour attirer son attention ? Après beaucoup de réflexion et en dépit de son esprit cartésien, il en arriva à la conclusion improbable que Paul était toujours là, d'une façon ou d'une autre, et qu'il avait trouvé un moyen de communiquer avec lui à travers l'assistant personnel qu'ils partageaient autrefois.

Comment cela pouvait-il être possible ? Cela faisait 3 ans qu'il souffrait, pourquoi choisir de revenir maintenant ? La seule différence qu'il voyait, c'était leur rituel du coucher de soleil. À la science-fiction s'ajouta alors le surnaturel, mais il continua sa réflexion. Depuis 3 ans il n'avait jamais manqué, sauf en cas d'averses comme ce soir, un coucher de soleil. Seulement le soir des événements, il l'avait quitté délibérément. D'où son message ? « Ne pars pas » ? Paul aurait senti que Lucas l'abandonnait et l'aurait alors contacté depuis l'au-delà comme pour le retenir à leurs souvenirs ?

C'était complètement tiré par les cheveux, il n'y croyait pas une seconde mais ne voyait aucune autre piste. Il n'y avait qu'une façon d'en avoir le cœur net. Une météo clémente était prévue le lendemain soir. Suffisante pour savourer un coucher de soleil riche en couleurs. Mais pour autant, Lucas ne se rendrait pas sur la terrasse pour le regarder, et provoquerait, il l'espérait, à nouveau l'esprit de Paul.

23 avril 2020

Quartier latin, dans l'appartement de Paul, Paris, France

Comme convenu lors de leur déjeuner familial, le mardi matin suivant, les parents de Lucas accompagnés de sa sœur l'attendaient à 10h précise en bas de l'appartement de Marc. Ils espionnaient l'entrée de l'immeuble, cachés derrière une voiture à proximité. Marc venait de partir pour le travail, ils l'avaient vu quitter l'appartement et avaient reçu un SMS de Lucas avec le code pour qu'ils viennent l'aider à porter ses valises. Ils ne laissèrent pas une seconde à Lucas pour douter de la décision qu'il avait prise. En moins de 30 minutes ils avaient récupéré toutes ses affaires et l'avaient réinstallé dans l'appartement familial du 17 rue Rollin. La chambre de Lucas était comme il l'avait laissée quelques semaines auparavant. Enfin presque. Le désordre en moins et quelques affaires qui ne lui appartenaient pas sur une chaise en plus.

– Mon chéri ? je t'apporte des draps propres, le petit locataire du 5ème est finalement venu dormir dimanche et lundi, vu qu'il n'avait plus d'eau chaude le pauvre je lui ai prêté ta chambre, lui cria sa mère de l'autre bout du couloir.

– Ne t'en fais pas maman, je vais les changer moi-même, répondit Lucas.

Sa mère lui accorda un peu de tranquillité dans sa chambre. En moins d'une heure, Lucas avait à nouveau perdu tous ses repères. Elle lui laissa le temps de digérer la situation et se réinstaller. Lucas commença à déballer son sac. Il jeta dans un coin de la chambre ses affaires sales et rangea en boule dans les placards ses quelques t-shirts propres. Il s'avança vers son lit qui était parfaitement fait et glissa sa valise dessous. Il s'allongea dessus, regarda au plafond et, sans trop savoir expliquer pourquoi, commença à caresser la couette. À la douce odeur de lessive, il décernait un autre parfum. Comme une madeleine de Proust, ce parfum fit jaillir en lui des sensations positives. Excitantes. « Mais où est-ce que j'ai déjà senti ça ? » se demandait-il. Ce jeu de souvenir olfactif l'amusait beaucoup. Il prit à nouveau une grande inspiration et c'est là qu'il reconnut finalement le parfum. C'était celui de Paul. En fermant les yeux, il s'imagina alors collé à lui contre tout son corps. Jamais il n'avait été aussi intrigué ni ressenti autant d'excitation et d'envie pour quelqu'un. Marc était déjà un cauchemar oublié. Il ne connaissait pas vraiment Paul, mais il l'avait envoûté.

Sur la chaise de son bureau, un pull était plié. Lucas se redressa et se leva pour l'attraper. C'était le pull de Paul. Dessus, il y avait un énorme logo d'une université américaine. Il ferma les yeux et l'approcha de son nez puis de sa bouche. Le même doux parfum. Encore plus fort que dans ses draps. Ce pull c'était Paul. Il avait l'impression de le serrer fort contre lui. Il était doux, comme devait l'être le grain de sa peau. Il sentait bon, comme devait sentir tout son corps. Alors qu'il s'évadait dans ses fantasmes, son téléphone le ramena à la dure réalité. Il vibrait de façon incessante. Les notifications de textos et appels manqués de Marc s'enchaînaient. Marc devait avoir trouvé la lettre qu'il lui avait laissée. Il ne voulait pas lui parler, pas pour le moment. Il posa son téléphone sur son bureau en mode avion pour ne plus être dérangé et replia soigneusement le pull. Se leva, ouvrit

son deuxième sac et continua à déballer ses affaires dans sa chambre d'ado retrouvée.

En fin d'après-midi, après avoir longuement réfléchi Lucas s'était décidé de rappeler Marc. Il n'en avait aucune envie, rien ne le ferait revenir sur sa décision, mais il lui devait une explication. Il passa une partie de la soirée au téléphone avec lui, tentant de lui expliquer pourquoi ils devaient prendre de la distance. De façon très surprenante, Marc l'écoutait sans s'énerver et semblait même respecter sa décision. Bien sûr il n'avait pas eu le courage de lui dire clairement que leur relation était définitivement terminée. Il lui laissait entendre qu'ils se reverraient, qu'il avait juste besoin de temps pour réfléchir. Qu'ils en discuteraient à nouveau dans quelques jours. C'était sûrement pour ça que Marc ne s'énervait pas. L'absence de réaction de sa part troublait fortement Lucas dans sa décision.

Sans le savoir, le même soir, Paul gérait aussi de son côté le même type de discussion avec son petit ami Sam laissé à New York. Leurs projets de se revoir au printemps n'étaient bien entendu plus d'actualité face à la situation sanitaire mondiale. Ce que Sam ne comprenait vraisemblablement pas. Il en voulait terriblement à Paul. On pourrait croire qu'il le tenait responsable de la pandémie et de leur séparation. Il était furieux contre lui de ne pas être rentré à temps à New York, aux premiers signes d'affolements. Ils n'avaient aucune idée de combien de temps ils allaient encore être séparés, ce qui l'angoissait terriblement. Paul était très triste aussi de cette situation. Sam et lui avaient partagé toute leur enfance et adolescence, d'abord en tant qu'amis puis amants. Depuis 6 mois, une partie de lui avait disparu avec l'absence de Sam. Les appels, les WhatsApp, les visioconférences ne lui suffisaient plus. Paul s'était aperçu qu'il avait envie de vivre autre chose. C'était un peu lâche de sa part, mais jusqu'à ce voyage à Paris, et cette pandémie, Paul s'était enfermé dans une bulle. Protégé, dans sa zone de confort. Pour la première fois de sa vie, à des milliers de kilomètres de chez lui, il devait se gérer, seul, et faire ses propres choix. Sans penser à personne d'autre. Découvrir de nouvelles choses, de nouvelles personnes, de nouvelles cultures. La personne qu'il était avant de partir à Paris n'était plus le Paul qu'il était aujourd'hui. Et il sentait que ce changement n'était que le début. Paul était en train de construire sa personnalité de jeune adulte. Il grandissait librement. Et la distance, d'abord physique, qui s'était installée entre lui et Sam, avait progressivement évolué en une distance sentimentale. Sam le savait, il le ressentait aussi, mais n'avait pas envie de l'accepter et préférait tenir Paul pour seul responsable. Pour lui, qui était resté aux US et pour qui les US seraient toute sa vie, il ne comprenait pas les choix de Paul et l'homme qu'il devenait. Il voulait pourtant toujours croire à leur histoire, mais savait au fond de lui qu'elle était révolue.

Paul venait de lui faire comprendre que c'était terminé, qu'ils devaient passer à autre chose. Qu'ils se reverraient peut-être, se remettraient peut-être un jour ensemble, mais que pour le moment ils devaient vivre chacun leur histoire. Il tentait de le calmer sachant pertinemment qu'il ne retournerait pas aux US avant un long moment et qu'ils ne se reverraient en réalité certainement pas. Au fond de lui, il avait déjà la tête ailleurs. En effet, tout en écoutant les tirades de Sam de l'autre côté de la caméra, il pensait déjà à la soirée clandestine qu'il avait de prévue le soir-même avec Lucas. C'était mal, mais c'était plus fort que lui. Depuis leur rencontre, il ne pensait qu'à lui. Ni lui, ni Lucas, n'avaient tenu longtemps pour se retrouver. Pour ne pas paraître trop impatient, Paul qui avait envoyé le premier message sur son Instagram après leur au revoir, avait proposé de se voir le jeudi soir. Sans hésiter, Lucas lui avait répondu « plutôt mardi ? ». Ce qui n'avait pas manqué de faire sourire Paul. Il faut dire qu'avec le confinement, une soirée de ce type paraissait inespérée et procurait une dose d'évasion qui offrait une excitation démesurée.

Les deux appartements du 4ème et 5ème étage étant très anciens, Paul entendait la voix de Lucas, qui était de retour chez lui Légèrement étouffée par les murs, il ne comprenait pas ce qu'il disait, mais son cœur avait clairement enregistré son timbre de voix et battait au rythme de ses mots. Ce qui ajoutait une dose d'excitation continue supplémentaire. Il était 19h quand Paul raccrocha après plus d'une heure passée sur Skype avec Sam il devait faire quelques courses en vue de sa soirée. Soirée romantique se demandait-il ? Il fallait la jouer décontracté. Même si l'envie lui disait, il ne se mettrait pas en cuisine pour recevoir son invité. Il opta pour des pizzas surgelées du magasin Picard en bas de chez lui. Pour l'apéritif et le dîner il prit des bières et du vin ne sachant pas ce que buvait Lucas. Il avait même de quoi préparer des Moscow Mules, au cas où. Son cocktail préféré. Il remonta des courses 30 minutes plus tard, rangea tout l'appartement (sans que cela ne paraisse trop rangé non plus) et disposa quelques chips sur la table basse face à la TV. Il était très perturbé à l'idée de recevoir quelqu'un chez lui. Premièrement, il n'avait vraiment discuté avec personne en face-à-face depuis plusieurs semaines (sans compter le fameux dimanche en question). Deuxièmement, il n'avait aucun ami ici à Paris, il était excité à l'idée de retrouver une vie de jeune adulte. Et troisièmement, et pas des moindres, si la soirée prenait cette direction, il n'avait pas été avec un homme depuis près de 9 mois. Il angoissait à l'idée que les choses en arrivent à ce stade, même s'il en nourrissait une envie profonde.

Un étage en dessous, Lucas lui se mettait en cuisine. Il avait décidé de ne pas venir les mains vides et de faire plaisir à Paul. Il voulait aussi l'impressionner et mettre toutes les chances de son côté. Il réfléchit à ce qu'il pouvait lui préparer. Il était très certain que son hôte aurait pensé au plat principal. En tant que bon américain il misait fort sur des pizzas ou des burgers. Il se chargerait donc du dessert. Il voulait lui proposer un dessert classique italien revisité. Il prépara d'abord une pâte à gâteau. Il était hors de question de prendre une pâte achetée dans le commerce. Il avait quatre citrons de côté dont il tira le zeste. Il ajouta quelques gouttes de jus de citron et de fraises écrasées dans la crème pâtissière. Il sortit une poche à douille pour dresser des meringues aux citrons et à la fraise sur le dessus de la tarte après sa cuisson. Avec un chalumeau de cuisine il brûla le bout des meringues de la tarte. Il était 19h45, une odeur gourmande parfumait tout l'appartement. Sa mère le regardait avec admiration. Il avait un don pour la cuisine, en particulier la pâtisserie. Depuis tout petit, comme un artiste, il leur préparait toujours d'excellents desserts. Au début il suivait les recettes, et progressivement il avait gagné en technique et élaborait même de propres créations originales. Accompagné d'une bouteille de vin blanc (empruntée en cachette dans la cave de son père), il prit le gâteau et monta au 5ème étage. Il sonna au studio de ses parents. Paul lui ouvrit la porte quasiment immédiatement, tout en regrettant son geste. Il paraissait effectivement l'attendre de pied ferme.

– *Hello Lucas! How are you* ? Je t'en prie entre ! Bienvenue « chez toi », dit-il un peu gêné, tentant de faire de l'humour en français pour se détendre.

– Salut Paul, lui répondit-il avec un grand sourire, je t'ai apporté une bouteille de vin et un dessert, j'espère que ça va te plaire.

– Oh wow, tu as cuisiné ça ?

Paul regardait Lucas avec un énorme sourire qui trahissait déjà toutes ses émotions.

– Oui, c'est une tarte au citron que j'ai un peu revisitée, j'adore cuisiner ça me détend, j'espère que ça va te plaire.

– Mais c'est génial ! Mais comment tu savais que les gâteaux aux citrons étaient mes préférés ? Mon père me faisait toujours des gâteaux aux agrumes. Hummmm ça à l'air tellement bon ! Moi je n'ai préparé que des pizzas surgelées, je suis trop *embarrassed*.

– Mais non tu es fou, on s'en fiche ! Et attends de l'avoir goûtée avant de dire que c'est génial.

– J'ai presque envie de te proposer qu'on commence par le dessert tellement ça sent bon. *Anyway, make yourself at home*, je vais servir le vin. Je suis très content de t'avoir ce soir et de parler français. J'avais hâte de cette soirée.

Lucas retira ses chaussures, qu'il ne portait que pour la forme ayant eu seulement 30 marches à monter. Paul le débarrassa de sa bouteille et du dessert qu'il déposa dans la cuisine. Lucas lui avait également ramené son pull.

– Oh merci je le cherchais partout, je l'ai laissé dans ta chambre ? Oh no ! Ta maman m'a laissé dormir dans ton lit le temps que le mec intervienne pour l'eau chaude. Je suis désolé vraiment j'espère que ça ne te dérange pas ?

– Ah ah ah, aucun souci. Ne sois pas désolé, embarrassé ou quoi que ce soit avec moi. C'est ton école le blason sur le sweat ?

– Oui c'est mon université à New York. Je le porte depuis des années, c'est mon pull préféré. Je sais pas pourquoi, il me rappelle beaucoup de souvenirs et il est tellement confortable je le mets tout le temps. Bref je sais pas pourquoi je te parle de mon pull ah ah ah.

Les deux garçons discutèrent plus de 2 heures sans qu'il y eut un seul blanc. Paul raconta sa vie aux US. Il parla de ce voyage en Europe qu'il avait entrepris et dont il rêvait depuis toujours. De ses amis laissés à New York et de ses parents. De tout, sauf de Sam. De son côté, Lucas en fit de même. L'espace d'un instant, c'était comme si Sam et Marc avaient complètement disparu de leurs vies respectives. Il n'y en avait que pour eux. Ils avaient terminé la deuxième bouteille de vin lorsqu'ils se rendirent compte que l'alarme du bureau affichait 22h et qu'ils n'avaient pas encore mangé. Paul proposa à Lucas de choisir le film sur Netflix le temps qu'il mette les pizzas au four.

– Tu es plutôt film d'action ? Science-fiction ? Comédie ? Horreur ? questionna Lucas.

– Oh, j'adore les *scary movies* ! Mais je dois te dire j'ai très très peur ah ah ah il se peut que je me cache derrière toi !

– Je te prêterai mon bras si tu as peur, lui lança-t-il d'un ton charmeur.

Il ne pouvait pas rater cette perche que Paul lui avait tendue. Lucas avait parfaitement compris son stratagème, au grand bonheur de Paul. Ce serait donc un film d'horreur. Il lança l'application sur la TV. Une fois dans la bonne catégorie, il choisit parmi les films les plus regardés sur Netflix et s'arrêta sur « Sans un mot ». Le descriptif était prometteur. Un film sur une écrivaine sourde et muette, qui vit seule au milieu d'une forêt (un scénario classique de film à frissons) et qui se fait traquer chez elle par un *serial-killer*. Les sursauts étaient garantis, se dit Lucas. Idéal pour que Paul se colle à lui. Le film était sur pause avec un énorme N en rouge sur un fond noir, le temps que Paul apporte les deux pizzas sur la petite table face à eux. Il proposa d'accompagner le plat d'une bouteille de Pepsi Max. Paul éteignit les lumières de l'appartement pour dresser l'ambiance. Juste une petite lampe veilleuse était allumée à côté de la télévision. Lucas était assis sur la gauche du canapé, Paul se mit au milieu à côté de lui.

« Tou-doum », le film était lancé.

Les deux jeunes hommes dévoraient leur repas et chaque minute du scénario. Paul se rapprochait de Lucas à chaque part de pizza qu'il attrapait. Très rapidement, leurs épaules furent collées l'une à l'autre. Aucun ne commentait la situation, mais dans leur tête chacun comprenait ce qui se passait et où cela allait les emmener.

Premier sursaut. Dans le film, le tueur venait de s'en prendre à l'amie de l'écrivaine.

Paul n'arriva pas à cacher sa peur et attrapa la main de Lucas sans réfléchir. Il le regarda dans les yeux, sourit et la relâcha immédiatement. Les deux jeunes hommes se mirent à rigoler de la réaction de Paul.

- Ah ouais, quand tu dis que tu as peur, tu as vraiment peur, dit Lucas très amusé par le bond de Paul.

- *I know* ! Je suis désolé, ahhh, j'adore mais ça me fait vraiment sursauter ! Je ne contrôle pas.

- Tu n'as pas à t'excuser, c'est plutôt mignon je trouve, dit-il d'une voix charmeuse.

Ils se fixaient droit dans les yeux, d'un long regard qui en disait long. Sans hésiter, Paul quitta le regard de Lucas et déposa sa tête sur son épaule, en attrapant sa main et la serrant contre sa cuisse. Lucas ne dit rien, et la serra encore plus fort. Le film continuait sur la télévision face à eux, mais leurs esprits étaient maintenant ailleurs. Ils n'avaient même pas remarqué que le tueur était entré dans la maison de l'écrivaine. Lucas leva sa main et commença à caresser doucement le visage de Paul. Ses phalanges frôlaient sa douce barbe blonde. Avec son index, il jouait avec les poils de sa barbe juste au-dessus de ses lèvres. Paul commençait à fermer les yeux sous les caresses de Lucas. Sa tête bougeait doucement au rythme des mouvements de main de Lucas. D'un geste plus franc, Lucas attrapa la mâchoire de Paul et l'approcha de sa bouche. Il le regarda droit dans les yeux deux ou trois secondes, puis l'embrassa comme Paul n'avait jamais été embrassé avant.

Le « French kiss » n'était pas une légende. Ils s'embrassèrent langoureusement pendant que, sur la télévision du salon, une course-poursuite infernale au couteau se passait. Le destin de la jeune écrivaine ne les intéressait plus du tout.

Sans le faire exprès, Paul appuya sur la télécommande qui mit le film en pause. L'absence de musique de fond les arrêta dans leur élan. Ils se regardèrent à nouveau. Leurs yeux étaient légèrement fermés et fatigués, l'endorphine avait déjà commencé à se diffuser dans tous leurs corps.

Alors, Lucas proposa à Paul de servir le dessert. Le fameux gâteau au citron. Paul se réjouit et sauta presque sur place à l'idée d'enfin le goûter. Il avait du mal à cacher ses émotions, en l'occurrence ici, sa double excitation. Il sortit du placard deux petites assiettes. Il découpa soigneusement deux parts plutôt généreuses. La coupure était nette, la crème ne dégoulinait pas du gâteau. On pouvait déjà deviner son onctuosité sans même l'avoir eu en bouche. Une douce métaphore de la situation qu'ils vivaient. Un « *that's what she said* » aurait été de rigueur aux États-Unis. Lucas n'eut pas le temps de lui dire « Bon appétit » que Paul savourait déjà sa première cuillère. En une microseconde, ses pupilles se dilatèrent et revinrent à leur état normal. Un sourire s'installa sur son visage suivi d'un murmure, signe de haute satisfaction sans aucun doute.

- Hummm c'est aussi bon que tes baisers, peut-être même meilleur, dit-il pour taquiner Paul et le relancer.

– Je suis content que tu l'aimes, mais j'ai de la concurrence maintenant, je vais devoir reprendre les choses en main, lui répondit-il avec un air malicieux.

Paul ne pouvait s'empêcher de sourire et de rire à chaque phrase de Lucas.

Il attrapa son assiette et la déposa sur la table. Tout en s'embrassant ils se levèrent et Lucas transforma d'un geste le canapé en lit. Il connaissait très bien l'appartement. Il y allongea Paul et se mit à l'embrasser dans le cou et la nuque en remontant jusqu'à ses oreilles. Paul se mordait les lèvres sous les baisers de Lucas. Il revint doucement sur ses lèvres tout en glissant sa main sous son t-shirt. Paul était très musclé. Vraiment très musclé. Il devait pratiquer du sport de haut niveau. Il avait un corps d'athlète ferme et complètement imberbe. Sa peau était lisse comme celle d'un bébé, mais n'en était pas moins virile. Son corps l'excitait énormément. Paul de son côté, moins farouche que sur les baisers, descendit avec sa main le long du pantalon de Lucas, et là, sans défaire sa ceinture, la glissa dedans.

Ce soir-là les deux jeunes amants passèrent leur première nuit ensemble. Ils n'avaient pas été prêts à aller plus loin, leurs histoires respectives encore trop fraiches. Ils laisseraient au temps le temps de se découvrir. Mais ce qui était certain, c'est qu'ils venaient de sceller la première nuit d'un amour inconditionnel. L'amour d'une vie. Un amour au-delà des rêves, et ce qui semblerait même, au-delà de la mort.

11 décembre 2034

Biscarrosse, France

Lucas n'en pouvait plus d'attendre l'appel de Paul. Il avait traîné son impatience toute la journée seul dans sa grande maison. Heureusement, l'appétit n'était plus un de ses soucis. Pour faire passer le temps, il avait passé sa matinée à cuisiner et retrouver quelques-unes de ses meilleures recettes dans sa cuisine. Tarte aux pommes et éclats de pécan. Croustillant de mousse au chocolat. Cake-crêpe. Tarte aux citrons et fraises façon Paul. Il ne savait pas ce qu'il ferait de tous les restes. Peut-être enfin l'occasion d'en faire profiter aux quelques personnes de la ville qui l'avaient reconnu et avec qui il avait noué de petits liens se dit-il. Il leur avait toujours promis d'organiser un événement un jour chez lui et de leur faire découvrir, comme à Paris, ses plus grands succès de pâtissier.

Mais chaque chose en son temps. La priorité restait de résoudre cette mystérieuse réapparition de Paul dans sa vie.

Afin de faire passer plus vite les dernières heures de la journée, et entre deux tournées de gâteaux, Lucas était sorti faire une balade sur la plage. L'occasion pour lui de se remettre les idées en place, sous un doux vent glaçant. Après 30 minutes de marche, il rentra finalement se mettre au chaud, la nuit commençait en effet à pointer le bout de son nez. Il était maintenant prêt pour son expérience technologique avec l'au-delà. Lucas se sentait comme dans un film de science-fiction dont il était le héros. Alors qu'il se déchaussait et rangeait ses affaires, il demanda à son assistant d'allumer à 100% toutes les lumières de la maison. Un film était projeté sur le grand mur du salon et de la musique jouait dans la chambre à coucher. Il ouvrit une bouteille de vin blanc, un UBY n°3, et se servit un grand verre. Le four était encore en train de faire cuire son dernier chef d'œuvre culinaire. Tout laissait croire à une présence dans la maison, mais aucune dehors. La caméra de sécurité extérieure filmait le sol, entre le début de la terrasse et l'entrée de la cuisine. L'océan était hors de son champ de vision. Il demanda à plusieurs reprises à John le temps qu'il faisait dehors.

– Tu me confirmes qu'il fait bon ce soir dehors et que la vue est dégagée pour observer le coucher de soleil dans de bonnes conditions ?

Lucas faisait exprès d'exagérer ses propos, au cas où il soit sur écoute. Aucun scénario ne devait être écarté dans ce contexte paranormal. L'espionnage en était un.

– Tout à fait Lucas, il fait actuellement 9 degrés. Il y a peu de nuages. Le ciel sera parfaitement dégagé ce soir. Aucune prévision de pluie. Le coucher de soleil débutera dans 4 minutes, souhaitez-vous que j'éteigne toutes les lumières de la maison et vous allume la terrasse ?

– Non, merci, je ne regarderai pas le coucher de soleil ce soir, augmente le son de la musique de la maison s'il te plaît.

Il se trouvait ridicule à raconter sa vie à son assistant. Ridicule ou comme un enfant qui s'apprêtait à faire une bêtise. Les trois verres de UBY commençaient à faire leur effet. Il était maintenant debout, son verre à la main, et commençait à danser seul dans le salon. Ses yeux à moitié fermés, il faisait de petits mouvements avec sa tête, face au film qui était toujours projeté sur le mur. Son ombre cachait une partie de l'image. Il s'agissait d'Avatar 2 ou peut-être le 3 « Retour à Pandora » il n'en avait aucune idée et n'y prêtait à vrai dire aucune attention. Tout cela faisait partie de son plan. Même s'il ne regardait pas ce qui se passait dehors, il sentait que le coucher de soleil avait démarré. Un éventail de couleurs arrivait à traverser la grande baie vitrée

et se reflétait discrètement sur les vases, fenêtres et miroirs de la maison. Il reprit alors ses esprits et commença à se préparer pour son appel.

Son écran portable était déposé sur la table à manger. Il fixait ce rectangle noir avec insistance. Méfiant qu'on puisse le démasquer dans sa supercherie, il avait recouvert à l'aide de torchons et de draps toutes les caméras du salon. Personne ne pouvait le voir. À réécouter la reconstitution virtuelle des événements, on ne pourrait que comprendre de cette soirée, malgré l'absence d'image, que Lucas était seul dans son salon à regarder un film ou à écouter de la musique. Aucun autre mouvement ne pourrait être identifié. Dehors, le coucher de soleil devait en être à sa moitié. Pourtant il ne s'était encore rien passé. Il y avait bien eu quelques notifications sur son écran, mais aucun signe de Paul. Lucas détourna son attention de l'appareil et demanda à son assistant de baisser la musique.

– Baisse le son, dit-il d'un ton sec.

Il entendit alors la musique « Lights in a Windy Night » de Antoine Decrop.

– Je t'ai dit de baisser la musique de la maison, redit-il d'un ton maintenant agacé pensant que son assistant ne l'écoutait plus.

L'alcool était redescendu d'un coup, comme ses espoirs. Déçu, il commençait à s'énerver. La mélodie de piano commença à se jouer dans tout l'appartement. Le morceau sauta directement à la fin, précisément à 4 minutes et 24 secondes. Comme un disque rayé. Lucas s'arrêta net à l'écoute de la première note. Cet enchainement il le connaissait parfaitement. C'était son passage préféré. Pendant 54 secondes il écouta la musique sans bouger. Il était debout dans son salon, les yeux grands ouverts. Il fixait le plafond, comme pour ressentir quelque chose et le laisser se diffuser dans tout son corps. La musique s'éteignit dans toute la maison et le dernier accord du morceau s'enchaîna alors sur son téléphone portable. Il tourna la tête pour regarder l'écran. Ce n'était pas une musique en cours de lecture, mais la sonnerie d'un appel entrant. Un appel encore une fois sans numéro ni identifiant, qui avait été diffusé sur ses enceintes.

C'était lui, c'était Paul.

Un sentiment d'angoisse le traversa d'un coup. Lui qui se pensait prêt à recevoir cet appel se trouvait en réalité tétanisé face à l'écran du téléphone. Il n'arrivait plus à contrôler son propre corps ni à retenir ses émotions. La sonnerie reprit une deuxième fois. Ce morceau, cette sonnerie, c'était celle qu'il avait personnalisée pour Paul des années auparavant. La chanson arrivait presque à sa fin. Il ne savait pas s'il retrouvait sa motricité ou si c'était ses nerfs qui avaient pris le contrôle de sa main, mais il arriva à atteindre l'écran du doigt et décrocha le téléphone.

– *Honey* ? Où étais-tu ! Tu ne viens plus, je t'ai encore attendu ce soir, j'ai pas pu regarder le coucher de soleil à cause de toi, lui dit-il d'une voix triste.

Sa voix résonnait partout dans la maison. Que pouvait répondre Lucas à ça ? Ses cordes vocales étaient nouées. C'était lui. C'était bien sa voix, c'était son accent.

– Je suis vexé vraiment, je les attends ces couchers de soleil moi! Ce sont les plus beaux moments de ma journée… Nos moments, et j'ai l'impression que tu me *zappes*, reprit-il face à l'absence de réponse de Lucas.

– Je… je suis là, tenta-t-il de répondre d'une voix bouleversée, beaucoup trop ému et chamboulé pour arriver à lui parler davantage.

Le choc était trop fort pour qu'il en dise plus. Il s'effondra immédiatement en larmes. Il manqua ne pas retrouver son souffle à force de pleurer. Il ne pouvait plus bouger ses bras, son corps. Sa gorge était serrée à lui faire mal. Lucas qui acceptait enfin sa disparition, était ce soir le spectateur d'un des plus gros coup de théâtre jamais imaginé. Tant inattendu qu'inexplicable. Paul était revenu de parmi les morts et Lucas n'était finalement pas du tout prêt à ça. La réalité de cet appel l'avait frappé de plein fouet et l'avait anéanti une seconde fois. De l'autre côté du téléphone, Paul lui s'impatientait. Il ne comprenait pas ce qui se passait, ni sa réaction. Lucas tentait de maîtriser ses pleurs et de reprendre doucement ses esprits. Le temps leur était compté, il devait être fort. Il lui fallait trouver le courage de parler et lui dire tout ce qu'il avait sur le coeur. Depuis son accident, il avait toujours rêvé d'avoir un jour la chance de pouvoir reparler à Paul une dernière fois. Il avait gardé pour lui une culpabilité face à sa disparition. Même s'il n'aurait rien pu faire, il se sentait en partie responsable. Et cela le rongeait depuis 3 ans. Il avait besoin plus que tout de se libérer de ce fardeau. Bien sûr, il avait aussi et par-dessus tout envie de lui dire à quel point il lui manquait, à quel point il l'aimait et que sa vie était insupportable sans lui. Mais une partie de lui avait avant tout besoin de se libérer de Paul et de ce qu'il lui avait fait subir. Il avait répété son discours maintes et maintes fois, il le connaissait par coeur. Ce discours libérateur l'avait aidé dans l'acceptation de sa perte. Les larmes commençaient à s'effacer laissant place à sa colère. Décuplée par les verres de vin bus quelques heures plus tôt, il trouva le courage de s'ouvrir enfin à Paul. Plus particulièrement, d'exprimer sa rage de l'avoir abandonné comme il l'avait fait sans aucune explication. Ainsi, Lucas reprit le contrôle de leur conversation d'un ton beaucoup plus affirmé.

– C'est toi qui m'as oublié Paul, t'es parti, tu m'as laissé ici en France, tout seul. T'as mis fin à notre histoire. J't'en veux tellement d'avoir pris ce job et d'être parti si loin de nous.

Lucas était furieux et avait besoin de vider cette tristesse / haine qu'il avait gardée en lui toutes ces années. Mais cela paraissait complètement décalé pour Paul qui ne comprenait pas les propos de Lucas...

– Quoi ? Lucas calme toi... comment ça « fin à notre histoire » ? Qu'est-ce que tu veux dire ? C'est pas pour toujours tout ça, tu le sais très bien, je vais rentrer, *soon I hope,* tenta de répondre Paul complètement déboussolé. Je t'aime je suis là, qu'est ce que tu...

– Tu es là ? Laisse-moi rire ! Et laisse-moi parler s'il te plaît. Ça fait 3 ans que j'ai besoin de te dire tout ça. Plus que tout, même si tout n'allait pas hyper bien entre nous, je t'en veux de ne pas m'avoir écouté, encore une fois, et d'avoir voulu conduire toi-même cette putain de moto. Pourquoi tu m'as abandonné Paul ? Pourquoi tu n'es plus là ? Je t'aimais tellement putain. Ma vie sans toi n'a plus aucun sens. Une partie de moi s'est éteinte avec toi, il ne me reste que la force de survivre. Je survis depuis 3 ans dans cet enfer où tu n'es plus là. Mais moi, je veux vivre putain. Je voulais vivre à tes côtés. Depuis le premier jour où je t'ai vu chez ma mère je voulais que ce soit toi et moi pour toujours. Ça devait être que l'histoire de quelques mois ce putain de travail, et ça m'a coûté ta vie. Tu m'as abandonné. Tu m'avais promis de toujours être là et tu m'as lâché.

Lucas n'arrivait plus du tout à retenir ses pleurs. Il avait toujours eu tendance à tout intérioriser, mais là, il arrivait enfin à se libérer de toute la tristesse qu'il avait accumulée. Il attendait que Paul réagisse, lui réponde quelque chose, n'importe quoi. Il avait complètement occulté le côté insensé de la situation qu'il vivait. Il avait l'impression d'être simplement une fois de plus au téléphone avec lui, comme ils avaient tant l'habitude de l'être chaque soir. Dehors, le coucher de soleil arrivait à sa fin, il restait quelques secondes à peine avant que le soleil ne disparaisse complètement sous l'horizon. Paul tenta de lui répondre, mais il ne comprenait rien.

– Je .. je comprends pas de quoi tu me parles *honey*. Tu me fais peur. Je suis là, je suis toujours avec toi et pour toujours. Je travaille énormément c'est vrai mais je vais bientôt rentrer et tout ira très bien. Je t'aime toujours autant moi. Je ne comprends pas de quoi tu me parles. Que veux-tu…

Puis, plus un son.

Lucas regarda l'écran de son téléphone. Il s'était éteint. La conversation avait duré 4 minutes à peine. Il lâcha un « putain » qui fit trembler les murs de la maison. Un cri de détresse à glacer le sang. Il hurla furieux d'avoir perdu à nouveau la connexion avec Paul. Il s'en voulut presque immédiatement de tout ce qu'il venait de lui dire. Le soulagement qu'il espérait tirer de son monologue s'était transformé rapidement en une douleur vive dans tout son corps. Si cela avait été sa seule et unique chance de lui reparler, Lucas l'avait gâchée de tout son venin. Les pleurs l'assommaient petit à petit. John, qui avait décelé sa tristesse et des courbes cardiaques anormales, l'invita à se calmer, en se concentrant sur sa respiration. Chaque inspiration et expiration le ramenaient doucement à lui. L'apaisaient. Alors, ses pensées négatives laissèrent de la place aux mots de Paul qui se rejouaient dans sa tête. Comme pour le soulager, le rassurer. Paul paraissait complètement distant de la réalité, de tout ce qui s'était passé. Il n'avait rien compris à ce que Lucas lui avait dit. La moto, la distance, la séparation, sa mort, enfin tout ce qui lui avait dit ou insinué lui semblait complètement étranger. C'est comme si Paul ne savait pas. Lucas ne comprenait rien, mais n'avait plus la force pour ce soir d'y penser. Cet appel avec l'au-delà l'avait vidé de toute son énergie. Il se mit dans son canapé et tomba de fatigue instantanément.

Dehors, il faisait noir, comme le premier soir où il s'était évanoui sur la terrasse.

24 avril 2020

Quartier latin, dans l'appartement de Paul, Paris France

Lucas n'était pas rentré chez lui. Enfin techniquement il l'était, puisqu'il avait dormi chez le nouveau locataire de l'appartement de ses parents. Les bras de Paul, sa peau si douce, ses lèvres pulpeuses, étaient tant de tentations qu'il n'avait pas pu résister à rester passer la nuit. Il n'avait pas arrêté de penser à lui depuis leur première rencontre. Il avait tellement attendu ce *date* avec impatience qu'il n'aurait pas voulu qu'il se termine. Quelle chance pensait-il, son nouveau petit ami vivait seulement un étage au-dessus de sa propre chambre, et le confinement leur donnerait l'opportunité de passer tout leur temps ensemble. Il ne le connaissait pas vraiment, malgré toutes les photos qu'il avait regardées sur son Insta, mais il ne pouvait pas s'empêcher de se projeter dans leur relation naissante. Et le plus important, c'était qu'il était persuadé que Paul ressentait la même chose pour lui.

Les rayons du soleil pénétraient doucement à travers les rideaux du studio. Lucas était allongé sur le dos, et Paul, le visage posé sur son torse, le serrait dans ses bras. Les deux jeunes amants étaient en sous-vêtements sous le duvet, leurs jambes entrelacées. Paul était réveillé depuis plus d'une heure, mais il gardait les yeux fermés et continuait de serrer Lucas contre lui. Il ne voulait pas que leur première nuit se termine. Il aurait aimé figer ce moment dans le temps. Il caressait son torse à l'aide de sa joue, tandis que Lucas, qui se réveillait doucement, jouait avec ses doigts dans ses cheveux mi-longs clairs. Paul ouvrit finalement les yeux et plaça son menton sur son buste pour le regarder droit dans les yeux. Lucas avait des yeux envoûtants, tout du moins ils l'avaient ensorcelé. Il le fixait et, tout en se laissant aller à un grand sourire, il lui dit bonjour accompagné d'un baiser.

Paul et Lucas ne donnèrent aucune nouvelle à personne de leur entourage ce jour-là. Ni le suivant. Sa mère, elle, se doutait bien où se trouvait son fils et ne s'inquiéta pas une seconde de ne pas le voir rentrer à la maison. Ils restèrent au lit toute la matinée à se câliner. C'était comme si Sam et Marc n'avaient jamais existé. Un lien très sérieux s'était créé entre eux. Ils avaient terriblement envie l'un de l'autre, mais voulaient prendre le temps. Faire grandir ce désir les excitait énormément. Vers midi, Lucas trouva finalement la force de sortir des bras de Paul et se leva pour préparer un petit-déjeuner. Il attrapa le pull de Paul qu'il avait rapporté la veille et se mit à la cuisine. « J'ai beau le laver, il sent toujours comme moi » lui dit Paul. Depuis le canapé-lit, il admirait Lucas dans son boxer noir Calvin Klein portant son pull. Lucas était grand, des épaules très larges et un corps trapu. Ses jambes très poilues paraissaient noires de là où il se trouvait. Il avait une peau légèrement hâlée, alors qu'il n'avait aucune origine méditerranéenne ou autre. Lui et sa sœur étaient les ovnis de la famille. Lucas connaissait maintenant par cœur l'odeur de Paul et se sentait si bien d'en être enveloppé par son sweat-shirt. Il inspecta son frigo et y trouva largement de quoi lui préparer un festin de roi. Il prépara d'abord une omelette, fit cuire du bacon qu'il caramélisa à l'aide de sirop d'érable. Il fit revenir quelques tranches de pain au toaster. Il prit même le temps de réaliser un cake à la banane, sirop d'érable et aux noix, qu'il mit chauffer 20 minutes au four, leur laissant le temps de déguster la première partie du repas. À chaque bouchée des plats préparés par Lucas, Paul ne pouvait s'empêcher de s'exclamer.

- *Oh my god* ! Lucas ! c'est tellement bon. Comment as-tu fait pour transformer une simple omelette en quelque chose d'aussi raffiné ? On dirait un dessert tellement c'est bon. Déjà hier avec ton gâteau … j'y ai repensé toute la nuit, je dois t'avouer, j'en ai même remangé une part quand tu dormais, dit-il.

- Ah ah ah, content que ça t'ait autant plu. J'adore cuisiner, depuis toujours. C'est une vraie passion et ça me détend en plus. Quand je cuisine c'est comme si j'entrais dans un autre monde. Je m'évade. Et surtout ça me fait plaisir quand je te vois savourer mes recettes avec tant de plaisir.

- Mais tu devrais faire des concours ou des TV shows je sais pas si ça existe ici en France ? Mais tu as du talent, vraiment, tu ne dois pas réserver cela qu'à tes amis et ta famille. Le monde doit être au courant.

- Tu vas un peu loin là, non ?

- Tu sais aux US on nous pousse vraiment depuis très petit à vivre nos rêves à 100%. *The American dream* n'est pas un mythe. Bien sûr tout le monde n'arrive pas à le vivre ou à vivre de ses rêves, mais il est normal de se donner la chance de les accomplir. Et là, si je peux être honnête avec toi, je te promets il faudrait que tu fasses quelque chose car c'est vraiment trop bon.

Lucas était très gêné face aux compliments de Paul. Personne ne lui avait jamais parlé de ses talents de cuisinier comme il venait de le faire. Il savait au fond de lui qu'il était bon. Même très bon. Il avait beaucoup de goût et un talent particulier pour associer les bons ingrédients ensemble et inventer de nouvelles saveurs. Sa mère l'avait toujours félicité pour sa cuisine, mais pour autant jamais mis sur cette voie, privilégiant plutôt des études d'ingénieur. Mais cela ne lui avait jamais vraiment plu. C'était la bonne chose à faire bien sûr, mais il le faisait pour elle, pour son père, mais pas pour lui. Ce que venait de lui dire Paul ce matin, était tout ce qu'il attendait d'entendre. Même s'il venait tout juste de le rencontrer, il avait accepté ses encouragements avec beaucoup d'émotion et de conviction. Paul avait peut-être raison. Peut-être devrait-il creuser cette voie qui lui procurait tant de plaisir ?

Ne doit-on pas vivre de plaisir ?

Paul et Lucas continuèrent leur discussion au lit, tout en dégustant le petit-déjeuner brunch qu'il lui avait préparé. Paul lui raconta en détail toutes les émissions de cuisine qu'il connaissait et lui montra des profils Instagram de grands cuisiniers qui s'étaient fait connaître grâce à ce genre de programme. Lucas était passionné par ce qu'il lui disait, et touché par sa bienveillance et de voir à quel point il voulait l'aider. Alors qu'il ne s'arrêtait pas de parler, Lucas réalisa la chance qu'il avait de l'avoir rencontré. Quand on a trouvé la bonne personne, on le ressent se dit-il. Et c'est exactement ce que son cœur lui faisait comprendre.

Alors qu'ils avaient réussi à se contrôler la veille et toute la nuit, leur regard déjà trop complice les fit finalement chavirer. Tout en tenant le corps de Lucas dans ses bras, Paul déposa le plateau de petit-déjeuner par terre. Ce matin-là, ils firent l'amour pour la première fois. Un amour fort, passionnel et réfléchi. Ils n'avaient pas besoin de se parler, ils savaient ce que l'autre voulait. Ils étaient en parfait équilibre, sexuellement et sentimentalement.

C'est ce 24 avril que la vie de Lucas bascula.
C'est ce 24 avril qu'il décida de
prendre un tout nouveau chemin.
Le chemin de l'amour et de
l'épanouissement personnel.
Un chemin qu'il parcourrait
dorénavant aux côtés de Paul,
son partenaire de vie, et qui
l'emmènerait jusqu'à ouvrir sa première
boutique de pâtisserie dans le 18ème
arrondissement de Paris pas moins de 2 ans
plus tard.
C'est aussi ce même chemin qui lui ferait
vivre une expérience hors du commun avec
l'au-delà pas moins de 10 ans plus tard.

12 décembre 2034

Entre Biscarrosse et Paris, France

– Alors tu me crois maintenant ? demanda Lucas à Léa, fier de lui de l'avoir scotchée.

Quelques minutes plus tôt, Lucas avait envoyé la conversation téléphonique qu'il avait eu la veille avec Paul à son amie. Juste un message qui disait « écoute ça ». Il n'avait pas fallu plus d'une minute pour que son assistant l'avertisse d'un appel entrant de Léa. Elle n'en revenait pas. Après s'être excusée pendant au moins 20 longues minutes, elle décida enfin d'écouter son meilleur ami et de chercher à l'aider à comprendre ce qui se passait. Elle-même ne trouvait aucune explication plausible à ce qu'il venait de vivre, à deux reprises. Toutes les options devaient être envisagées pour expliquer ces appels. À tour de rôle, chacun exprima ses idées. Des plus saugrenues et surnaturelles, aux complots de cyber-hacking.

– Attends attends, je l'ai ! Peut-être que quelqu'un à réussi à reconstituer l'empreinte vocale de Paul. Quelqu'un qui veut quelque chose de toi, genre ton argent ? Ce serait pas si impossible franchement. Écoute, tu es connu, talentueux, on peut facilement imaginer que tu sois riche et te penser un peu faible ces derniers temps suite à la mort de ton mari. Quelqu'un joue avec toi pour t'escroquer ! affirma Léa sûre d'elle, comme si elle venait de résoudre une des plus grandes énigmes de l'histoire.

– C'est une possibilité effectivement et j'y ai pensé. Mais tu sais, il ou elle m'aurait déjà demandé de l'argent. Et s'il a accès à mon assistant personnel, à John, comme il semble l'avoir, et bah il a accès à tous mes comptes bancaires. Il aurait pu du coup déjà se faire des virements et me ruiner. J'ai vérifié, j'ai même appelé mon banquier, et il m'a confirmé qu'il n'y avait aucune transaction suspecte sur mes comptes. Mais j'ai alerté Mr Caron d'une faille de sécurité chez moi. Il a du coup mis en place un robot afin de surveiller en temps réel mon compte. Et comme on n'est jamais trop sûr, j'ai activé la double authentification pour toute opération bancaire.

- Ok bon tu as bien fait mon chou. Mais du coup tout ça fout mon scénario aux oubliettes. Tu es sûr que tu veux partir dans le surnaturel aussi ? Genre une sorte de connexion avec l'au-delà ? Franchement je te suis où tu veux mon lapin, tu sais à quel point je crois en ces choses-là, mais bon j'aimerais d'abord étudier quelque chose de plus cartésien, dit-elle espérant recentrer la discussion sur quelque chose de plus sage.

- Toi ? Tu crois en ces choses-là maintenant ? J'aurais bien aimé avoir ce soutien-là quand je t'en ai parlé l'autre soir. Tu as complètement esquivé mon histoire pour me sortir tout ton *bullshit* de psy à la con. Donc bon, il a bon dos le « je te suis où tu veux mon lapin », lui répondit-il du tac au tac d'un ton moqueur.

Il fallait que ça sorte. Lucas avait été profondément blessé par la réaction, certes protectrice, de son amie. En lui confiant sa discussion avec Paul, il était persuadé qu'elle, plus que n'importe qui, le croirait et chercherait à l'aider. Elle attendait ce pic de sa part depuis un moment. Elle était d'ailleurs surprise qu'il ne lui en parle que maintenant. Elle tenta alors de s'excuser.

- Je sais, je sais, je suis tellement désolée … mais tu aurais fait quoi à ma place ? Tu me parles plus de rien depuis 3 ans. Je sais pas ce qui se passe dans ta tête. Et là soudainement tu me parles d'un coup fil avec un mort …

Il leva les yeux au ciel, et prenant une légère respiration, recentra la discussion.

– Oui je sais tu as voulu bien faire, bla bla bla. Bref ce n'est pas le sujet. On oublie, tu es pardonnée. Je crois pas spécialement que Paul se soit réincarné en assistant personnel tu sais. Il aurait pu largement trouver mieux (il rigola à moitié en disant ça). Plus sérieusement, ce qui semble étrange c'est qu'il n'a pas l'air au courant de ce qui s'est passé. Enfin je sais pas comment tu l'as ressenti toi, mais mon petit monologue, on aurait dit qu'il y était totalement étranger. « Je suis là, je suis toujours avec toi et pour toujours », c'est comme s'il pensait qu'il revenait à la maison demain soir quand il dit ça. Qu'il est au travail et qu'il va rentrer. On dirait qu'il sait pas qu'il est mort, lâcha-t-il comme une bombe.

– Je suis complètement d'accord avec toi. Je l'ai aussi compris comme ça. On dirait que pour lui vous êtes en couple, que tout va très bien, que sa vie va très bien. Il bosse et il te voit dans quelques jours quoi. Il ne semble plus se souvenir de vos problèmes de ces dernières années. Du fait qu'il n'était plus présent pour toi, et que quand il est parti et bah que cela n'a fait que creuser la distance entre vous. Et je trouve que le plus flagrant, c'est l'intonation de sa voix. C'est plus du tout le timbre qu'il avait avant de partir. Je me souviens hyper bien comment il était. Jamais dans son assiette, fatigué, stressé, la tête ailleurs … il parlait toujours à moitié à côté de la plaque. Il tentait d'apaiser vos disputes mais s'énervait aussi pour un rien. Là c'est vrai, on dirait que tout va parfaitement bien. C'est le Paul d'avant 2030 en fait. Du coup si on résume, Paul serait toujours parmi nous, sous une forme inconnue. On ne va pas épiloguer là-dessus pour le moment, mais il ne semble pas conscient de la réalité, ou tout du moins de son accident ?

– C'est ça.

– Et, le plus important pour le moment, ce qu'on sait c'est qu'il t'appelle le soir pendant le coucher du soleil ? compléta Léa qui se prenait maintenant pour le Dr Watson.

– Plus précisément Léa, il m'a appelé les deux fois quand je ne regardais pas le coucher du soleil. Le premier soir où il a téléphoné, c'est au moment où j'ai décidé de rentrer dans la maison, juste avant la fin du coucher. Le soir d'après à Paris et à Bisca il pleuvait en fin d'aprem, du coup pas de coucher de soleil. Je pense que ça ne l'a donc pas alerté. Et là hier soir, même si le ciel était dégagé, je ne suis pas sorti pour vérifier ma théorie. J'ai délibérément fait en sorte de ne pas aller le voir. Et bah c'est à ce moment-là, encore une fois, qu'il a cherché à me joindre. Tu sais, quand Paul était encore là et qu'on n'était pas physiquement ensemble, on s'appelait tous les soirs. C'était un peu notre rituel. Et il me demandait toujours de passer ma caméra en paysage pour admirer le soleil se coucher sur l'océan. Et là j'ai l'impression que c'est pareil. Qu'il veut continuer.

Lucas parlait assez lentement. Comme s'il s'écoutait en même temps et qu'il voyait là où son raisonnement le menait. Il regarda Léa à travers son écran de téléphone qui était en train de se refaire sa théorie, à vitesse 0,5 pour être sûre de bien comprendre.

– John, peux-tu me donner les prévisions météo des prochains soirs à Biscarrosse en France ? demanda Léa.

Il lui sourit, comprenant qu'elle avait saisi toute son histoire. L'assistant personnel de Léa rejoignit alors leur conversation.

– Pour les 7 prochains jours, je note de fortes perturbations dans la région. La tempête Bella démarre à compter de ce soir et risque de provoquer de fortes rafales de vent et de pluie. Ce soir la probabilité de pluie est de 100%, demain soir de 100%, après-demain de 65%, …

- Merci, c'est tout pour le moment.

L'assistant personnel de Léa quitta la conversation.

- Ok donc jeudi soir c'est notre soir ! C'est notre chance de peut-être lui reparler. Si tu veux, je descends à Bisca demain, on réfléchit ensemble à un plan et on croise les doigts pour qu'il se connecte ? Ok ?

- Oui, merci Léa, dit-il ému.

- Tu es fou *my love* ? Je devrais être encore en train de m'excuser de ne pas t'avoir cru la première fois. Jamais, plus jamais, je ne remettrai en question ce que tu pourras me dire mon chou. Jamais.

Elle le regardait à travers l'écran, Lucas souriait en l'écoutant. Il retrouvait sa Léa d'enfance. Son soutien qui lui avait toujours été très précieux.

- Rien à voir, mais ça te dit demain soir qu'on passe une soirée comme quand on était ados ? On doit pouvoir retrouver sur Amazon Prime Video des replays des Marseillais ou autre émission débile qu'on regardait quand on avait 20 ans. Avec un pot de Ben & Jerry's ? ça te dit ?

- Ah ah ah, tu me la joues comme la fille là qui chante ? (Il se mit à fredonner un air de chanson) « Alllll Byyyy Myself » là, je me souviens plus de son nom et de ce film.

- Ah mais oui carrément Bridget Jones, on pourrait trop le revoir d'ailleurs ! Ça a du prendre un sacré coup de vieux ah ah ah ça date de quand ? Les années 2010 tu penses?

- Heuuu…essaye plutôt les années 2000 tout court oui, répondit-il en riant.

– Putain mais on est si vieux que ça ? Bon moi j'ai pas changé d'un iota mais le temps passe tellement vite c'est fou

– Ouais…merci à Dr Botox, ria-t-il.

– No comment ! bref, on se regarde ça top ! Ça te changera les idées, et moi je serai trop happy de passer du temps avec toi.

– Avec moi et le pot de Cookie Dough ouais ! rétorqua Lucas pour se moquer gentiment.

– Nan mais ça va, t'arrêtes ! En plus c'est pas vrai je fais attention en ce moment, j'ai grave perdu du poids. Ok si tu préfères on fait salade tomate ça me va aussi, répondit-elle semi vexée.

– J'adore je te fais une remarque et tu fonces direct ! Non je te taquine, bien sûr on prendra même deux pots de glace ! J'ai juste une question, reprit-il après avoir marqué un court blanc, j'aimerais avoir ton avis sur un truc. Tu penses que je dois prévenir sa mère ? demanda-t-il inquiet.

– À qui ? Paul ?

– Non du pape. Bah oui de Paul t'es bête, et on dit de qui pas à qui, reprit-il.

– Oh ça va ! Non franchement il vaut mieux pas. Pas pour le moment. On sait pas vraiment à quoi on a à faire. On risque de lui donner de faux espoirs, elle ne va pas comprendre. Attendons d'en savoir un peu plus et en fonction on avise. D'ailleurs, tu lui as parlé depuis l'accident ?

– À qui ?

– T'arrête de te moquer de moi, reprit Léa.

– Bah non, je l'avais vue à l'enterrement quand je suis allé à New York pour le suivre avec elle et les amis de Paul de là-bas. Elle a ensuite eu son autorisation pour se rendre en Australie pour pouvoir lui dire adieu. Moi comme tu sais… enfin bref.

– Comment ça elle est allée voir son corps en Australie après l'enterrement ? demanda Léa un peu perturbée par l'enchaînement des événements.

– Ouais je ne t'ai jamais raconté ? J'étais tellement dans le mal, j'ai dû zapper. Je pense qu'elle a été le voir au cimetière, je suis pas sûr. Evidemment, quand elle m'a dit ça j'ai tout fait pour avoir moi aussi un visa. Mais impossible, ça m'a été refusé à chaque fois. Et c'est vrai qu'après son voyage j'ai essayé de l'appeler plusieurs fois, je suis même allé jusqu'à New York pour la voir, mais rien à faire. Je me revois en bas de chez elle à l'appeler, et elle faisant semblant de ne pas être là. Je pense qu'elle avait besoin de couper définitivement les ponts avec moi pour vivre le deuil de son fils, seule.

– Quelle merde sérieux ce truc quand j'y repense. C'est fou, de tous les pays où aller, il avait fallu qu'il choisisse le seul pays anglophone qui ait signé le *fucking travel ban* de tourisme international. Toujours plus ces Australiens sérieux ! Qu'ils restent avec leurs kangourous et nous foutent la paix !

– Je sais, t'excite pas… franchement y'a pas un seul jour qui passe sans que j'y repense. Je me dis que si j'avais insisté davantage, peut-être ne serait-il pas parti là-bas. Mais bon…

– T'aurais rien pu y changer mon chou ok ? Vous avez toujours voulu vous pousser au meilleur l'un et l'autre. Grâce à lui, toi, tu vis une vie de ta passion. Et lui, bah un peu grâce à toi quand même, il a obtenu son job de rêve à TechProAustralia.

– Ouais, quel travail de rêve… regarde où ça nous a mené ? Si je ne l'avais pas poussé cet été là et aidé dans ses entretiens, il ne serait jamais parti là-bas, et qui sait, il serait peut-être toujours là aujourd'hui.

– Ça, ça ne sert à rien Lucas. On peut pas changer le passé avec des « si ». Et regarde aussi tout ce que ça vous a permis de faire. Il t'a fait profiter du succès de son travail pour t'aider et investir dans ta première boutique Parisienne. Sans ce job à TPA, peut-être qu'il n'y aurait jamais eu l'ouverture de la première pâtisserie Lucas Guillot près de Montmartre il y a plus de 10 ans maintenant. Peut-être qu'il n'y aurait pas eu cette belle maison dans laquelle tu t'es enfermé ces 3 dernières années à Bisca. Peut-être…

Lucas la coupa.

– Oui OK j'ai compris l'idée, tu as raison, je sais très bien tout ça, j'ai déjà fait le tour de la question des centaines de fois dans ma tête et joué tous les scénarios. C'est peut-être le plus triste de tous ceux que j'avais imaginé pour nous deux, mais bon, c'était celui que nous devions vivre. En tout cas, dans aucun des scénarios que je m'étais imaginé, il arriverait à revenir parmi nous, reprit-il avec une note de positif. Pour le coup, il a encore réussi à me surprendre.

– Oui, d'ailleurs restons en là pour ce soir, j'ai beaucoup de choses à préparer. Je te rejoins jeudi comme promis, je prendrai le train, tu viendras me chercher à la gare s'il te plaît, et nous allons résoudre ce mystère, ensemble my love.

– Léa ?

– Oui *babe* ?

– Merci, merci de m'avoir cru finalement et merci d'être là, je… je sais que je te le dis jamais mais, mais…je t'aime.

8 septembre 2020

Paris, France

Au 5ème étage de son petit appartement parisien, Paul se préparait pour son entretien avec une start-up Australienne du nom de TechProAustralia. Il n'était pas sûr d'avoir compris exactement l'objectif de la mission à laquelle il postulait, mais il était séduit par les compétences auto-entrepreneuriales requises afin de survivre dans l'environnement de ces nouvelles boîtes très « Silicon Valley »-like . Lucas l'avait énormément aidé à se préparer ces dernières semaines pour ce rendez-vous. Il lui avait fait travailler son français, et jouait au directeur des ressources humaines en lui faisant passer des entretiens blancs et le questionnant à l'aide du « TOP 10 des questions d'entretien » qu'il avait pu trouver sur internet.

- *Qui est Paul Adam ?*
- *Parlez-moi de votre parcours.*
- *Où vous voyez vous dans 5 ans ? 10 ans ?*
- *Citez-moi 5 qualités et 5 défauts.*
- *Si j'appelais votre ancien employeur, que me dirait-il de vous ? Et votre meilleur(e) ami(e) ?*
- *Pourquoi devrions-nous choisir Paul Adam pour ce poste plutôt qu'un autre candidat ?*
- *Vous définiriez-vous comme un leader?*
- *Qu'avez vous compris des enjeux de la mission et de notre entreprise ?*
- *Pensez-vous être polyvalent ? Avez-vous un exemple concret que vous souhaiteriez nous partager ?*
- *Avez-vous des questions ?*

L'entretien se déroulait à distance, dans le respect des nouvelles conditions sanitaires instaurées par le gouvernement. L'entreprise mère était basée à Melbourne en Australie.

Précurseur des nouvelles infrastructures post-nouveau coronavirus, elle avait choisi d'investir dans des micro-locaux à travers le monde, principalement en privatisant des espaces de co-working, et privilégiait déjà majoritairement le télétravail. Ainsi, elle se permettait de pouvoir embaucher les plus grands talents du monde entier, sans pour autant les faire changer radicalement de vie. Tout du moins, c'était ce qu'elle promettait. Paul et une sous-branche de TPA échangeaient ensemble depuis près de 4 mois maintenant. Avant d'en arriver à décrocher cet entretien final, il avait été soumis à de nombreux tests sur internet ainsi que des pré-entretiens avec des assistants virtuels. D'ailleurs, pour son tout premier test en ligne, tellement stressé de devoir écrire en français, il avait fait appel en secret à Lucas qui remplissait pour lui les réponses. Il y avait un aspect très confidentiel à ce potentiel job qui attisait sa curiosité et son goût du challenge. Plus les mois et les échanges avaient avancé avec TPA, moins Paul semblait en savoir sur l'entreprise. Pourtant il avait de plus en plus envie de travailler pour eux.

Son téléphone indiquait 08:00, heure de son entretien. Il avait renvoyé l'attestation de confidentialité signée électroniquement à la personne des ressources humaines avec qui il avait rendez-vous ce matin. Comme indiqué dans la convocation, Paul devait être seul dans une pièce isolée pour l'entretien. Même si Lucas avait lourdement insisté pour rester, caché dans un coin, Paul lui avait demandé de retourner chez ses parents. Un étage en dessous. Lucas l'embrassa, le serra fort dans ses bras et lui souhaita bonne chance avant de claquer la porte et de dévaler les marches dans le plus simple appareil.

Paul se connecta à l'aide du lien sécurisé qu'il avait reçu par e-mail. Une fenêtre s'afficha sur son écran, lui demandant d'accepter le partage de sa caméra et de son audio. Il dut faire tourner son iPad tout autour de lui afin que l'application filme toute la pièce. Le logiciel voulait vérifier qu'il était bien seul. Quelques secondes plus tard, deux personnes rejoignirent la conversation.

La première personne, représentée par une photo d'une jeune femme brune au sourire Colgate, était la responsable des ressources humaines. C'était avec elle qu'il avait échangé depuis quelques temps. La seconde, qui semblait suivre dans l'ombre tout l'entretien, était identifiée par un nom de code « Interne 1 » et un visage silhouette en guise de photo. Paul n'avait aucune idée de qui elle ou il était. Un manager ? Un des fondateurs ? Un futur collègue ? Pour autant, il ne lui fallait pas perdre sa concentration.

L'entretien dura 30 minutes précises. Paul était déstabilisé par la nature des échanges. Il avait répondu sans difficulté à l'ensemble des questions qu'on lui avait posées, plutôt banales selon lui, et pour lesquelles il semblait déjà avoir fourni toutes ses réponses à l'occasion des pré-entretiens et des tests. C'est au bout de 30 minutes pile, que l'échange prit une tournure inattendue. « Interne 1 » changea alors de nom pour « David Bronson » et une photo remplaça l'avatar noir et blanc. Paul le reconnut immédiatement. C'était un des co-fondateurs de TPA. Il l'avait déjà vu plusieurs fois dans la presse. Il ne fallait pas perdre son calme, malgré le renversement de situation. La caméra de David s'était activée quelques secondes après que son nom soit apparu sur l'écran. Paul, restant professionnel, le salua et ne montra aucun signe de déstabilisation. La personne des ressources humaines fit une courte introduction avant de laisser la parole à David.

– Paul, j'espère que nous ne t'avons pas trop gêné avec ce format d'entretien, on s'en excuse sincèrement, mais je voulais pouvoir me faire une véritable idée de toi et ton profil avant de te parler en direct. Depuis 4 mois maintenant que nous échangeons avec toi, et préparons cet entretien, ton profil est nettement sorti du lot. La façon que tu as eu de répondre aux différentes questions, tes compétences bien entendu, mais surtout ta personnalité, ton *leadership* évident, la construction de tes réflexions, bref tout ça a retenu notre attention et celle de notre algorithme. Tu as été identifié pour participer à un tout nouveau programme que je cherche à déployer au sein de TechProAustralia et dont je vais prendre la responsabilité. C'est très simple, il y a tout à construire.

C'est une page blanche avec une idée simple, pour laquelle je cherche des profils comme le tien. Tu es spécialisé en sciences économiques, c'est bien, mais nous allons vraiment chercher à te développer sur une dimension, plus scientifique dirons-nous, et faire de toi un véritable ingénieur. Nous sommes persuadés que tu as toutes les ressources pour y arriver et que tu es plutôt fait pour ça d'ailleurs. Bien sûr, nous sommes prêts à financer les formations nécessaires pour t'aider à y arriver. Qu'en penses-tu ?

Paul ne savait pas quoi répondre. Il était sous le choc de l'annonce qu'on venait de lui faire et de parler avec David ! S'il comprenait bien, il venait d'obtenir un métier pour lequel il n'était pas qualifié et il semblerait même qu'on lui parle d'un CDI alors qu'il pensait initialement postuler à un stage de fin d'études. Il ne connaissait rien de la mission pour laquelle on l'embauchait, mais pour autant il devait confirmer son intérêt. Qu'avaient-ils vu en lui de si prometteur ? Il n'en avait aucune idée, il était beaucoup trop humble pour s'imaginer être un si bon candidat.

– Si je puis me permettre, et j'espère ne pas faire un faux-pas en posant cette question, mais pourquoi mon profil ? Surtout pour un métier qui semble en dehors de mes compétences ?

Il hésita à poser cette question, espérant ne pas se tirer une balle dans le pied et décrédibiliser son profil.

– Tu as bien raison de poser cette question Paul. Nous sommes même rassurés que tu la poses. Tu sais, les gens brillants, qu'ils soient brillants en mathématiques, sciences, communication, marketing… très souvent ils peuvent être brillants dans tous les domaines. Ils ont parfois juste besoin d'une opportunité pour le devenir, pour se réorienter. À la genèse de ce projet, pour cette idée que j'ai, enfin nous recherchions avant tout des profils de ton type possédant de nombreuses autres qualités que leur formation, qui sont essentielles pour notre culture d'entreprise. De façon très concrète Paul, tous ces tests que tu as fait ces derniers mois, ont montré des résultats nettement supérieurs à ceux attendus pour un job disons classique chez nous, TPA. Par conséquent j'ai décidé de te réorienter vers cette nouvelle entité que je suis en train de créer. Nous allons tous vous faire grandir, ensemble, et contribuer à la réalisation d'un nouvel idéal. Tout cela prendra des années, nous ne savons pas encore aujourd'hui exactement où cela va nous mener, mais c'est tout le but de ce projet. Si tu veux, c'est comme si nous remettions les Lumières dans une même salle, et qu'on attende de voir où mèneraient leurs débats.

David continua de broder autour de la mission, sans ne rien dévoiler de plus. Il était évident que c'était un leader et commercial hors pair. Pourtant, tout en restant extrêmement flou, cela commençait à faire sens dans sa tête, et à énormément l'exciter. Et même s'il détestait sa façon de dire son prénom

« Paul », avec son faux air de grande famille aristocratique, alors qu'il était évident que c'était un petit filou qui s'était construit de rien et créé une personnalité, le fait que David évoque les Lumières l'avait rendu d'un seul coup plus sympathique. C'était une opportunité de rêve, il n'y avait aucun doute. Une mission sans limite, collaborative, entrepreneuriale et surtout à long-terme. Pour autant, il hésitait encore. David ne lui demanda pas de réponse tout de suite. Ils finirent l'entretien et il lui envoya un e-mail afin qu'il donne son accord ou non pour la pré-mission. Une sorte d'ultime étape de vérification en immersion avec quelques autres personnes issues de ce nouveau programme. Elle devrait durer environ 7 jours. À la fin, il signerait alors son contrat et deviendrait un des 17 nouveaux consultants de cette entité secrète. Le seul bémol qu'il voyait à ce poste, était le caractère hautement confidentiel. David avait été très clair avec lui. Il ne pourrait jamais parler avec sa famille, ses amis ou son compagnon de ce sur quoi il travaillerait. Il était un employé de TechProAustralia, en charge de développement de projets spéciaux, et le détail de ses journées devrait s'en arrêter là.

Paul ferma l'écran de son ordinateur. Il prit quelques secondes pour lui, pour digérer tout ce qui venait de se passer. Il n'avait pas du tout imaginé passer un entretien avec un des fondateurs de l'entreprise. Et cette tournure de mission l'avait complètement déboussolé. Au même instant, Lucas lui écrivait pour savoir s'il pouvait monter le voir. À peine débarqué dans l'appartement, Lucas le harcela de questions. Paul lui expliqua en détail tout l'entretien.

– Mais c'est génial ! C'est une opportunité de fou sérieux, je suis trop content et fier de toi, dit Lucas plus qu'enjoué pour lui.

– Oui oui, je pense aussi, mais … *I don't know*, il y a des choses bizarres tu trouves pas ? Je n'ai pas le profil pour le poste, le côté ultra confidentiel, ils ne m'ont rien dit du tout de la mission, je sais pas, je suis pas sûr…

- Mais si, il a raison quand il te dit qu'à ce niveau ils s'en foutent de savoir ce que tu as fait avant, ce qui les intéresse c'est ta capacité à réfléchir et la façon dont tu le fais. Ils ont vu quelque chose en toi c'est évident. C'est une chance ! Franchement tu n'as pas à hésiter, et au pire du pire tu changeras si ça te convient pas. Il ne peut rien arriver de grave tu sais c'est qu'un job !

- Tu as sûrement raison Lucas oui, au pire j'arrêterai si je ne le sens plus trop. Mais je compte sur toi pour me dire si tu trouves que je change! J'ai tellement peur que ce job me prenne tout mon temps, je veux continuer de vivre notre histoire aussi et découvrir tout ce que je peux ici à Paris, avec toi.

- T'en fais pas pour ça, je te le dirai, mais y'a rien à craindre franchement tu te prends trop la tête. Sois fier de toi, c'est tout ce que tu devrais ressentir là tout de suite.

Lucas continua de rassurer Paul et le conforter dans sa décision. Il était persuadé que c'était l'opportunité de sa vie et qu'il ne devait pas la rater. Après plusieurs minutes, Paul se connecta à sa boîte e-mail et pressa le bouton « Accepter » du message reçu de la responsable des ressources humaines.

Un click qui allait tout changer.

14 décembre 2034

Biscarrosse, France

Léa était arrivée comme prévu en début d'après-midi à Biscarrosse. Rien n'avait changé dans la maison de Lucas depuis sa dernière visite, si ce n'est le salon qui s'était transformé en un véritable bureau d'investigation. On pouvait se croire dans un épisode d'une série policière américaine. Lucas y avait installé son ordinateur sur la grande table à manger, tous les documents qu'il avait gardés de Paul, une télévision sur laquelle son assistant personnel diffusait tous les éléments qu'ils avaient à date sur son enquête avec l'au-delà. Et, éparpillées dans tout le salon, plusieurs tasses à café vides ou à moitié vides. Il n'avait quasiment pas dormi ces deux dernières nuits, obsédé par son enquête. Pris par ses recherches, il avait complètement oublié d'aller chercher Léa à la gare.

« Merde ! Elle va me tuer » s'exclama Lucas à voix haute alors qu'il entendait le taxi rouler sur les graviers dans la petite allée qui descendait à sa maison.

Le chauffeur s'arrêta sur le petit chemin de terre et de cailloux qui amenait à la porte d'entrée de la maison. Il descendit pour ouvrir la porte à Léa qui attendait sagement qu'on vienne la chercher. C'était une princesse dans l'âme. Alors que la voiture repartait, Léa entra dans la maison comme si elle était chez elle. Elle déposa ses affaires dans l'entrée, attendant que quelqu'un, Lucas, les monte plus tard pour elle dans sa chambre à l'étage. Elle n'avait pris avec elle qu'un petit sac de voyage de 72h. Elle rentrerait quoi qu'il arrive à Paris à la fin du week-end et reviendrait courant semaine d'après si nécessaire. Léa se dirigea directement vers le frigo, sans même prendre la peine de venir embrasser son ami qui la regardait d'un air un peu embarrassé.

– Lucas, où sont tes bouteilles ? Nous allons nous poser sur cette affaire, mais avec des bulles ! dit-elle d'un ton déterminé.

Il sourit face à son enthousiasme, soulagé qu'elle ne lui fasse pas de scène pour avoir oublié de venir la chercher. Il lui indiqua que si elle voulait du champagne, elle devait tenter sa chance à la cave. Lui, s'occupait des coupes. Quelques minutes plus tard, elle remonta du sous-sol avec trois belles bouteilles « de quoi tenir jusqu'à l'appel de Paul » dit-elle fière d'elle. Une première bouteille pour fêter leurs retrouvailles, même si elle choisit ce moment précis pour lui faire remarquer qu'il était inadmissible qu'il ne soit pas venu la chercher à la gare. Une seconde pour les aider à se concentrer et à réfléchir, et la dernière pour se détendre avant leur conférence téléphonique avec les morts. Elle aimait banaliser la situation, ce qui détendait Lucas. Les deux amis, trinquant à leur traque surnaturelle, passèrent en revue les trois scénarios possibles sur lesquels ils s'étaient accordés ces dernières 48h.

– Donc, on est d'accord, premier scénario, le tien Léa. L'âme de Paul est parmi nous, elle arrive à entrer en contact avec nous au moment du coucher du soleil, et nous devons comprendre ce qu'il a d'inachevé sur terre pour l'aider à atteindre « le ciel » enfin là où vont les esprits et leurs âmes, dit-il pas très convaincu.

– Oui ! Et ressers-moi un verre tu veux bien.

– Deuxième option, qu'on garde mais qui nous semble très peu probable. C'est un *hacking* afin de me soutirer de l'argent. Et troisième option, notre préférée, « l'esprit » de Paul a été digitalisé, informatisé, enfin quelque chose de ce type, et, sous la forme d'un programme il arrive à me contacter. Il aurait ainsi laissé une trace digitale de lui avant sa mort, dans un but indéterminé encore, et nous contacte pour lui apporter de l'aide. Reste à savoir pourquoi il ne va pas droit au but et pourquoi il ne semble pas au fait de sa propre disparition ?

Le temps que Léa et Lucas résument encore leurs trois hypothèses, le soleil, lui, continuait sa course sans les attendre. Lucas regarda sa montre. Il était déjà 17h. Le temps dehors était couvert mais il ne pleuvait pas. Il ne leur restait que quelques minutes avant que Paul ne les contacte. Tout du moins c'est ce qu'ils espéraient. Il ne perdrait pas de temps cette fois et irait droit au but. Il devait lui demander où il était, ce qu'il attendait de lui, d'eux, et comment ils pouvaient l'aider. Ils prirent leurs coupes de champagne et sortirent sur la terrasse. Lucas prit une chaise supplémentaire qu'il installa à côté de son fauteuil face à l'océan. Léa était émue face au spectacle qui s'offrait à elle et surtout à l'idée d'entrer en contact avec son ami perdu.

Léa et Paul s'étaient parfaitement entendus dès leur première rencontre. À la suite du premier déconfinement, en juin 2020, Lucas avait organisé un dîner chez ses parents où il avait invité Léa et Paul. La passion qu'il avait pour Paul n'avait pas échappé à l'attention de ses parents, surtout sa mère, qui ne disaient rien, attendant sagement que leur fils officialise leur couple. Ils connaissaient très bien Paul, le locataire du 5ème, mais avaient hâte de rencontrer, Paul, l'ami intime de leur fils. Quant à Léa, elle avait eu droit à tous les détails depuis plus d'un mois de son idylle mais était impatiente de rencontrer cet homme qui l'avait, selon elle, transformé. Et, sans grande surprise, elle aussi éteiait tombée sous son charme américain. Paul transpirait la bonté, l'amour et la gentillesse. Il était très drôle, encore plus quand il faisait de l'humour en français. Il était doux, tendre et attentionné. En une soirée, elle avait su qu'il serait le compagnon d'une vie de Lucas. Cela peut paraître exagéré, ou des choses qui n'arrivent plus de nos jours. Mais pour son ami, il était évident qu'il avait trouvé sa moitié, son âme-sœur.

Il était 17h35, le soleil commençait à être caché par l'horizon. Lucas regarda Léa, et d'un signe il lui indiqua qu'il était temps

de se lever, d'éteindre la lumière de la terrasse et de rentrer dans la maison. Attrapant chacun leur verre de champagne vide, ils se dirigèrent vers la porte de la cuisine. La caméra suivait leurs mouvements. Peu à peu la vue de l'océan sortait de son champ de vision. Plus personne n'était à surveiller dehors, la caméra n'enregistrait maintenant plus que l'entrée de la cuisine et le début de la terrasse. Soudain, l'écran noir de Lucas, qu'il avait laissé sur le plan de travail de la cuisine, s'alluma indiquant un appel inconnu. Il attrapa l'appareil dans ses mains, tremblantes, tout en regardant Léa dans les yeux. Les deux amis ne dirent pas un seul mot. À travers leurs regards émus, ils savaient maintenant qu'ils n'étaient plus seuls. Léa attrapa la main de Lucas espérant lui faire partager son énergie et lui donner la force de répondre. D'un geste, il *swipa* son écran et lança la conversation qui débuta sur les enceintes de la cuisine.

– Encore ! Vraiment ! Mais tu le fais exprès ? Ça t'amuse ? Tu comptais encore me laisser tout seul ce soir c'est ça ? dit Paul agacé.

Il regarda Léa qui venait de poser ses deux mains sur sa bouche, effrayée et choquée d'entendre la voix de Paul à l'autre bout du téléphone. Elle n'en revenait pas. Ses yeux devenus tout rouge s'étaient remplis de larmes en un instant.

– Tu n'as pas idée à quel point je suis heureux d'entendre ta voix… enfin que nous sommes heureux… reprit Lucas.

– *Darling*, je suis tellement heureuse de t'entendre, je n'en reviens pas, je suis trop contente. Tu me manques tellement, lui répondit Léa émue et ne contenant pas ses larmes et ses rires à l'idée de l'avoir retrouvé.

Il fallut quelques instants à Paul pour reconnaître la voix de Léa.

– *Oh my God, my Léa, my love*, oh ça fait tellement plaisir d'entendre ta voix. Tu es venue voir Lucas ? Tu es adorable, merci de prendre soin de lui, je reviens bientôt, hâte de vous serrer tous les deux dans mes bras, dit-il d'une voix pleine d'amour.

Prit d'un élan de courage, Lucas enchaîna.

– Paul, je sais pas comment te dire, je je.. je sais même pas exactement ce que je dois te dire, mais qu'entends-tu par « je reviens bientôt » ?

– *Well…* quand je vais rentrer chez nous, bientôt, je sais pas encore exactement quand, mais je rentre.

– Tu…tu es au travail là ?

- yessss je .. je … je suis au travail à Melbourne là. Où veux-tu que je sois ? Je bosse comme un chien sérieux je suis épuisé. Je n'arrête pas, c'est tellement intense ici. Chaque jour se ressemble. Heureusement, je peux profiter de ce coucher de soleil avec toi. Mais je commence à me lasser de tout ça, je voudrais être avec toi.

Lucas ne trouvait pas les mots. Il regardait Léa, il ne savait plus quoi penser. Comment pouvait-il continuer cette conversation avec lui, lui qui les avait quittés 3 ans plus tôt. Lui qui quelques mois avant la fin de sa mission avait eu ce foutu accident de moto. Comment pouvait-il lui annoncer qu'il était mort ? Léa allait parler, mais Lucas la coupa net. C'était à lui, et à lui seul, d'avoir cette discussion avec Paul.

- Tu sais, avec Léa là on regardait le coucher de soleil et on t'attendait aussi. On attendait ton appel. Sais-tu pourquoi tu m'as appelé à cet instant précis ?

- Évidemment ! Car tu respectes plus notre rituel. J'ai lancé l'application pour regarder le coucher du soleil avec toi, mais tu n'étais plus là. Je voyais que la terrasse et j'ai bien compris que tu voulais plus les regarder. Du coup, je sais pas trop comment j'ai fait, je me suis concentré comme l'autre soir et je t'ai appelé. Tu dois garder ce rituel mon chéri, pour nous.

Ce qu'il disait lui paraissait complètement normal. Lucas lui, attentif aux moindres mots de Paul, cherchait des indices pour comprendre.

- L'application ? Tu parles de SUNSET là ? Comment ça concentré ? Tu sais pas comment tu m'as appelé ?

- Non l'autre application que j'ai trouvée. Bah si j'ai téléphoné, enfin, j'ai … j'ai pensé et je … je t'ai appelé quoi, via l'application !

– Attends, mais de quelle application tu parles chéri ? dit-il en hésitant sur chaque mot.

– Bah celle du coucher de soleil *honey* ! Celle que j'ai retrouvé là ! Je peux m'y connecter les soirs pour voir l'océan. Ça doit être connecté à la caméra extérieure de la maison *I don't know*. Et je t'ai vu du coup partir de la terrasse, encore une fois ! Du coup c'est là que j'ai décidé de t'appeler. Avant les autres soirs tu restais toujours jusqu'à la fin du coucher de soleil. Moi tous les soirs je me connecte après le travail pour regarder le spectacle avec toi. Bref, je comprends pas où tu veux en venir avec tout ça, mais ça me plaît pas du tout. Tu me caches quelque chose je le sens. Léa, tu es toujours là ?

– Paul… Ça ne peut pas…. C'est impossible que tu aies vu quoi que ce soit, c'est impossible que tu me parles là…

– *And why not* ?

Paul commençait à s'agacer des sous-entendus de Lucas. Il lui cachait quelque chose. Il commença alors à ressentir une boule au fond de lui, un mal-être qui devint vite global. Ce « fond de lui » qui, au moment où il y pensait, ne semblait pas vraiment exister. Puis, il ne sentit plus rien. Il ne sentit plus son corps, ni ses mains, ni ses jambes. Ce qui semblait être son bureau où il travaillait tous les jours juste avant sa connexion avec Lucas, ne semblait plus être là. Cette salle obscure infinie dans laquelle il y avait toujours eu un ordinateur, un fauteuil, qui était son espace de travail depuis aussi longtemps qu'il se souvienne, n'était plus là. Il était comme dans une autre dimension. Un espace néant. Tout en écoutant le doux bruit des vagues, il essayait de prendre conscience de ce qui l'entourait. Il entendait Lucas, il voyait l'entrée de leur maison et un morceau de la terrasse, mais c'était tout. Il avait cette sensation d'être comme dans un rêve. D'avoir été transporté en dehors de cette pièce dans un monde parallèle qu'il ne maîtrisait pas du tout. Ses émotions passèrent de l'agacement à la peur et l'angoisse en une fraction de seconde.

- Lucas, Léa, qu'est-ce qui m'arrive ? Je comprends pas. *Honey*, où es-tu ? *Honey* je … je veux te voir, je veux rentrer maintenant ! Je rigole pas, je veux être avec toi. Je comprends pas. Tout est noir. Lucas, tu es là ? J'ai peur.

- Je suis là … Léa aussi. On reste avec toi mon amour, tentait-il de le rassurer. Je sais pas comment t'expliquer, mais je te promets qu'on va comprendre. Maintenant écoute-moi avec attention. L'appel va bientôt se terminer, mais sache que c'est totalement normal. Demain, nous parlerons davantage, encore une fois je viendrai pas au coucher de soleil et tu m'appelleras. Je te promets que nous allons trouver les réponses à ce qui se passe, dit-il d'une voix rassurante.

- Mais comprendre quoi ? J'ai l'impression de ne plus exister. Je sais même pas où je me trouve putain, Lucas je...

L'appel se termina. Léa fixait l'horizon depuis quelques minutes n'ayant plus le courage de regarder Lucas. Peur de s'effondrer en larmes. Elle tenait la main de son ami de plus en plus fort au fur et à mesure que les rayons du soleil disparaissaient. Il était inévitable qu'ils n'auraient pas le temps de finir leur conversation ce soir, mais pour autant elle n'avait pas voulu les interrompre. L'intonation de la voix déboussolée de Paul résonnait dans tout le corps de Lucas. Il ne supportait pas l'idée de le voir souffrir, le sentir mal et plus que tout, d'être impuissant et ne pas pouvoir l'aider. Durant toute leur relation, Lucas avait endossé un rôle protecteur qui était essentiel à leur équilibre. Il aurait tant aimé le serrer dans ses bras, fort, jusqu'à étouffer ses angoisses.

De son côté, Paul ouvrit les yeux. Il était à nouveau seul. Le vide et l'obscurité qui l'avaient entouré pendant tout l'appel s'était rempli. Il se retrouvait à nouveau dans cette salle, aux murs infinis. Son bureau tel qu'il l'appelait. Il semblait être en son centre, assis dans un fauteuil confortable avec face à lui un écran d'ordinateur. La fenêtre d'un programme était ouverte. Celui qu'il avait lancé pour se connecter à son rituel avec Lucas. Pour la première fois, l'univers qui l'entourait ne lui paraissait plus si normal.

Dans la maison de Biscarrosse, Lucas et Léa restèrent plus d'une heure sans parler sur la terrasse face à l'océan. Ils enchaînèrent les verres et les bouteilles. Le contact avec Paul avait été fait. Ils en sauraient plus demain et les jours suivants. En attendant, la bonne chose à faire pour les deux amis était de profiter de l'instant présent et de la vie. D'un regard encore très ému, Lucas esquissa un sourire à Léa et lui proposa de rentrer dans le salon. Il attrapa au passage un pot de glace Ben & Jerry's de son congélateur et deux grandes cuillères. Ils se blottirent sous un plaid l'un contre l'autre dans le canapé. Alors qu'elle cherchait quelque chose à la télévision, Lucas remplissait les verres de champagne et les coupelles de glace. Quelques minutes plus tard retentissait la musique d'introduction d'un de leur film préféré dans tout le salon.

Les larmes laissèrent place aux rires le temps d'une soirée.

AULL BY M444SEEELFFF

22 décembre 2020
Paris, France

Paul et Lucas échangeaient comme à leur habitude à longueur de journée sur WhatsApp. C'était le milieu d'après-midi.

Lucas « Coucou chaton, ça va ? tu t'en sors ? »

Paul « Oui désolé je t'ai pas écrit avant. Je devrais finir bientôt et je rentre direct après. »

Lucas « Pas de soucis. On t'attend avec mes parents, mon père a dit qu'on pouvait partir même à 21h si ça t'arrange, tant pis pour le couvre-feu, on fera de fausses attestations. »

Paul « Oh il est adorable :D dis-lui merci de ma part. Je fais au plus vite vraiment. »

Lucas « Vous présentez ce soir c'est ça ? »

Paul « Yes, mais c'est pas important. Toi, raconte, je veux tout savoir !!! »

Lucas « :) je pense que c'est bon. »

Paul « C'est pas vrai ! OMG this is great ! OMG can't wait to celebrate. My boyfriend is a chef ! »

Lucas « ah ah ah, non tout doux bijou. J'ai reçu l'e-mail et c'est bon pour le CAP cuisine. Du coup, dès que le confinement est terminé, je vais avancer sur le projet. C'est cool je vais bosser avec un chef en attendant. Le mec dont je t'ai parlé. J'ai eu son contact. »

Paul « Oh yes et en septembre, roulement de tambours, la France va accueillir un nouveau chef, le roi de la tarte au citron. Ah ah ah, tu as fait quoi today ? »

Ces petits moments permettaient à Paul de respirer un peu. Le rythme était très intense chez TPA et les journées épuisantes.

Lucas « J'ai pas mal bossé sur mes recettes. Maman m'a aidé, elle est à fond ! On dirait qu'elle a oublié toutes ses convictions sur l'importance des études :p Je n'aurais jamais cru ça d'elle. »

Paul « En même temps, elle n'a pas été très étonnée quand tu lui as dit que tu prenais un an pour toi et que tu essayais ça. Et puis, on l'a déjà dit, c'était la meilleure année pour le faire. Le monde est en arrêt, autant en profiter. »

Lucas « Oui je sais, tu as raison. J'ai hâte de te faire goûter mon crêpe-cake haha j'ai pensé à ça aujourd'hui, c'est assez original. Les fans de crêpes en seront dingues. »

Paul « Plus que le gâteau au citron façon Paul? »

Lucas « « *Le Paul* » sera mon gâteau signature, et pour toujours ma plus belle recette. »

Paul rougit en lisant son message. Il était sur un petit nuage dont il redescendit aussitôt. Son manager, David, interrompit sa conversation pour lui demander de lui envoyer la version finale de sa présentation.

Paul travaillait depuis 3 mois chez TPA sur le fameux projet hautement confidentiel. D'une problématique assez simple, il n'était pour le moment qu'à l'étape de réflexion avec ses seize autres collègues. Dix-sept profils avaient été recrutés dans un objectif commun : optimiser le temps de travail des salariés. Comment demain, ils pourraient vendre aux entreprises privées, une solution inédite qui leur permettrait à la fois de séduire en recrutement les meilleurs profils, tout en promettant une vie personnelle plus épanouie. Le temps était devenu la chose la plus importante. La monnaie la plus précieuse. Bien entendu, il n'était pas question ici d'une solution logicielle ou d'une nouvelle intelligence artificielle. Il était déjà possible de sous-traiter beaucoup aux robots, et cela s'accélérerait très certainement dans les années à venir, de nombreuses entreprises étaient déjà très avancées sur le sujet. Mais l'homme reste encore l'auteur et l'acteur principal de ses plus importantes réalisations. Ce dont il manque? C'est de temps. C'était là tout l'enjeu. L'objectif principal de Paul et le reste de l'équipe, était d'imaginer une technologie permettant de jouer avec le temps. Cela paraissait compliqué, mais c'était le nouveau quotidien de ces dix-sept individus recrutés à travers le monde.

L'agenda de Paul était par conséquent très chargé et les journées longues. Pour le coup, lui ne bénéficiait pas encore de cette future technologie en avant-première, loin de là. Il dédiait nettement plus de temps à son nouveau travail, qu'à la découverte de Paris comme il l'avait tant espéré avant de partir de New York. Mais le confinement avait ses bons côtés, tout du moins pour le développement de sa vie personnelle. C'était simple, sa seule et unique distraction personnelle était Lucas. Il lui consacrait la totalité de son temps libre. Il vivait avec lui, le retrouvait toutes les nuits et restait blotti dans ses bras tous les week-ends. Même s'il rentrait un peu tard le soir, voire très très tard, ils avaient largement le temps de construire une relation solide.

Une dizaine de minutes étaient passées depuis leur dernier message.

Paul « Sorry, Zurg était là. »

Cela faisait rire Lucas à chaque fois. Ils avaient renommé le boss de Paul, David, par « Zurg » en référence au robot maniaque et méchant du dessin animé Toy Story.

Lucas « Ça marche, je te laisse bosser, on parlera sur la route ce soir. J'ai pris les affaires que tu avais laissées sur le lit, je les ai mises dans mon sac, avec ton iPad. Tu avais besoin de rien d'autre ? »

Paul « Perfect , non c'est tout ! Thx so much babe. On se voit ce soir, xoxo »

L u c a s « 🩶 »

Paul reposa son téléphone. David l'observait au loin. Sans rien dire, il arrivait à oppresser ses équipes et les empêcher de trop se disperser. Le David qu'ils avaient connu lors des premiers entretiens était loin de l'homme qui les gérait au quotidien. Ses ambitions étaient très élevées, peut-être trop, et il le faisait peser pleinement sur ses équipes. Mais bon, la mission passionnait toujours autant Paul qui avait accepté ce climat de travail sans trop se rebeller. Cependant ce soir il était hors de question de traîner au boulot. À 21h pile, le taxi de Paul le déposa devant l'immeuble des parents de Lucas. Ils l'attendaient avec sa sœur dans leur SUV une rue derrière.

Ce soir, ce vendredi soir, ils avaient décidé de vivre comme autrefois. Ils prenaient la route pour partir quelques jours pour les fêtes de Noël. Une folie par les temps qui courent. Les restaurants fermés, les confinements en alternance avec les couvre-feux les mettaient à bout. Ce Noël, ils avaient décidé d'aller découvrir la région de Bordeaux. Non pas spécialement pour ses vins, mais pour vivre quelques instants d'évasions face à l'océan, la plage. Ils avaient trouvé sur Airbnb une maison disponible vers Biscarrosse. Les parents de Lucas et Mathilde ne connaissaient pas du tout la région. Les garçons non plus. Ils étaient heureux eux aussi de sortir de leur studio (Lucas n'était jamais revenu dormir dans sa chambre).

Ces vacances de Noël allaient sceller pour toujours l'amour de Lucas et Paul, et leur faire prendre une décision majeure dans leur vie de couple : prendre leur envol et faire de Biscarrosse leur nouveau pied-à-terre.

15 décembre 2034

Biscarrosse, France

Le téléphone de Lucas sonnait. Même si aucun numéro n'était affiché, il savait qui l'appelait. Il attendait cet appel depuis plus d'une heure maintenant, installé dans son canapé, stressé.

– Je suis là, dit Lucas d'une voix calme en décrochant.

– Je sais plus quoi penser Lucas, s'il te plaît, explique moi ce qu'il se passe. Léa est encore avec toi ?

Paul ne semblait pas remis de leur discussion de la veille qui avait éveillé en lui tout un tas de questions. De là où il se trouvait, il n'avait attendu qu'une chose, que la connexion se rétablisse entre lui et Lucas.

– Non elle est rentrée. De toute façon, je préfère qu'on discute que tous les deux. Ça me fait tellement bizarre d'entendre ta voix. Ça fait 3 ans que j'en rêve et là, tu es là…

– 3 ans ? Arrête avec tout ce suspens, je sais que tu me caches quelques choses, faut que tu m'expliques, reprit Paul stressé qui ne pouvait s'empêcher de relever les détails que Lucas éparpillait dans ses phrases.

– Rien oublie pour l'instant, dis-moi ce que tu vois, ressens, sens, il doit bien y avoir quelque chose ? reprit Lucas qui tentait d'avancer sur cette mystérieuse énigme.

– J'étais dans mon bureau comme d'habitude, j'ai lancé le programme comme tous les soirs pour me connecter et d'un coup j'ai été comme projeté en dehors de mon bureau. Je t'entends parfaitement, j'entends tout ce qui se passe autour de toi, et je vois la terrasse. Je peux voir le coucher de soleil, mais c'est tout. Je n'en avais jamais eu vraiment conscience, je ne me posais pas la question à vrai dire, mais maintenant qu'on se parle, c'est comme si je sortais de mon propre corps à chaque fois.

Lucas rassemblait tous les morceaux pour essayer de comprendre. Il construisait petit à petit son raisonnement. Paul semblait avoir accès à une partie de la technologie de leur maison. Il contrôlait le téléphone et la caméra extérieure. Ce programme dont il parlait devait agir comme une sorte de passerelle qui lui permettait de se connecter à lui, à sa réalité. Mais d'où l'appelait-il ? Et était-ce vraiment Paul qui faisait tout ça ? À cet instant, Lucas se souvint du flash de lumière lors du premier soir. Son assistant avait reçu une commande extérieure. Forcément, cela venait de Paul. S'il contrôlait la caméra, le téléphone mais aussi la lumière, alors peut-être pouvait-il tout contrôler de là où il semblait enfermé. Lucas avait une idée. Rien n'était sûr mais ils devaient essayer.

– Attend, je, je veux qu'on essaye quelque chose, pense à la maison, pense aux pièces, pense à tout ce que tu contrôlais de ta voix quand tu étais là.

– *Yes ... and* ? dit Paul ne comprenant pas où Lucas voulait en venir.

– Essaye de t'imaginer comme si tu étais là, et que tu voulais faire quelque chose, n'importe quoi. Projette toi pour allumer la lumière de la cuisine par exemple.

Paul hésita à répondre ne voyant pas du tout le rapport avec sa situation. Mais il avait confiance en Lucas. Il dit à plusieurs reprises à haute voix « John allume la lumière de la cuisine » mais rien ne se passait. Il se concentra alors davantage. Et plutôt que d'utiliser la voix, il utilisa sa pensée. Il essaya de se rappeler comment il avait réussi à joindre Lucas la première fois. Il avait lancé le programme, puis le coucher de soleil lui était apparu.

Puis les images avaient commencé à disparaître pour le ramener à son bureau, alors que Lucas rentrait à la maison. Il avait eu peur. Peur de le perdre. Il avait paniqué. Alors il avait réussi, comme un ordinateur ou un logiciel, il avait pensé et déclenché une commande à distance. Déclenché… Enfin plutôt codé ! Maintenant qu'il y repensait et faisait suffisamment attention, à ce moment précis, c'était comme si des millions de chiffres et de signes s'étaient mis à défiler devant ses yeux et se mélangeaient aux images qu'il voyait. Le code ! C'était la clé. Le programme auquel il se connectait chaque soir depuis des années n'était certainement pas complet. Il y avait cette mélodie qui agissait comme une clé secrète de connexion pour y accéder. C'était à ce moment-là qu'il se projetait dans cet autre monde, qu'il pourrait peut-être continuer de développer au gré de ses pensées ?

Il se projeta alors à nouveau dans le code. Depuis des années qu'il utilisait le programme, il avait été contraint à ne pouvoir le faire fonctionner que pendant les heures du coucher de soleil. Il était sûr maintenant que cela pouvait être modifié. Il se débrouilla pour accéder aux paramètres système et supprima cette entrée. Cela lui laisserait la possibilité d'être toujours connecté à Lucas sans limite. Puis, il fallait qu'il trouve un moyen d'élargir le nombre d'appareils auxquels il avait accès à distance. C'était possible. Il avait réussi la première fois avec la lumière de la cuisine. Puis le téléphone. Ce n'était pas compliqué. Une tâche qui aurait pris à un être humain des centaines d'heures de code fut réalisée en une fraction de seconde, à travers sa pensée. C'était très étrange, il pensait à quelque chose et cela se codait automatiquement, en son nom. Le champ des possibles lui paraissait infini. Il comprît à cet instant, que ce programme n'avait certainement pas été seulement conçu pour les couchers de soleil. L'idée était beaucoup plus profonde que ça, mais elle n'avait pas été achevée. Manque de temps se demandait-il ? Trop complexe ? Et ce logiciel, son écriture lui était très familière. Il n'était pas sûr, mais il semblait que ce soit lui qui l'ait dessiné. D'une certaine façon, il lui ressemblait. Lui seul aurait pu déchiffrer la mélodie, la clé qui lui avait permis de faire fonctionner le programme. Cela faisait sens maintenant. Alors, comme un robot, il se mit à coder l'infini. Quelques minutes lui suffirent. Il avait accès à présent à tout, absolument tout. Tout devint plus clair pour Paul.

- Truc de fou ! Tu l'as fait Paul, je vois la lumière de la cuisine. Tu as réussi à l'allumer. Paul c'est génial.

- *Honey*… je sais pas comment cela est possible. Mais je n'ai pas actionné que la lumière. Je…je te vois. Tu es debout, au milieu du salon, tu tournes en rond. Ton téléphone est posé sur la table en bois, celle qu'on a dénichée ensemble à la braderie du village. Tu portes un jogging, et un sweat, mon sweat d'école, celui que j'aime tant mettre les week-ends, surtout ceux que je passe blotti contre toi. Tu es tellement beau. Tu as maigri on dirait, et ta barbe est légèrement grisonnante, tes cheveux aussi sont plus longs, mais, *anyway,* tu es toujours aussi beau. C'est drôle, on dirait que tu as vieilli comme si je t'avais pas vu depuis … *What ?* tu pleures ? Mais non, ne pleure pas je t'en supplie. Ne pleure pas car ce n'est pas juste, moi je … je n'arrive pas à pleurer …

- Je pleure parce que je suis heureux, ce ne sont pas des larmes de tristesse. J'aimerai tellement que tu sois là avec moi. Tu me manques tellement. J'aimerai te voir aussi, ce n'est pas juste. J'ai envie de te toucher, de te serrer dans mes bras, de t'embrasser. Sentir ta peau si douce. C'est insoutenable de te savoir là et pourtant absent.

Les rayons du soleil s'apprêtaient à disparaître sous l'horizon. Lucas pensait savoir ce que cela signifiait. Il ne leur restait que quelques minutes, secondes peut-être à vivre cet instant de doux et pénible bonheur qu'ils avaient retrouvé. Paul prit le contrôle de la maison. Il baissa doucement les lumières du salon et éteignit toutes les autres lumières qui entouraient Lucas. La pièce était totalement tamisée sous une lumière chaude.

\- Lucas, *sweetheart*, ferme les yeux.

Paul augmenta le thermostat de l'appartement, et en moins de 5 secondes, Lucas senti une vague de chaleur l'envelopper. Comme si le corps de Paul venait de le toucher et le prendre dans ses bras. Paul qui continuait de regarder son amant à travers les caméras du salon, ne pouvait s'empêcher de ressentir la lourde tristesse de ne pas être avec lui. Lucas continuait de fermer les yeux. C'était comme si Paul était là, face à lui. Le sweat à capuche qu'il portait avait encore son odeur. C'était la dernière trace olfactive qu'il avait de lui. Il l'approcha près de ses lèvres et de son nez, pour en sentir son doux parfum. Accompagné par ses souvenirs, il arrivait à sentir la douce odeur de sa peau. Alors, Paul prit le contrôle de la musique, et lança leur chanson préférée. La chanson qu'ils avaient choisie pour leur mariage et leur première danse. Très traditionnels dans l'âme, tous deux avaient toujours rêvé de vivre un grand mariage, avec leurs amis et leurs familles. Petits, ils n'auraient pas pensé que ce serait avec un homme, mais en étaient très fiers et heureux. Leur mariage, cette célébration de leur amour au monde, avait été à leur image. Lucas sourit et ne put retenir ses larmes lorsqu'il entendit la douce mélodie d'Antoine Decrop. Chaque note le ramenait à Paul et à leur histoire.

Lucas dansait seul les yeux fermés au milieu du salon, serrant contre son cœur le pull. Il ne pouvait s'empêcher de pleurer tout en ressentant une joie infinie. Tous ses souvenirs, leurs moments ensemble de pur bonheur, l'envahissaient. Même d'aussi loin qu'il pouvait être, Paul réussissait encore une fois de plus à le surprendre et le rendre heureux. Les yeux fermés il le voyait. Il partageait pour la première fois en 3 ans un nouveau moment de complicité avec l'homme qui avait complètement changé sa vie et conquis son cœur. Il dansait s'imaginant dans ses bras, sa tête posée dans le creux de son épaule.

Il écouta la chanson en boucle plusieurs fois, afin de savourer leur histoire d'amour encore quelques instants.

Paris s'offrait enfin à eux. Paul allait pouvoir vivre pleinement ce pourquoi il était venu près de 2 ans plus tôt. Les musées, les restaurants et tous ces lieux qu'ils connaissaient par coeur dans les films et les séries qui avaient bercé son enfance et développé son amour pour la ville Lumière, étaient enfin ré-ouverts. En arrivant en septembre 2019, Paul s'était concentré sur ses études. « J'aurai tout le temps plus tard » s'était-il dit. Le coronavirus lui avait fait payer sa procrastination, mais lui avait aussi fait trouver l'amour.

Lucas et Paul venaient de célébrer leur première année ensemble. Une année de passion qu'ils avaient vécue en pleine intimité au 5ème étage de la rue Rollin. Après quelques mois seulement, Lucas avait progressivement troqué sa petite chambre d'adolescent, pour un studio d'amoureux un étage au-dessus. Sa maman avait vu leur amour grandir, s'épanouir, et avec beaucoup de joie avait laissé cette fois son fils quitter le cocon familial. Pour aider le jeune couple, elle ne leur demandait plus de payer de loyer. Son petit garçon prenait enfin son indépendance, avec sa bénédiction. Ils ne resteraient encore que quelques mois là, leur projet pour Biscarrosse se concrétisant de plus en plus chaque jour.

Paul regardait Lucas qui comme très souvent était sur son portable.

– *Honey*, allez, on sort, on est tout le temps enfermé, j'ai un énorme programme pour toi ce week-end : Le Louvre, monter en haut de l'Arc de Triomphe, le musée Montmartre et les Jardins Renoir. Allez *come on* mets tes baskets on y va ! dit Paul plein d'enthousiasme.

– Il fait un temps pourri dehors, on serait mieux à rester au chaud, sous la couette, tous les deux, si tu vois ce que je veux dire, tenta Lucas.

– Ça fait un an qu'on est au chaud tous les deux, ça va, prend un parapluie et on y va, s'il te plaît.…

Paul avait cette façon de regarder Lucas, il pouvait l'emmener où il voulait rien que par ses yeux. Lucas était tombé peu à peu fou de lui. Au début bien sûr, il y avait l'excitation des premiers moments, la douce passion et la fougue de la découverte de l'autre. Mais ayant du mal à dévoiler ses sentiments et lâcher prise, Lucas avait pris son temps avant de s'ouvrir pleinement à lui. Vivre une relation d'amour en plein confinement n'avait pas été facile. Il n'avait pas été confronté à la réalité du monde. Concentré particulièrement sur eux, dans quelques mètres carrés. Mais cela n'avait pas empêché Lucas d'enfin comprendre ce qu'était de tomber amoureux de quelqu'un. Et aujourd'hui, les jeux s'étaient inversés. Il était conquis et amoureux. Il ne pouvait pas vraiment résister aux demandes de Paul. De plus, lui qui vivait pourtant ici, allait aussi découvrir pour la première fois nombre de ces endroits à travers les yeux de Paul.

Après être descendus du quartier latin et avoir observé quelques monuments que Paul connaissait maintenant par coeur (le kilomètre réglementaire oblige) : Sorbonne, Saint-Michel et Notre-Dame, les deux jeunes amants avaient décidé de commencer leur journée dans le 1er arrondissement de Paris. Ils démarrèrent le riche programme de Paul en suivant les traces du *Da Vinci Code* de Ron Howard avec Tom Hanks et Audrey Tautou. Ce célèbre thriller qui avait permis au monde entier de visiter depuis chez eux le Louvre et les secrets du génie Leonard de Vinci. Ce fut la première fois que Lucas vit en vrai Mona Lisa.

– C'est fou sérieux ! Je vis ici depuis plus de 20 ans, et j'avais jamais mis un pied au Louvre ! Non mais La Joconde quoi ! Regarde, elle me suit de partout !

Il est vrai que l'on a tendance à ne pas prendre le temps pour ce qui nous entoure. On ne s'intéresse qu'aux richesses lointaines, parfois inaccessibles, alors que l'on est aussi sur une mine d'or, se disait Lucas. Sa réaction amusait Paul. Il était comme un enfant à qui il avait tout à apprendre sur la richesse de son pays et continent. Après quelques heures entre les civilisations Grecques, Egyptiennes et un passage par le Moyen-Âge, Paul attrapa la main de Lucas pour l'emmener pour une balade romantique le long des quais de Seine. Il se voyait dans un film de Woody Allen. Tel Owen Wilson dans *Midnight in Paris* , ils flânaient le long du fleuve. Paul observait les Parisiens rigoler. Comme eux, ils avaient décidé de profiter pleinement de cette journée de liberté, malgré une météo douce mais légèrement pluvieuse. Les couleurs légèrement grisées de Paris évoquaient énormément de tendresse et de romantisme à Paul. Il se serra contre Lucas. Se sentir protégé par lui sous leur parapluie, il immortalisait dans son coeur ce moment tel un tableau de Claude Monet. Il se moquait de la pluie, pour lui tout était parfait aujourd'hui.

Les pavés de la Seine les firent remonter un peu plus loin jusque dans le Marais. Les odeurs des rues remplirent Paul d'excitation. Ce n'était pas forcément de la gastronomie française classique, mais cela mettait un doux parfum sur tout ce que Paris et la France avaient à lui offrir d'un point de vue culinaire. Un mélange culturel, entre épices et gourmandises de boulangeries. Des boutiques de petits créateurs, qui ne ressemblaient en rien à ce qu'il connaissait à Brooklyn. Ils passèrent par l'hôtel de Soubise. Ce bâtiment qui n'était pas sans rappeler le Château de Versailles. Paul était passionné par l'époque des derniers grands rois français et avait noué un amour particulier pour la vision et l'esthétisme qu'avait eu Sofia Coppola pour le retranscrire. *Marie-Antoinette* était un de ses films préférés. La musique, les costumes, les lieux. Il rêvait un jour d'organiser une fête costumée sur ce thème, peut-être dans leur future grande maison près de la mer ?

- *What* ? Tu l'as jamais vu ? il faut absolument qu'on le regarde ce soir !

La passion de Paul était communicative. Lucas avait envie de tout découvrir face à l'enthousiasme et l'énergie qu'il lui envoyait.

Quelques photos et selfies plus tard, ils prirent ensuite le métro pour continuer leur grand tour Parisien. Incomparable à son *subway* New-Yorkais, Paul imaginait les grands monuments cachés derrière les noms des stations : Grands Boulevards, Opéra, Concorde … Ils sortirent finalement après deux changements au pied de la butte Montmartre afin de vivre un des premiers films français qu'il avait pu découvrir au début des années 2000. *Amélie,* ou *Le Fabuleux destin d'Amélie Poulain*, avait été un énorme succès outre-atlantique. Paul le connaissait par coeur. Il avait la sensation d'entendre la musique de Yann Tiersen dans sa tête alors que Lucas et lui arpentaient les rues du 18ème arrondissement.

- On s'y croirait ! J'ai l'impression de marcher avec les acteurs, je reconnais tous les lieux c'est magique ! dit Paul émerveillé. Tu sais, un jour tu seras un grand chef, et tu ouvriras une pâtisserie ici, j'en suis sûr !

Lucas sortit son téléphone portable de sa poche. Il prit l'appareil dans ses deux mains comme un appareil photo et alluma sa caméra.

- Tiens regarde chéri !

Il avait appliqué un filtre photo vert / sépia qui filmait tout ce qui les entourait. Paul n'en revenait pas. Lucas était en fait un vrai cinéaste sans le savoir ! Il avait réussi à recréer l'univers du film. Comme le hasard fait parfois si bien les choses, comme des signes que l'on aime croiser pour se rappeler la chance que l'on a, un photomaton se trouvait dans un magasin juste à côté d'eux. Ils gravèrent ce jour de 4 photos d'identité, leurs premières photos de couple.

À cet instant, Lucas comprit qu'il ne pourrait plus se passer de lui. Il pourrait le suivre partout où il irait et dans toutes ses aventures, même les plus folles.

Il n'avait pas idée à quel point il voyait juste.

15 décembre 2034

Entre quelque part et Biscarrosse, France

Même si leur appel avait pris fin, la connexion n'était maintenant plus interrompue. Il avait pour la première fois, depuis aussi longtemps qu'il se souvienne, l'impression d'être réellement vivant. Paul vivait un black-out complet des dernières années auxquelles Lucas faisait référence. Pour lui, il était toujours à Melbourne, quelques jours ou semaines avant de rentrer à Paris. Il se souvenait pourquoi il était parti seul là-bas et pourquoi Lucas n'avait pas pu le suivre. Depuis quelques années, l'Australie avait décidé de fermer complètement ses frontières. Il était presque impossible de s'y rendre, en vacances tout du moins. À la suite de la première pandémie qui avait frappé le monde en 2020, certains pays avaient décidé de renoncer à la part du tourisme dans la construction de leur nouvel équilibre économique. Celui-ci n'était plus une priorité face à l'impact d'un gel économique en cas de crise sanitaire mondiale. L'Australie avait été l'un des premiers pays à se protéger de la pandémie de 2019 en s'isolant fermement du reste du monde. La Chine, et le reste de l'Asie, s'étaient encore plus refermés sur eux par suite de la baisse de la consommation en Europe. Avec l'appui de son entreprise, Paul avait réussi à obtenir un visa exceptionnel pour se rendre sur le territoire et y travailler. Mais ce visa n'était pas extensible aux membres de sa famille. Seul, là-bas il travaillait, d'arrache-pied. Étrangement, il n'arrivait pas à « visualiser » davantage de détails concernant son métier, en particulier l'objectif de la mission pour laquelle il se donnait tous les jours. Il y avait une zone obscure qu'il n'arrivait pas à percer. Un dossier auquel il n'avait pas accès. Ce dont il était sûr c'est que sa vie avait pris un tout nouveau sens depuis quelques jours. Lui qui pensait que tout se passait bien entre eux, qu'il était simplement heureux, et qu'il allait bientôt rentrer à Paris, rien n'était plus sûr. Tout cela ne serait qu'un mensonge ? On le forcerait à se croire heureux ? Dans quel but ?

La seule raison plausible à laquelle il pensait était son travail. Avant qu'il ne trouve la mélodie et son programme, sa vie se limitait à son boulot. Rien n'avait vraiment de sens. Mais il n'en était pas vraiment conscient, jusqu'à maintenant.

On lui mentait !

Il se sentait en réalité esclave de son travail. C'était comme si on lui avait intégré une version parfaite de sa vie pour le maintenir concentré sur sa mission et qu'il ne se pose aucune question. Mais ce logiciel et cette passerelle vers cet autre univers, avaient tout remis en cause.

En effet, grâce à ces quelques notes de musique, il avait réussi à sortir de sa prison de rêve. Ce bureau infini dans lequel il était depuis aussi longtemps qu'il se souvienne n'était plus sa seule option. Il avait réussi à digitaliser sa vision, son ouïe, sa conscience, par tous les appareils connectés à l'univers de Lucas et bien plus.

– *Honey* ? Tu m'entends ? tenta Paul ne pensant pas vraiment que cela fonctionnerait.

Lucas s'arrêta net. Il demanda à son assistant de couper immédiatement la musique. Alors, Paul lui dit à nouveau « *honey* » mais cette fois sa voix résonna à travers toutes les enceintes de la maison.

– J'y crois pas ! C'est dingue ! s'exclama Lucas en entendant la voix de Paul, tu me vois ? Tu m'entends ?

– Oui, j'ai le plaisir de savourer ta petite danse depuis quelques minutes, dit-il en rigolant.

Aussi étrange que cela puisse paraître, Lucas et Paul s'étaient retrouvés comme s'ils ne s'étaient jamais quittés. L'espace d'un instant ils oubliaient la situation et les circonstances si particulières qui les avaient réunis. Ils se parlaient comme si de rien n'était.

– J'ai la sensation de pouvoir contrôler tout ce que je veux. J'ai réussi à me connecter à tous nos appareils. Je suis « *online* » on dirait, lui dit Paul qui pensait en même temps à ce qu'il disait et ce qu'il ressentait, c'est comme si j'étais sur l'ordinateur et que je pouvais lancer toutes les commandes qui me chantent. Comme si j'étais mon propre assistant personnel.

– Qui me chantent ? J'aime trop quand tu parles un français que plus personne ne parle ah ah ah c'est tellement mignon. C'est incroyable franchement, mais comment ça se fait ? Comment tu l'expliques ?

– Aucune idée pour le moment. Je n'en ai vraiment aucune idée…

– Tu as essayé de te localiser ? Ton adresse IP ? Tes coordonnées GPS je sais pas ? demanda Lucas qui essayait d'aider même si lui et la technologie faisaient deux.

– Je n'y avais même pas pensé. *Honey* tu es un génie. Attends, j'essaye (quelques secondes passèrent) … je comprends pas, j'ai ce même blocage. Il y a comme un firewall ou je sais pas, mais il y a une zone à laquelle je n'ai pas accès. Même mes souvenirs, beaucoup de choses sont floues, dit-il d'une voix agacée.

– D'ailleurs, tu te souviens de quoi exactement ? dit Lucas.

– Je sais que je suis à Melbourne, enfin que j'y suis allé, je sais que tu es resté en France chez nous, je sais que j'y suis allé pour le travail, que je travaille chez TPA, mais je ne me souviens de rien de l'Australie, rien du tout…

Lucas hésitait. Il ne savait pas s'il pouvait lui parler de leur couple, de ce qui s'était passé juste avant son départ et surtout de l'accident. Comment allait-il réagir ? Il marchait sur des œufs. Et chaque seconde qui passait ne faisait qu'attiser la curiosité de Paul qui sentait que Lucas lui cachait quelque chose.

— Lucas ? Parle-moi, dis-moi, aide-moi à comprendre. Je sais que tu me caches quelque chose. 3 ans se sont écoulés sans que je ne m'aperçoive de rien ? Je te promets que je ne t'en voudrais de rien, je suis prêt à tout encaisser si ça peut m'aider à me sortir de ce pétrin et à te retrouver.

— Pétrin... ta façon de parler me fera toujours autant rire ah ah ah, enfin bref, je vois que cela ne t'a pas échappé. C'est ... compliqué je sais pas comment t'expliquer.

— Je suis prêt à tout entendre, réitéra Paul qui ne voulait pas perdre une seconde de ce précieux temps avec lui.

— Je n'ai pas toutes les réponses, c'est complètement incohérent je te préviens. On est en plein film de science-fiction c'est ouf.

Paul le stoppa net, et reprit plus sèchement.

— *Stop with all the bullshit, tell me the truth now* !

Lucas savait que lorsque Paul se mettait à reparler uniquement en anglais, il ne fallait plus rigoler et que la situation était très sérieuse.

— Il y a 3 ans, tu étais à Melbourne pour le travail, et ... tu as eu un accident de moto. Tu es tombé dans le coma, tu y es resté pendant quelques jours. Même si je me trouvais à distance car je ne pouvais pas venir sur place à cause du visa, tous les jours même plusieurs fois par jour je me connectais pour te voir, pour essayer de te parler. Avec ta mère, tous les soirs on t'appelait. Les médecins disaient qu'entendre nos voix pouvait t'aider. On les a crus nous. Je te jure, je suis resté jusqu'au bout. Pardonne-moi de ne pas t'avoir protégé…

Paul ne voulait pas comprendre.

– Et ?

– Et…quelques jours plus tard, on nous a annoncé que c'était terminé.

Électrochoc.

Paul ne pouvait plus parler. Il ne voulait pas le croire, même si cela expliquait d'une certaine façon beaucoup de choses. Il était mort. Tout ce qui lui semblait parfaitement normal encore une semaine auparavant n'était qu'un tissu de mensonges. Lui, pour qui la vie semblait si parfaite, et se résumait à travailler chaque jour sans cesse dans le but de revoir un jour son amant, était en réalité une illusion. Une illusion digitale. Cette sensation qu'il avait de ne plus vraiment sentir son corps prenait maintenant tout son sens. Et ce programme, cette passerelle, était en réalité une connexion entre la mort où il se trouvait et la vie où son ex-amant l'attendait. Furieux de sa découverte, il s'en prit immédiatement à Lucas, espérant qu'il ait tort et que son énervement change les choses ou a minima le soulage.

– Je te crois pas, c'est pas possible. Il ne se passerait pas tout ça. Je ne serais pas là à te parler. Ce n'est pas un robot qui utilise ma voix là hein ? C'est bien moi. Moi seul peut connaître autant de détails sur nous, sur notre intimité. Moi seul pourrais te parler de nos premiers regards complices ce jour où j'ai dîné chez tes parents. On nous filmait pas à ce que je sache ! Moi seul pourrais te parler de notre premier dîner dans mon petit studio au-dessus de chez toi. Moi seul pourrais te parler du jour où on a emménagé à Biscarrosse juste après nos deuxièmes vacances de Noël là-bas avec tes parents. Un robot ou une intelligence artificielle ne saurait pas tout ça. *It's me !*

Paul ne laissait pas parler Lucas qui tentait de l'apaiser. Il continua son monologue pendant plusieurs minutes comme pour se rassurer, se prouver qu'il avait raison tout en essayant de trouver une autre explication. Il rendait la situation ridicule et l'histoire de Lucas invraisemblable, tout en y croyant malheureusement de plus en plus. Il parlait sans prendre le temps de respirer, s'il respirait encore, jusqu'à ce que Lucas lui coupe définitivement la parole.

– Mais arrête, tu es mort putain ! cria Lucas d'une voix secouée par les sanglots, tu es mort j'étais à ton enterrement, j'ai vu ton cercueil être mis sous terre. J'étais avec ta mère. Tu as eu un accident de moto et tu es mort.

– Tu dis vraiment n'importe quoi. Tu mens. Comment tu peux dire une chose pareille ? répondit-il maintenant furieux.

– Je ne veux pas retourner sur ce chemin-là avec toi Paul, pas encore une fois, essaya de calmer Lucas.

– Quel chemin ? Mais de quoi tu parles putain ? Il s'est passé quoi entre nous ? Tu as encore d'autres bonnes nouvelles à m'annoncer ? Ou mensonges, je ne sais pas quel mot employer.

– Là je te reconnais bien, je reconnais bien le Paul de nos derniers mois ensemble. Énervé, piquant, méchant, presque insolant. À me remettre la faute dessus.

– Si tu acceptais simplement de m'aider, plutôt que de me faire du mal, on n'en serait pas là, rétorqua Paul.

– Te faire du mal ? Et toi, en m'abandonnant pour ton putain de projet, pour ce stupide job, et abandonnant tout ce qu'on a construit ensemble pendant plus de dix ans, tu crois pas que tu m'en as fait du mal ?

– Je…

Lucas ne le laissa pas parler.

– Et en te donnant la mort avec cette foutue moto tu crois que tu ne m'en as pas fait du mal ? Tu n'as pas idée de ce que je vis depuis que tu es parti. Tu n'as pas idée de l'horreur que c'est que de vivre avec le poids de la perte de son âme sœur, de sa moitié, et de ne pas avoir pu te dire à quel point je t'aimais encore et que je t'aurais toujours aimé. Partir sur cette note, cette dispute, amère…tu m'as brisé Paul, ma vie s'est brisée après ta mort. Et maintenant, tu reviens dans ma vie, je ne sais pas pourquoi, ni comment, mais tu es là et je te dois des explications, alors que j'en attends tellement de toi. Laisse-moi rire !

Quelques secondes d'un silence profond passèrent.

– Je…je…

– Tu m'as fait souffrir pendant des années, ça ne semblait pas te déranger ? Tu ne pensais qu'à ton travail, à ton putain de projet. Ça te hantait, tu n'étais plus le même. Tu t'es déconnecté de tout, de la vie, de ta famille, de moi. Il n'y en avait plus que pour ta boîte. Et tu as préféré m'abandonner, me laisser ici seul, et sacrifier notre couple pour ce job. Mais putain, l'argent on s'en foutait. On s'aimait.

– On s'aime, reprit Paul.

– On n'en avait pas besoin, tu n'avais pas besoin d'aller là-bas, et tu ne m'as même pas demandé ce que j'en pensais. Tu es devenu égoïste, je ne savais même plus pour qui tu faisais tout ça, car clairement ce n'était pas pour nous ni notre avenir.

La conversation tourna en rond quelques minutes, quelques heures, épuisant totalement Lucas. A bout de forces de parler, de s'énerver, de pleurer, il proposa à Paul de le laisser et qu'ils se rappellent le lendemain. Il avait besoin de dormir, de se remettre à zéro.

- Je peux te dire quelque chose avant que tu ailles dormir ? lui demanda Paul.

- Dis-moi, lança Lucas à bout de force.

- Je me souviens d'une chose, tous les couchers de soleil, tous nos appels avec l'application SUNSET que je nous avais créée, je les ai toujours regardés pour nous.

Sans le savoir, plus il discutait avec Lucas, plus Paul commençait à débloquer un à un ses souvenirs. Son appartement de Melbourne, les couchers de soleil auxquels faisaient référence Paul et l'application SUNSET étaient des moments de sa vie auxquels il ne devait plus avoir accès, tous bloqués par le firewall qu'on lui avait imposé.

15 juillet 2022
Entre Biscarrosse et Paris, France

Lucas était encore à Paris. Il avait été retenu par le travail malgré ce long week-end férié. Il ne vivait et ne respirait que pour sa boutique, son premier magasin de pâtisseries en plein cœur du 18ème arrondissement de Paris. Après son CAP il avait postulé sous les conseils de Paul à un casting pour une émission de télévision dédiée à la pâtisserie et avait gagné. Son profil avait retenu toute l'attention de la chaîne lors des castings. Ils imaginaient déjà le futur coup de cœur des français « il a quitté tout ce qu'il avait, tout ce qu'il connaissait, pour vivre de sa passion ». C'était parfait ! Un jeune prodige, un talentueux pâtissier dans un corps de matheux. Et même s'il avait bénéficié d'une grande couverture médiatique et d'un grand appui de la production, sa victoire lui revenait amplement.

Il est vrai que Lucas avait un don. Il savait parfaitement accorder les ingrédients. Il composait des desserts comme un pianiste improvise de nouvelles symphonies juste à l'oreille. Et au-delà d'être succulents, ses plats étaient visuellement beaux. Dans l'air du temps, ils répondaient à tous les nouveaux critères de la cuisine moderne. Autrement dit : ils étaient instagramables. Et en ce week-end de jour férié, tout le monde avait commandé son « Paul », cette fameuse tarte signature citron et fraise, idéale pour la période estivale. A cette occasion, Lucas l'avait revisité dans une version encore plus fraîche et glacée. Sa sœur l'aidait en boutique ainsi que sa mère qui passait plus de temps d'ailleurs à aider sa fille que de conseiller les clients. Mathilde développait une passion évidente pour ce travail en famille. Un jour qui sait, elle s'occuperait peut-être seule d'une de leurs boutiques, se dit Lucas en souriant alors qu'il servait un client. Alors qu'ils venaient de fermer la boutique et qu'ils rangeaient tout dans le magasin, Lucas reçu un appel vidéo :

– Alors, comment ça s'est passé aujourd'hui ? demanda Paul tout souriant à l'idée de retrouver, même virtuellement, son Lucas.

– Écoute, épuisant, mais je crois qu'on a fait une de nos plus belles journées depuis l'ouverture (sa mère en fond et sa sœur crièrent un « *Hi* » en faisant de grands signes avec leurs bras pour saluer leur futur gendre et beau-frère), oui elles te disent bonjour comme tu peux voir.

Il n'eût pas le temps de finir que Paul enchaîna.

– Ah ah ah nice ! Elles sont venues t'aider ? C'est génial. Écoute ici rien de spécial, j'ai pas mal travaillé dans la maison, fixé deux trois trucs qui n'allaient pas, j'ai fini d'installer toutes les prises connectées etc…ça va être génial, on pourra tout contrôler sans bouger. C'est l'avenir la domotique, crois-moi ! Même de Paris tu pourras avoir accès à la maison. Et là, bah je suis sur la plage, je regarde l'océan, le soleil allait se coucher, je voulais qu'on le regarde ensemble.

Paul tourna sa caméra face au spectacle de lumières qui venait de débuter devant ses yeux. Pendant quelques minutes, Lucas ne dit pas un mot, et regarda cet enchaînement de couleurs, qu'il connaissait par cœur, avec beaucoup d'émotions en pensant à Paul, en pensant à eux.

Depuis qu'ils vivaient à Biscarrosse, Lucas et Paul avaient pris l'habitude de vivre chaque soir le coucher de soleil ensemble. Même s'ils étaient chacun débordés par leur travail, ce rituel était un moment unique de connexion entre eux. Ils s'étaient promis que tant que la météo le permettrait, jamais ils ne devraient en rater un. Chacun disposait d'une alarme sur son téléphone, reliée à une petite application appelée SUNSET. Elle les prévenait de l'heure de début du coucher du soleil et lançait automatiquement un appel en visio pour qu'ils n'oublient jamais de le partager, peu importe où ils se trouvent. Paul avait développé ce petit programme. Alors, ils pourraient toujours être ensemble l'espace de quelques minutes. Quelques minutes où ils n'avaient pas besoin de se parler pour se dire à quel point, malgré tout ce qui pourrait leur arriver, ils s'aimaient.

– Paul ? demanda Lucas d'une voix timide.

Le soleil était presque caché par l'horizon de l'océan.

– Oui *honey* ? qu'est-ce qu'il y a?

– Tu me promets que jamais on ne manquera un coucher de soleil ensemble ?

– Par tous les moyens, je te le promets. Je me débrouillerai toujours pour te retrouver et le voir avec toi.

19 décembre 2034

Biscarrosse, France

Cela faisait plusieurs jours que Lucas et Paul ne s'étaient pas parlé. L'envie les démangeait l'un et l'autre, ils le savaient. Mais la fierté de Lucas et la colère de Paul étaient plus fortes. Ces quelques jours avaient laissé le temps à Paul de se calmer, et de doucement accepter sa nouvelle condition. De là où il se trouvait, peu importe où cela était, certains appelleraient ça le paradis, d'autres peut-être la matrice, il arrivait maintenant à contrôler et accéder à absolument tout ce qu'il souhaitait. Il n'y avait plus de limite de coucher de soleil. C'était comme s'il avait activé un mode ACTIF permanent. Toutes ses pensées étaient accélérées, comme un processeur ultra puissant d'ordinateur. Mais une zone d'ombre planait toujours au-dessus de lui. L'accès à certains souvenirs et informations lui était impossible.

Paul était persuadé que la clé pour tout comprendre se trouvait dans cette partie de sa mémoire à laquelle il n'avait pas encore accès. Il lui fallait en hacker l'entrée. Il avait réussi à récupérer quelques bribes de codes qu'il tentait d'analyser. En les décryptant, il avait retrouvé une grande partie des messages effacés de ses discussions avec Lucas, particulièrement sur la période précédant son départ à Melbourne jusqu'au soir du drame. Il les relut intégralement. La situation entre eux lui était claire maintenant et il comprenait la frustration de Lucas. Il visualisait l'homme qu'il était devenu et cela correspondait parfaitement aux mots utilisés par Lucas quelques jours plus tôt : énervé, piquant, méchant, presque insolant. En parcourant leurs messages, Paul réalisa que les derniers mois de leur relation en France avaient été particulièrement électriques. Lucas lui reprochait particulièrement son manque d'attention, son changement de comportement et ses absences. Il avait mis, unilatéralement, leur vie de couple de côté au profit de son travail top secret. De nombreux messages de Lucas lui reprochaient de rater leurs rendez-vous, leurs dîners et de ne jamais le rappeler. Paul ne s'était même pas rendu à la cérémonie d'ouverture de sa deuxième pâtisserie. Sans lui donner aucune explication. Toujours des « excuse-moi » qui, même pour lui, sonnaient faux. En se relisant, lui-même était énervé contre lui. Et ce comportement, cette distance entre eux deux, s'était accentuée après son départ pour Melbourne. La demande de visa accompagnateur de Lucas pour l'Australie avait été refusée, sans appel possible. Plus les semaines et les mois passaient, plus les échanges entre Lucas et Paul étaient légers, distants et sombraient dans des banalités. Au détail près, qu'ils s'appelaient toujours chaque soir au coucher du soleil de Biscarrosse. Paul avait demandé à Lucas de ne jamais oublier ce rituel, et que cela devait rester leur moment. Ainsi, pendant près de 2 ans ils avaient savouré, sans se parler, en visio, cette danse de lumières.

Paul ne trouvait aucune cohérence entre ce qu'il pensait ressentir encore pour Lucas et là où ils semblaient en être arrivés avant son trou noir. Il ne trouvait aucune explication quant à l'homme qu'il était devenu. Ce changement de comportement, sa nouvelle attitude, qui semblaient liés à son travail, devaient être des informations importantes. Suffisamment importantes pour que quelqu'un décide de les lui cacher. De là où il était, virtuellement emprisonné depuis 3 ans, s'il avait eu ces informations, cela aurait-il impacté sa productivité ?

Il nota précieusement cette première piste.

Il continua ses investigations, cherchant des indices égarés parmi les datas auxquelles il avait accès, plutôt que d'essayer éperdument de vouloir franchir le firewall. Il remarqua trois nouvelles choses qui suscitèrent son attention.

La première, il n'avait pas accès à sa boîte mail professionnelle et à tout ce qui était en lien avec son entreprise. Pourtant, il y travaillait encore. Quelqu'un ne voulait pas qu'il puisse rassembler tous les morceaux du puzzle de son métier et de sa mission. On l'exploitait comme on exploite un robot, l'obligeant à coder sans comprendre ce qu'il faisait. Pour qu'il ne se rebelle pas ?

Le deuxième point qui attira son attention, le plus étrange selon lui, il ne retrouvait aucune trace de conversation avec sa mère. Que ce soit par SMS, e-mail, WhatsApp... tout avait été supprimé. Elle et lui étaient si proches pourtant, il était absolument impensable qu'ils n'aient aucun contact. Cela aussi avait été caché délibérément. Peut-être arriverait-il à les retrouver comme ceux de lui et Lucas ?

Le troisième indice était une série d'e-mails adressés à un certain Björn Sixten, qu'il avait retrouvés en fouillant sa boîte mail personnelle. Il n'avait aucun souvenir de cet homme, pourtant ils semblaient proches. Au vu de la teneur de leurs messages, ils devaient travailler ensemble. Dès le premier message, Björn insistait pour qu'ils ne discutent pas via la messagerie de l'entreprise (certainement sous surveillance) et que cela reste sur leur boîte privée. Il voulait lui proposer de se voir un soir en dehors du travail, il avait quelque chose d'important à lui dire. À la lecture de ces premiers e-mails Paul pensait avoir compris d'où venaient son changement de comportement et les origines de ses disputes avec Lucas. Il avait eu une relation avec un de ses collègues, et Lucas l'avait découvert ! Cela paraissait possible, mais la suite des messages écarta très rapidement cette hypothèse. Björn et lui semblaient avoir découvert quelque chose concernant TPA. Et le ton de Björn dans la conversation était très inquiétant.

Paul s'empressa de chercher sur internet toutes les informations qu'il pourrait trouver au sujet de Björn. Il tomba sur de nombreuses photos associées à Björn Sixten. Il les consulta espérant qu'une réveillerait quelque chose en lui. Il fit défiler des dizaines de profils de grands blonds, mais rien. Il ne reconnut personne. Il cherchait si Björn était associé à son entreprise, aucun résultat. Tout cela était très étrange. Ce mystérieux collègue semblait avoir été effacé de la toile. Il devait en parler à Lucas, il pourrait sûrement l'aider à mieux comprendre.

Ces nouveaux éléments développèrent les premiers fondements d'une théorie complotiste folle dans la tête de Paul. À la suite de son accident, il avait été comme transféré dans un monde digital parallèle qui lui permettait de rester virtuellement en activité. De là, il continuait de travailler pour son entreprise, TPA, sur un projet dont on lui cachait l'aboutissement. Une partie de sa mémoire avait été bloquée, pour ne pas interférer avec sa productivité. En effet, avant son accident, Paul et Björn avaient fait une découverte. Quelque chose qui remettait certainement la légitimité de TPA en question. Et par tous les moyens, quelqu'un faisait en sorte qu'il ne s'en souvienne pas.

Plusieurs questions restaient en suspens :

- *Sur quoi travaillait-il ?*
- *Qu'est-ce que Björn et lui avaient découvert ?*
- *Qu'était-il arrivé à son collègue ?*
- *Qu'est-ce que sa mère avait à faire dans cette histoire ?*
- *D'où venaient son changement de personnalité et ses changements d'humeur ?*
- *Était-il vraiment mort ?*

Au même instant, un message s'afficha sur l'écran de téléphone de Lucas. Il était assis dans son canapé en train de regarder, sans vraiment suivre, un film sur la télévision de son salon. Ce message il l'attendait depuis 3 jours. Il se retint de sourire au cas où Paul l'observe et à l'aide du regard confirma la lecture du message qui déclencha automatiquement un appel.

– Merci mon chéri de m'avoir répondu, je voulais te… Paul n'eut pas le temps de finir.

- Non c'est moi qui te fais mes excuses, je me suis emporté, je suis désolé. Tu n'as pas idée à quel point je suis heureux que tu sois là. Oublions ce qui s'est passé, tout ce qui s'est passé, le coupa Lucas d'une voix douce. Je veux t'aider.

Rassuré de la réaction de Lucas, Paul passa directement à autre chose.

- J'ai effectué quelques recherches, je voulais t'en parler, il faut que tu m'aides à comprendre ce qui a pu se passer. Il y a trop de zones floues. Mon départ sans toi pour Melbourne, le visa, l'accident, mon travail...

Les souvenirs apparaissaient les uns après les autres en même temps qu'il parlait.

- Tu étais parti pendant plus de 2 ans. On s'était éloignés, toi et moi. On continuait de s'appeler, mais on ne se parlait plus vraiment. On restait attachés l'un à l'autre, comme si on se le devait, mais je ne sais même plus pourquoi. Mis à part que l'on s'aimait toujours. Mais parfois l'amour n'est pas suffisant. Tu me cachais quelque chose. Tu ne pouvais pas tout me dire. Et j'étais persuadé que ce quelque chose était l'explication de notre distance. Et un jour il m'a appelé pour me dire que c'était terminé. Qu'ils avaient fait tout ce qu'ils pouvaient, mais que tu étais parti. J'ai appelé ta mère, c'est moi qui lui ai annoncé, c'était horrible. Ton enterrement a été programmé tout de suite après. Je me suis rendu à New York auprès d'elle, pour qu'on le suive en vidéodiffusion ensemble.

Paul n'en revenait pas. C'est comme s'il était spectateur de sa propre mort. On se demande parfois comment on manquerait aux gens si on devait quitter ce monde ? Eh bien là à cet instant précis il regrettait amèrement de savoir. Il rebondit sur ce que venait de lui dire Lucas.

– Qui t'a appelé de l'hôpital pour te dire que j'étais mort ? Tu as dit « il » comme si c'était quelqu'un qu'on connaissait ?

– Oui pardon, tu n'étais pas à l'hôpital. Enfin si, mais tu étais dans un hôpital privé de TPA. C'est ton boss David qui nous a annoncé que tu étais hospitalisé là-bas. Il y a de très bons médecins, et il te considérait comme son fils, il voulait le meilleur pour toi, Zurg, (il sourit en le disant et poussa un léger soupir), tu te souviens quand je l'appelais comme ça ?

– Comment oublier, lui répondit-il d'un ton complice. Et mon travail ?

– Ah, ton travail, répondit Lucas d'une voix blasée. Cela ne m'étonne pas tu sais. Je t'ai toujours dit à quel point j'étais méfiant de ce job, du premier jour où tu as signé ton CDI là-bas et où tu m'as expliqué, sans trop rien me dire, ce que tu allais y faire. J'étais le premier à te soutenir pourtant, mais ce travail, je sais pas c'était trop bizarre. Et surtout il t'a tellement changé…

– Dans quel sens ? chercha à creuser Paul qui voulait vérifier ses découvertes.

– Pas au début, pas tout de suite, mais après quelques années, 3 ou 4 je sais plus exactement, t'étais plus tout à fait le même et ça n'a fait qu'empirer jusqu'à ton départ. Au fond de moi, j'étais presque soulagé que tu partes. Finir cette mission pour de bon, et que tu me reviennes tel le Paul que tu étais avant. C'est tout ce que j'espérais. Te retrouver. Et puis c'est surtout ton boss là, Zurg ! C'est lui qui te rendait fou.

– Ah bon ? lui ?

– Bah je sais pas exactement car tu me racontais rien, tu pouvais pas, comme d'hab. « Tu sais que je peux rien te dire » ahh je t'entends encore me dire ça, ça me rendait dingue, dit-il en mimant un air agacé dans sa voix, mais bon au fond je comprenais donc je respectais. Mais en tout cas j'ai compris qu'au début il te mettait beaucoup de pression. Mais tu aimais sa vision et sa façon de faire avancer votre projet. Mais je te dis, vers la fin j'ai senti comme s'il y avait eu une rupture entre vous deux. Mais tu prenais sur toi je sais pas pourquoi. Limite tu semblais beaucoup plus agacé les premières années, alors qu'à la fin même s'il te faisait vivre l'enfer, tu cherchais à ne plus le montrer, à cacher ce que tu ressentais.

Paul avait beau chercher, il n'arrivait pas à se souvenir de sa relation avec David, ni de l'objectif de sa « mission ».

- Et Björn ? Je t'ai déjà parlé d'un Björn ?

Lucas mit une seconde à répondre. Comme s'il cherchait ses mots pour ne pas le vexer.

- Évidemment, Björn tu ne te souviens vraiment pas de lui ? C'était un de tes collègues chez TPA. Il était venu dîner à la maison plusieurs fois, vous vous entendiez bien…je dirais même très bien. Au début je pensais qu'il se passait quelque chose entre vous deux, j'étais tellement jaloux. Jusqu'à ce que j'apprenne qu'il avait une femme et des enfants. Anyway, Björn est décédé pas très longtemps avant ton départ. Il s'est donné la mort. C'était horrible, ça t'a dévasté. C'est là d'ailleurs où tu as presque arrêté de me parler et où tu t'es mis à passer tout ton temps à travailler. C'était vraiment très triste, un acte inattendu.

En temps normal, Paul se serait effondré en apprenant une nouvelle pareille. Il était de nature très sensible et empathique. Mais, comme les souvenirs de David ou de son travail, Björn avait été effacé complètement de sa mémoire. Il avait du mal à avoir une réaction humaine face à ce que venait de lui annoncer Lucas. Il continua sans montrer aucune émotion.

- Et ma mère ? Tu l'as vue à l'enterrement, mais tu n'es jamais allé la revoir après ?

- Si j'ai essayé, je l'ai appelée plusieurs fois. Je sais qu'elle s'est rendue en Australie comme je t'ai dit. Elle avait obtenu un laisser-passer, c'est David qui avait poussé pour qu'elle en ait un. Mais elle me répondait plus. Je suis même allé la voir à New York une fois, quelques mois après ta mort. J'étais si malheureux, j'avais besoin d'elle, c'était le lien le plus fort que j'avais et qui me ramenait à toi. Je suis allé jusqu'à sa porte, elle ne m'a jamais ouvert. Le pire c'est que je suis sûr qu'elle était là, je l'ai sentie. La lumière du salon était allumée. Mais bon, c'est là que j'ai compris que ça devait être trop dur pour elle de me voir. Trop dur de penser à toi. Je peux le comprendre, mais putain qu'est-ce que ça m'aurait fait du bien. Ça aurait été comme être avec toi une dernière fois…

- Lucas, tout ce que tu me dis, il y a quelque chose de pas normal. Ma mère t'aimait plus que tout, limite plus que moi, il rit un instant en y repensant. Enfin sérieusement je peux pas croire un instant qu'elle rompe le contact avec toi si brutalement. Elle est seule là-bas à New York, elle a toujours eu besoin de s'occuper des gens, c'est dans sa nature. Ma vraie mère t'aurait étouffé par sa présence. Et puis, tout ce que tu me dis sur mon travail, cette mission, David, le fait que je ne me souvienne de rien, il y a quelque chose de louche dans tout ça. Tu dis que ma mère s'est rendue en Australie après mon enterrement ? *But why* ?

- Bah justement, ça m'a toujours étonné. Sur le coup quand elle m'a dit qu'elle avait eu un visa et qu'elle allait te voir, je n'ai pas compris. C'était à ton enterrement, elle m'a dit ça alors qu'on voyait ton cercueil disparaître doucement en terre. Elle m'a dit que ton boss l'avait aidée et c'est tout. Rien de plus. J'ai direct contacté ton boss moi aussi pour savoir si je

147

pouvais venir, et j'ai fait toutes les démarches pour avoir un visa. Mais il ne m'a jamais répondu et ma demande a été directement refusée. Je n'ai pas eu le temps de prévenir ta mère qu'elle était déjà partie. Et puis bah après ça, je n'ai jamais réussi à la revoir ni à lui reparler… Ah si, si si pardon, elle m'a fait un message deux jours plus tard, après son départ pour Melbourne, reprit-il comme une lueur d'espoir.

- Ah oui ? Et qu'est-ce qu'elle t'a dit ?

- C'était bizarre maintenant que j'y repense, attend une seconde on va demander à mon assistant. Peux-tu me sortir les derniers messages échangés avec Elizabeth ?

L'assistant pris une seconde et répondit qu'il ne trouvait aucune conversation avec Elizabeth, ni d'Elizabeth dans ses contacts. Lucas insista et demanda de chercher tous les échanges avec Elizabeth Adam, mais en vain.

- Trop bizarre ... bon je me souviens en gros elle m'a dit qu'elle m'aimerait toujours comme son fils, mais que parfois par amour il fallait savoir faire des sacrifices, et que je devais prendre soin de moi et avancer … un truc comme ça.

- Sacrifices? Quelque chose n'est vraiment pas normal *honey*. Elle n'aurait jamais dit quelque chose comme ça. Il faut que tu ailles la voir, tu dois comprendre ce qui s'est vraiment passé lors de son voyage. Tu dois partir pour New York tout de suite. Elle ne peut pas avoir changé de comportement comme ça du jour au lendemain après l'Australie. Quelque chose s'est passé là-bas, il faut que l'on découvre quoi.

- Je vais … Paul enchaîna directement.

- OK je t'ai booké un vol pour demain soir. Va la voir, elle doit toujours habiter chez nous. Elle est beaucoup trop sentimentale pour quitter la maison dans laquelle elle a toujours vécu avec mon père. Il faut que tu lui parles, il faut qu'elle te raconte. Je suis sûr que c'est la clé, la clé de pourquoi je suis revenu et comment j'arrive à te parler.

Lucas prit quelques secondes pour réfléchir. L'aventure semblait de plus en plus réelle. Il n'était pas sûr d'en avoir la force. Il était tiraillé entre l'excitation de revivre quelque chose avec Paul, même si cela ne dépasserait jamais le virtuel, mais il avait également extrêmement peur de le perdre à nouveau. Depuis qu'il était revenu dans sa vie, Lucas avait retrouvé sa raison d'exister. Tout le chemin qu'il avait fait jusque-là s'était effacé. C'était à nouveau, dans son coeur, lui et Paul. Fallait-il tout arrêter ? Fallait-il continuer ? Il réfléchit encore quelques instants, et finalement ne put s'empêcher encore une fois de le suivre partout ou il voulait l'emmener.

– Tu mettais plus de temps que ça pour me faire rêver et booker des week-ends romantiques, le taquina alors Lucas pour détendre l'ambiance qui devenait sentimentalement trop pesante pour lui.

– Je ne peux rien te promettre mon amour, et nous ne savons pas ce qui nous attend ni ce que nous allons découvrir, mais si par je ne sais quel miracle je reviens, notre vie sera pour toujours un week-end romantique je te le promets.

Lucas sourit. Il posa son écran de téléphone sur sa table de nuit. Il sentait que Paul était avec lui. Il était déjà près de 23h et il devait préparer ses affaires pour ce voyage inattendu à la quête de la vérité. Il retrouvait en lui des sensations qu'il n'avait pas ressenties depuis des années, une excitation qui le faisait se sentir vivant et à nouveau connecté au moment présent.

4 août 2024

Sur la plage de Biscarrosse, France

Tous les amis de Paul et de Lucas, ainsi que leurs familles, étaient réunis sur la plage. Une certaine émotion était palpable dans l'assemblée. Derrière eux, la grande maison de bois surplombait le décor. C'était la fin de journée, une journée particulièrement douce pour un été, parfaite pour célébrer l'événement du jour. Lucas et Paul s'apprêtaient à partager leurs vœux devant tous ceux qui comptaient pour eux. Alors que les invités discutaient entre eux et commençaient à s'installer devant le grand ponton de bois, une douce mélodie de piano accompagnait le rythme des vagues. Le morceau préféré de Lucas. Aux premières notes tous les invités tournèrent alors leur regard vers la maison. Le pianiste préféré de Lucas, Antoine Decrop qui était devenu un ami du couple après qu'ils aient assisté à plusieurs de ses concerts parisiens, marqua le début de la cérémonie. Les notes étaient accrochées dans les airs, telles des nuées de papillons. Un mélange de classique et de Ibrahim Maalouf. Lucas, accompagné de sa famille, fut le premier à s'avancer vers l'autel qui était dressé au pied de l'océan. Son père et sa sœur prirent place au premier rang et sa mère l'accompagna auprès de l'officier de la cérémonie. Puis ce fut au tour de Paul. Malheureusement, seule sa mère était présente. Son père, malade depuis plusieurs années, n'avait pas pu se rendre sur place. La démocratisation de la vidéoconférence par la crise sanitaire avait permis à son père d'être présent par écran interposé. Les aides soignantes l'avaient aidé à revêtir son plus beau costume et à masquer le décor de l'hôpital derrière lui. Alors, Paul accompagné de ses parents, s'avançait, le coeur palpitant, dans l'allée. L'émotion était perceptible dans leurs yeux brillants et la joie à travers leur sourire qu'ils tentaient de maitriser.

C'était Léa qui avait été choisie par le couple pour officier la cérémonie. Elle présenta avec justesse à toute l'assemblée l'amour qui les liait. Un amour au-delà de la passion. Un amour qu'elle qualifia d'amour adulte. La décision d'aimer et d'avancer avec l'autre, de construire et d'apprendre, pleinement. Un amour qui était fait pour durer et qu'ils bâtissaient chaque jour. Après une bénédiction et quelques mots de protection portés par Léa et leurs mères, Paul et Lucas s'embrassèrent pour sceller leur union devant la foule émue. Les nouveaux mariés entourés de leurs amis dansèrent et partagèrent des rires et des coupes de champagne, sous une lumière encore forte malgré l'heure qui passait. Même la sœur de Lucas, d'habitude plutôt réservée, oubliait ses craintes et s'abandonnait à l'euphorie de la fête. Tout le monde profitait pleinement de cette parenthèse de bonheur hors du temps. Alors qu'ils dansaient et sautaient dans tous les sens, le regard de Paul croisa celui d'un de ses très bons collègues et ami du travail. Il s'avança vers lui pour le saluer.

– Björn je suis trop content que tu sois venu ! Ça nous fait super plaisir de t'avoir avec nous. Tu es venu seul alors ? Tu as bien fait, il y a plein de mecs célibataires tu vas t'amuser c'est sûr, dit Paul légèrement éméché et sans aucun filtre.

C'était la première fois qu'il rentrait ainsi dans sa vie privée. Paul et lui s'étaient vus de nombreuses fois en dehors du travail, mais avaient toujours gardé une distance par rapport à leurs vies privées.

– Haha merci mon Paul, mais ça ira. Tu sais j'ai une femme et des petites filles qui attendent leur papa à la maison, dit-il en riant.

– Je me sens trop bête, je pensais que ... ah ah ah *never mind*. Mais tu sais quoi ? On le garde entre nous pour le moment car Lucas se fait des films, je le connais par cœur et je suis sûr qu'il croit que je suis intéressé par toi ou je sais pas, et c'est trop mignon de le voir un peu jaloux.

Puis Paul tourna la tête et regarda à nouveau Björn.

– Tu sais je suis vraiment content que tu sois là, ça fait du bien de faire quelque chose en dehors du travail (il reprenait peu à peu son sérieux) ça devient un peu dur franchement, je sais pas ce que t'en penses, mais du coup ça fait du bien d'être ensemble là, dans d'autres conditions et de penser à autre chose.

– Oui c'est clair je suis d'accord avec toi. Je crains que ça n'aille pas en s'arrangeant et si le taff doit devenir ma deuxième famille, voire ma première, pour les 5 ou 10 prochaines années bah je pense que c'est important de devenir plus proche quoi. On sera ensemble contre David comme ça, dit-il à moitié en riant.

En lâchant cette dernière phrase, Björn voulait tester la fidélité de Paul à David et espérait lui délier la langue.

– C'est sûr ! Ses idées, ce sur quoi il nous fait travailler... c'est quand même parfois limite, après je pense qu'il dit ce qu'il dit pour nous motiver et nous faire nous dépasser mais bon il y a sûrement une part de vérité.

– Je sais pas trop ... tu sais, sans trop en dire, mais j'ai l'impression de comprendre là où il veut en venir avec ce "projet". Et de ce que j'ai pu comprendre de ta partie, quand je vois ce que je fais de mon côté, je suis assez inquiet de la finalité. Ça me fait des frissons dans le dos. Je ne devrais pas te dire ça...

Paul ne le laissa pas finir. Il l'attrapa par l'épaule, et se tourna en l'emmenant avec lui, comme s'il le faisait entrer dans une bulle invisible de confidentialité. Il reprit alors d'une voix qui semblait, à son oreille alcoolisée, être un chuchotement.

– Non mais Björn ! non mais je suis tellement soulagé que tu m'en parles. Je suis d'accord avec toi. Après notre café l'autre jour, je sais pas si tu le faisais exprès ou pas, mais tout ce que tu m'as dit m'a fait écho. Je suis sûr que j'en viens aux mêmes conclusions que toi. Il faut qu'on soit super vigilants. J'ai de gros doutes sur David et sur ses intentions. Le projet ne sera jamais prêt, c'est une utopie, et j'ai peur que David perde pied entre ses désirs et la réalité, et surtout qu'il se moque de la souffrance qu'il pourrait provoquer.

Il n'eut pas le temps de finir que Lucas les interrompit.

– Björn c'est ça ? Je t'emprunte mon mari quelques instants si ça ne te dérange pas ! Il est attendu sur la piste de danse, dit Lucas pour les taquiner d'une voix un peu piquante.

- Ah ah ah mon coeur *come on* ! Björn, on en reparle, encore merci d'être venu ça nous fait plaisir et amuse-toi bien, il y a plein de célibataires ce soir, *enjoy*, lui dit Paul ponctué d'un clin d'œil complice.

Même s'ils ne s'étaient rien dit, Björn était soulagé que Paul se soit confié à lui. Ils avaient les mêmes inquiétudes concernant TPA et surtout David. Ils avaient décelé la même chose. Il laissa le temps à la fête et aux rires, mais dès la semaine suivante il lui enverrait un e-mail pour qu'ils se voient, et qu'ils discutent. Par précaution, il lui enverrait sur son e-mail personnel. Si leur instinct était juste, TPA les faisait travailler en secret sur une technologie tellement innovante et précurseur, mais bien trop dangereuse si mise entre de mauvaises mains. Et celles de David n'étaient pas des plus propres.

Tous les invités dansèrent jusqu'au lever du soleil le lendemain. Autant Lucas et Paul ne rataient jamais un coucher de soleil, mais il était rare qu'ils partagent les douces couleurs pastel de l'aube. Ce spectacle matinal restera marqué à jamais dans leur mémoire.

20 décembre 2034
New York, USA

Moins de 24 heures s'étaient écoulées entre leur discussion et son arrivée sur le sol américain. Même si son ami était originaire de Brooklyn, avec la crise sanitaire de 2020, Lucas et lui n'étaient pas allés autant de fois qu'ils auraient aimé aux États-Unis. Ils y étaient allés pour la première fois juste après leur mariage. Dans le taxi qui amenait Lucas depuis l'aéroport, il ferma les yeux quelques instants et des souvenirs se mirent à défiler devant lui.

C'était l'été 2024, 10 ans plus tôt, quand la vie avait enfin repris partout dans le monde. Ils avaient commencé par passer quelques jours dans la famille de Paul. Ce voyage avait été l'occasion pour Lucas de rencontrer pour la seule fois de sa vie le père de Paul, qui à ce moment-là était déjà très malade. Après

155

quelques jours passés à New York, Lucas et Paul s'étaient lancés dans un grand road-trip de tout l'Est américain. Washington, Philadelphie & Boston. Ils avaient visité toutes les grandes universités de la Blue Ivy League. Un rêve d'enfant pour Lucas qui ne les connaissait qu'à travers ses séries TV. Paul l'avait présenté à tous ses amis d'enfance qui s'étaient installés un peu partout dans la région. Puis, sur un coup de tête et profitant du fait qu'ils puissent travailler à distance sans soucis, ils avaient prolongé leur séjour de 4 semaines supplémentaires dans l'Ouest américain. San Francisco, Sacramento, Lake Tahoe, Los Angeles, San Diego…des milliers de kilomètres parcourus en voiture. À l'exception de Las Vegas au Nevada qu'aucun d'eux n'avaient vraiment envie de visiter, la Californie n'avait plus aucun secret pour eux. Paul n'y était jamais allé non plus, c'était la première fois pour lui aussi qu'il découvrait les richesses de son pays. Les paysages s'enchaînaient au fil des kilomètres, alternant entre grandes mégalopoles et réserves naturelles. Lucas rouvrit les yeux et observa la nouvelle *skyline* depuis la fenêtre de la voiture. 10 ans plus tard, beaucoup de choses avaient changé par rapport à leur New York. Cette ville sur-connectée, aux gratte-ciels qui vous font tourner la tête et aux panneaux lumineux qui vous empêchent de cligner des yeux s'était doucement métamorphosée. La nature y avait repris peu à peu sa place, mélangée à de nouvelles habitations ultra-modernes et une technologie toujours plus poussée mais aussi discrète. Au loin notamment il observait une nouvelle tour, presque plus haute que l'Empire State Building. Il en avait entendu parler dans la presse. Le premier gratte-ciel 100% éco-imaginé. Un immeuble de plus de 350 mètres de haut qui produisait sa propre énergie renouvelable, qui recyclait ses eaux à travers un circuit autonome et où la nature était intégrée à l'architecture. Une prouesse technique et écologique qui faisait la grande fierté de cet état. C'était le nouveau New York. Alors qu'il mélangeait ses souvenirs aux nouveaux décors qui s'offraient à lui, son écran s'alluma. Un message s'afficha, il *swipa* pour lui répondre.

– Ton vol s'est bien passé ? tu es bientôt arrivé chez ma mère je te vois sur le GPS, dit Paul.

– Je me sens un peu espionné chéri va falloir me redonner un peu de vie privée, lui dit Lucas avec amusement. Oui parfait. Quel bonheur de voyager à nouveau. J'étais justement en train de repenser à notre voyage de noces aux US.

Quelques secondes à peine après que Lucas ait prononcé « repenser », Paul lui envoyait un album de photos et de vidéos de leurs plus beaux moments passés en vacances ensemble cette année-là. Lucas les consulta avec beaucoup d'émotions. Il avait tellement envie d'être à nouveau avec lui. Si un jour il le retrouvait, si la vie leur offrait cette seconde chance, il se promettait de vivre leur histoire avant tout et il ne le quitterait plus jamais. Il espérait tellement arriver à résoudre cette énigme paranormale. Il passait les photos de son doigt et ne remarqua même pas qu'il arrivait dans la rue d'Elizabeth, la mère de Paul.

– Vous êtes arrivé à destination, lui dit le chauffeur du taxi.

Lucas, surpris d'entendre sa voix, ne s'était même pas aperçu qu'il n'était pas monté dans un véhicule automatique. Il leva la tête pour regarder par la fenêtre. La rue n'avait pas changé depuis la dernière fois qu'il s'était rendu chez les parents de Paul. D'un regard sur son écran connecté, il régla sa course et offrit un *tips* plutôt très généreux au chauffeur, le remerciant d'avoir accepté la course. New York sortait d'une grande tempête de neige. À quelques jours près, Lucas n'aurait pas pu s'y rendre. Depuis quelques années, les hivers New-Yorkais étaient devenus aussi rudes que ceux de leurs voisins du Canada. Cette année particulièrement, le réseau routier avait été totalement bloqué pendant près de 10 jours, les routes étant devenues totalement impraticables à cause de la neige. La ville s'était transformée en une véritable station de ski le temps d'une semaine. Aujourd'hui seulement la circulation commençait à reprendre.

La mère de Paul vivait à Brooklyn, dans un de ces immeubles typiques de cet arrondissement de New York. Tout en hauteur et encore recouvert de neige, il donnait sur une rue semi piétonne. Elizabeth avait pour elle seule les deux premiers étages, ainsi que le sous-sol. Elle avait pour habitude de sous-louer l'ancienne chambre de son fils, qu'elle avait réaménagée avec un espace salle de bain et cuisine privative. Elle avait transformé le sous-sol en parties communes et y proposait des services ménagers aux voisins et occupants des deux étages du dessous. Elle avait vécu toute sa vie ici, dans cette maison presque privée de Brooklyn. Même après la mort du père de Paul, et de Paul, elle ne s'était pas résignée à la quitter. Lucas faisait face à ce grand bâtiment de briques rouges, aux grandes fenêtres peintes d'un vert canard, dont une double fenêtre sur le grand salon, enchevêtré à un escalier de service noir qui courait le long de la façade. Il s'en souvenait parfaitement maintenant, malgré la saison totalement différente. Il y avait de la lumière et de la vie aux deux derniers étages. On pouvait voir une famille avec leur bébé à la fenêtre. Mais c'était surtout le premier et le deuxième étage qui l'intéressaient.

La chambre de Paul était éteinte. L'appartement devait être vacant. Dans le salon, une légère lueur aux couleurs vacillantes se reflétait contre les murs blancs. La télévision ou un sapin de Noël devaient être allumés. A cet instant, il vit une ombre. Quelqu'un venait de passer devant la grande fenêtre avant de disparaître dans une pièce de l'autre côté de l'appartement, qui donnait sur la rue de derrière. Quelques secondes plus tard, la silhouette réapparut et s'approcha de la baie vitrée. Les cheveux longs et la taille marquée suggéraient une femme. Plus elle s'avançait vers la fenêtre, plus son intuition se confirmait.

C'était elle.

Comme s'il avait été pris sur le fait, Lucas se baissa brusquement avant de se faufiler entre deux voitures. Le poste d'observation parfait pour identifier cette personne à la fenêtre. C'était bien la mère de Paul. Elle n'avait pas beaucoup changé, tout du moins il l'avait reconnue sans hésiter. Elle semblait triste, éteinte. Malgré les circonstances de leur dernière rencontre, il avait gardé en lui une image très positive et souriante de sa mère. La personne qu'il voyait là était une femme aux traits tirés, la mine blafarde, le visage de la solitude. Lucas se souvint qu'il y a quelques jours encore il portait cette même expression. En moins de 5 ans, elle avait perdu son mari et son fils. Les blessures de son cœur meurtri avaient marqué son visage et sa posture. Elle marchait dans le salon, le dos courbé comme une vieille dame, un livre à la main. Lucas continuait de la fixer depuis la rue, tout en jetant un coup d'oeil à droite et à gauche s'assurant que personne ne l'observait.

La rue était calme. Le froid retenait les New Yorkais chez eux. Il se demandait ce qu'il devait faire. L'appeler ? Frapper à la porte ? Attendre face à la fenêtre qu'elle le voie et observer sa réaction ? Il faisait froid, très froid dehors, et il n'avait pas toute la nuit devant lui. Les heures, les minutes étaient comptées. Il traversa la route encore enneigée et s'avança discrètement vers les marches du petit immeuble menant à la porte principale. Cette grande porte noire lui donnait des frissons. C'était la porte qui le ramènerait dans le passé. Les marches encore glissantes n'aidaient pas ses pas hésitants. Il s'agrippa à la rampe et tenta bien que mal de se hisser vers la porte. Il prit une grande inspiration et pressa la sonnette. Quelques secondes plus tard, il entendit les pas d'Elizabeth qui s'avançait vers l'entrée. Il pouvait presque percevoir sa respiration. Puis, plus aucun bruit. Il s'attendait à ce qu'elle lui ouvre, mais rien. Il attendit quelques instants avant de sonner à nouveau. Il savait qu'elle était là, juste derrière la porte. Il leva la tête et aperçu une petite caméra discrète dans le coin supérieur droit de l'alcôve qui entourait l'entrée principale. Il redescendit les marches. Toutes les lumières de l'appartement étaient maintenant éteintes. Elle l'avait démasqué. Elle s'était cachée pour qu'il ne la voie pas. La rage couplée à la fatigue monta d'un coup en lui. Il n'avait pas fait tout ce chemin pour jouer à cache-cache. Il remonta les marches deux à deux et cette fois-ci frappa violemment sur la porte en criant « Elizabeth, je sais que vous êtes là ! Ouvrez-moi ! ». Aucun bruit. Elle ne bougeait plus. Mais il n'y avait rien à faire, elle ne voulait pas ouvrir. Au même moment, Paul lui écrivit pour savoir où il en était.

Lucas « Paul, ta mère ne veut pas m'ouvrir. Qu'est-ce qu'on fait maintenant ? »

Paul « Tu as sonné ? »

Lucas « Évidemment que j'ai sonné ! Elle est derrière la porte là mais elle refuse de m'ouvrir »

Paul « OK, on va essayer quelque chose, laisse-moi 2 secondes »

Lucas redescendit dans la rue face à la grande fenêtre victorienne du salon. Face à lui, la pièce était toujours dans le noir, mais il était certain de deviner la silhouette de sa belle-mère dans un coin qui scrutait la rue avant de reporter son attention sur lui. Il pouvait sentir son inquiétude, comme si elle attendait que quelqu'un arrive pour la débarrasser de ce visiteur indésirable. Était-ce donc ce qu'il était devenu pour elle ? Un oiseau de mauvais augure qu'il fallait écarter ? Alors une lumière bleue apparue. L'écran qu'elle tenait dans sa main venait de s'allumer et éclairait son visage. Surprise et démasquée, elle tourna un instant sur elle avant de courir se cacher. Il n'eut pas le temps de se poser de question qu'il entendit un grand bruit dans l'appartement et qu'elle hurla « Va-t'en Lucas, Va-t'en de chez moi! ». Elle était en sanglots, seule dans son appartement.

Paul l'appela à ce moment-là.

- Qu'est-ce qui s'est passé ? Y'a eu une lumière et là elle pleure je crois ? demanda Lucas un peu affolé et surtout très inquiet.

- Je …je l'ai appelée. J'ai à peine eu le temps de dire « maman ? » qu'elle a raccroché. Je n'arrive plus à capter son téléphone, elle a dû le jeter le briser ou l'éteindre. J'espère que j'ai pas fait une connerie, mais on a pas le temps, on doit absolument lui parler.

- Qu'est-ce que je fais ? J'y retourne ? Tu penses vraiment qu'elle va m'ouvrir maintenant ?

- Je sais pas, je sais pas, laisse-moi réfléchir…

La nuit commençait à tomber, ainsi que la température. Il ne tiendrait pas dehors encore très longtemps. Alors, la lumière du salon face à lui s'alluma à nouveau. Une feuille avait été scotchée à la fenêtre. Il traversa la rue pour s'approcher et lire ce qui clairement lui était adressé. Au même instant, une voiture noire passa à côté de lui au ralenti à cause de la neige. Elle se gara quelques mètres plus loin.

- C'est bon j'ai une idée, ok tu vas… lui dit Paul avant d'être coupé par Lucas.

Lucas venait de lire le message laissé par sa mère.

- Elle nous propose de la voir, demain à 10h30 « à côté des avions », le coupa Lucas qui lisait le papier accroché à la fenêtre. Tu vois ce que c'est ?

Il eut à peine le temps de finir de lire que les lumières s'éteignirent. Lucas et Paul étaient soulagés. Ils n'avaient pas fait tout ça pour rien. Ce rendez-vous avec sa mère allait peut-être enfin permettre de répondre à toutes leurs interrogations et les aider à comprendre ce qui se passait.

– Oui, c'est juste à côté. Elle et moi allions tous les matins faire les courses dans un magasin pas loin quand j'étais petit. Chaque fois elle m'offrait un tour de manège dans de petits

avions mécaniques à la sortie du supermarché. Ils ne doivent même plus exister depuis le temps, mais c'est sûr, elle parle de ça ! Je l'accompagnais toujours partout. Et quand j'étais sage, j'avais souvent droit à des gâteaux au delicatessen sur le chemin du retour.

- Chéri, je suis cassé et gelé, il faut que je trouve un endroit où dormir dans le coin pour être en forme pour demain, reprit Lucas.

- Tu penses vraiment que je t'aurai laissé partir à New York en te laissant dormir dehors ? Je me suis déjà occupé de tout, je t'invite ce soir mon amour dans un bel hôtel. Merci d'être là et merci pour tout ce que tu fais pour moi. Je ne te l'ai pas dit depuis longtemps je sais, mais je t'aime.

Il rangea l'écran dans sa poche et son assistant lui indiqua les informations de l'hôtel et commanda un taxi pour lui. Il avait besoin d'une bonne nuit de sommeil avant d'affronter sa mère demain et découvrir, il l'espérait, enfin la vérité.

17 septembre 2026

Paris, dans les locaux de TPA, France

Les collaborateurs du projet sur lequel Paul et eux travaillaient depuis maintenant 6 ans, avaient tous été convoqués en ce jeudi 17 septembre dans la salle du conseil des locaux de TPA. La plupart s'étaient rendus physiquement sur place, à Paris. David était venu expressément de Melbourne, non pas de bon cœur pour voir ses équipes, mais pour leur présenter pour la première fois l'objectif de ce pourquoi ils avaient tous été recrutés. Plus précisément, leur dévoiler la technologie qu'ils étaient en train de développer. Pour des raisons de confidentialité, les 17 membres du cercle très fermé du projet « Make W.A.Y.S. » avaient été divisés en 5 équipes, chacune associée à une branche ou articulation secrète de ce développement. Chaque équipe travaillait de façon autonome. Jusqu'à ce 17 septembre 2026, il n'avait pas été nécessaire pour les équipes de travailler et connaître l'étendue du travail de chacun. C'était la phase 1 de W.A.Y.S.. 6 ans plus tard, cette première phase était terminée et il était enfin temps de partager avec eux comment allait se dérouler la suite de l'aventure.

Treize des dix-sept collaborateurs étaient assis dans la grande salle de réunion qui offrait une vue à couper le souffle sur tout Paris. Les quatre autres assistaient à distance à la réunion par visioconférence. Des écrans avec leurs visages étaient disposés autour de la grande table ovale. Nombreux étaient les employés qui ne s'étaient jamais revus depuis leur séminaire d'intégration au projet en septembre 2020. David, son assistant et deux personnes peu avenantes, certainement ses agents de sécurité, entrèrent dans la pièce. Personne n'osa dire un mot. Des bonjours discrets échappaient de certaines bouches. L'équipe, réunie pour la première fois en 6 ans, était perturbée de se retrouver ici. Tout le monde se demandait quelle nouvelle on allait bien pouvoir leur annoncer. Le projet était-il avorté ?

David manquait-il de financement ? Allaient-ils être tous licenciés ? Globalement un climat plutôt pessimiste flottait dans la salle. Alors, David et son grand sourire prirent la parole.

- Merci à tous de vous être rendus disponibles, et merci à ceux qui ont pu faire le trajet et être là à Paris. Tout d'abord, car je vous sens un peu tendus, il n'y aura que des bonnes nouvelles aujourd'hui. Vous pouvez donc m'ôter vos regards inquiets, prendre une grande inspiration et expiration, et me sourire, dit-il à moitié sérieux et en rigolant.

Il était difficile de savoir si cette remarque était pleinement bienveillante de la part de David. David était quelqu'un à l'humeur très variable. Il faisait beaucoup de second degré qui parfois n'en était pas vraiment. C'était quelqu'un aux idées très arrêtées, avec une vision très précise de la vie et là où il voulait l'emmener. Son ego et son propre intérêt privilégiaient sur tout. Il paraissait souriant, sympathique, accessible, mais au bout de 6 ans à travailler à ses côtés, Paul et ses collaborateurs savaient qu'il y avait un prix à ça et qu'il fallait s'en méfier. C'était donc toujours avec prudence qu'ils acceptaient les compliments ou les signes de motivation de sa part comme ce matin.

- Si je vous ai réunis aujourd'hui, c'est tout d'abord pour vous féliciter. Vous féliciter car la phase 1 de Make W.A.Y.S. est à présent terminée. Je suis conscient que cela a été difficile pour chacun d'entre vous. Je réalise que je vous ai demandé beaucoup, tout en ne partageant que très peu de contexte. Pour la confidentialité du projet, et sa bonne progression, cela était nécessaire. J'imagine la frustration que cela à dû engendrer, de travailler toutes ces années sur les morceaux d'un projet dont vous ne disposiez pas de la vision globale. Et particulièrement, je suis conscient des sacrifices personnels que vous avez dû faire. J'en suis conscient et je vous en remercie.

David parlait comme un président américain lors de son discours d'investiture, avec beaucoup d'aisance, de charisme et de conviction.

- Depuis la genèse du projet Make W.A.Y.S., j'ai une idée très précise de ce que je souhaite atteindre. Et je vais aujourd'hui vous la dévoiler. Mais avant cela, vous trouverez devant vous un nouvel accord de confidentialité. Je vous laisse le parcourir, prendre le temps de bien le lire, et le signer. Sachez que vous pouvez, si vous le souhaitez, ne pas l'accepter. Votre mission s'arrêtera là et nous nous chargerons de vous reclasser au sein de TPA. Si vous le signez, vous acceptez de repartir pour un travail cette fois-ci beaucoup plus collaboratif, mais toujours aussi confidentiel pour vos proches. Sachez que cette phase 2 vous demandera encore plus de temps et d'implication. Je mesure à quel point cela va être compliqué notamment pour vos vies privées, mais croyez-moi, nous construisons l'avenir ensemble. Nous nous apprêtons à offrir ce que chaque entreprise, chaque être humain cherche de plus précieux sur notre planète. Je vous laisse réfléchir, je reviens dans 1 heure dans la salle.

Il fallut moins de 10 minutes pour que TPA récolte l'accord de chacun des quinze membres de l'équipe de W.A.Y.S.. Il n'en manquait que deux. Paul hésitait, pensant principalement à Lucas. Leur relation s'était construite et orchestrée depuis toutes ces années autour de son travail qui lui prenait beaucoup trop de temps. Bien sûr de son côté l'agenda de Lucas était lui aussi très chargé avec sa boutique et son entreprise, mais nettement moins que Paul. Ils avaient des projets ensemble. Le chien qu'ils avaient pris il y a 2 ans était juste un prétexte. Un essai à s'occuper d'une troisième personne autre qu'eux deux. Depuis un an ils en parlaient, avoir un bébé était leur rêve. Dans cette image du couple et de l'amour qu'ils avaient, faire grandir leur famille en était la suite logique. Lucas était le plus prêt des deux. Il remettait le sujet sur la table presque tous les soirs. Il s'était déjà renseigné et avait déjà entrepris les premières démarches pour une GPA à Paris. Depuis deux ans, il était possible pour deux parents du même sexe de « mélanger » leur ADN afin d'avoir un nouveau-né issu de leurs deux identités génétiques. Une avancée technologique et politique impensable encore quelques années auparavant. Leur rêve était devenu enfin réalité : avoir un petit Paul et Lucas mélangé. Les minutes passaient alors qu'il se projetait dans cette famille qu'il rêvait de construire avec lui. Il savait que signer repousserait ce projet d'au moins cinq ans. Il ne pouvait pas appeler Lucas pour en discuter, de toute façon il connaissait déjà sa réponse.

Paul regardait ses collègues qui avaient tous signé presque sans réfléchir. Björn était en face de lui. Il semblait également hésitant. Il leva les yeux et croisa son regard.

Depuis son mariage, Björn lui avait partagé ses inquiétudes concernant David et leur travail. C'est lui qui avait fait le premier pas en envoyant un e-mail sur sa boîte mail personnelle. Ils s'étaient convenus un soir de se retrouver après le travail pour boire un verre et discuter. Au cours de ce verre, ils avaient rompu l'accord de confidentialité et avaient partagé ce que chacun d'eux savait du projet. Paul avait la charge de toute la partie expérience utilisateur, objectif clé de l'outil. Björn travaillait lui sur une dimension beaucoup plus scientifique, à la limite de la philosophie, sur la science des rêves et le travail de l'inconscient. Après plusieurs heures, et de nombreuses pintes de bières, ils en étaient venus à la conclusion que David souhaitait jouer à Dieu avec le sommeil et l'inconscient des hommes. Ils n'étaient pas sûrs de la finalité, ni de la forme que cela prendrait, mais ce dont ils étaient certains c'est que les technologies actuelles ou même celles dont nous disposerions dans les 10 prochaines années ne seraient jamais suffisantes pour atteindre son objectif tout en assurant la santé des hommes. Le sommeil est quelque chose d'extrêmement précieux pour l'organisme. Priver son corps de repos, ou en altérer le fonctionnement naturel, ne peut qu'entraîner de lourdes conséquences sur la santé : sautes d'humeur, changement d'attitude, perte de poids. Tout cela s'aggraverait sur le moyen-long terme : les patients, selon le niveau d'utilisation ou d'implication de la technologie, pourraient souffrir de troubles d'hypertension artérielle, d'hyperventilation, développer des dysfonctionnements urinaire et génitaux, des anomalies de température corporelle, ainsi que divers troubles cognitifs et moteurs. Björn avait tenté d'en parler à David, plus ou moins subtilement. Mais il n'avait rien voulu entendre.

Paul et lui se fixaient. Ils en avaient parlé et ils savaient ce qu'ils devaient faire. Ils semblaient être les seuls du groupe à réaliser ce qui se tramait avec W.A.Y.S.. Ils devaient continuer de surveiller le projet de l'intérieur. Continuer la mission était donc la meilleure chose à faire. Malgré le coût que cela représentait pour leurs vies personnelles, ils se devaient de continuer pour essayer de faire changer David d'avis ou tout du moins réorienter le projet. Pensant à son futur avec Lucas il se disait que 5 années ce n'était finalement rien ; cela passerait vite comparé à l'impact qu'il pourrait avoir à l'intérieur du projet. Ce sacrifice était nécessaire, même si Lucas ne pourrait pas le comprendre, et que Paul ne pourrait pas lui expliquer. Il signa une première feuille et déposa son pouce sur la tablette face à lui pour accepter le contrat de confidentialité digitalement. Björn baissa les yeux d'un air abattu, et en fit de même.

– Je suis ravi de voir que vous avez tous accepté ! Quelle joie de continuer cette merveilleuse aventure avec vous tous, David en faisait un peu trop ce n'était pas crédible. En signant vous acceptez de faire partie du futur, d'écrire l'avenir. Vous inscrivez votre nom dans l'histoire. Vous allez offrir un nouveau souffle à l'homme. Cet homme que nous fatiguons, épuisons depuis des siècles pour en tirer sa force, sa créativité, développer son savoir, le tout au détriment de son épanouissement personnel. (À l'entendre, ils vivaient tous dans le roman 1984). Beaucoup d'entreprises ont essayé ces dernières années d'allier vie privée et vie professionnelle. Je pense par exemple à Google qui prônait une vie mixte sans barrière, mais qui finalement enfermait simplement ses employés dans un cocon professionnel coloré. Combien d'entre vous rêvent de vivre pleinement leur vie de couple, construire une famille, développer des passions, voyager plus de trois semaines par an ? Et combien ne se l'autorisent pas à cause des contraintes professionnelles et de vos ambitions de carrières ? Ce choix si douloureux que chaque homme et chaque femme fait à un moment de sa carrière. Vie perso ou pro ? Pourquoi, aujourd'hui, devrait-on encore le faire ? Pourquoi ne pourrait-on pas à la fois vivre pleinement sa vie de famille et travailler avec « passion, acharnement et reconnaissance » ? Pourquoi ne pourrait-on pas faire le tour du monde avec ceux qu'on aime tout en continuant d'aller chaque jour au travail ?

L'assemblée en face de lui buvait ses paroles. Chaque mot faisait écho à chacun sur une partie de leur mission mais pour autant aucun ne semblait encore comprendre là où David allait en venir. Björn et Paul se regardaient, ils avaient vu juste.

- Nous passons entre 30% et 35% de notre vie à dormir. Chacun d'entre nous, chaque soir, s'éteint l'espace de quelques heures pour recharger son esprit et son corps. Et pour autant nous rêvons. Nous débordons d'imagination et de créativité. Notre activité cérébrale est décuplée alors que nous nous reposons. Le temps est figé. Les secondes peuvent devenir des heures et les minutes peuvent devenir des jours. Et si ce n'était pas là le meilleur moment de nos journées à consacrer à notre vie professionnelle ? Et si chaque soir vous vous couchiez et vous vous leviez chaque matin, pleinement ressourcé, avec votre journée voire semaine de travail déjà loin derrière vous ? Grâce à chacun de vous, votre travail et vos recherches depuis près de 5 ans, tout ça n'est plus un rêve.

À cet instant, la salle fut plongée dans le noir. Un écran s'alluma et diffusa une animation qui se reflétait dans le noir des yeux de chacun des collaborateurs.

– Nous allons proposer la technologie futuriste la plus puissante du marché. Une technologie qui offrira aux entreprises et aux hommes ce que personne n'a encore jamais réussi à offrir : du temps.

Sur l'écran face à eux, le mot « TIME » s'afficha en grand puis disparaissant comme un songe, un rêve, se reforma en un logo de 4 lettres « W.A.Y.S. »

– Nous allons exploiter le sommeil et le rendre productif. Le projet W.A.Y.S., c'est la monnaie du futur. Et si demain votre employeur vous promettait la plus belle vie de famille tout en ayant une carrière à succès, ce, sans aucun sacrifice ? Grace à W.A.Y.S. cela sera possible. Un réel avantage concurrentiel dans le choix de votre carrière. Plus de compromis, vous travaillerez pendant que vous dormez. W.A.Y.S. : *Work As You Sleep*. Notre programme, notre système d'intelligence artificielle et notre appareil auditif directement lié au cerveau vous permettront de vous rendre actifs et opérationnels pendant votre sommeil. Vous commencerez en quelque sorte votre journée de travail pendant vos rêves.

Paul, Björn et surtout les autres n'en revenaient pas. Ils vivaient un instant historique. Un futur drame social et sanitaire se disaient Paul et Björn, une prouesse selon les quinze autres associés. Plus rien ne serait comme avant, sauf s'ils arrivaient à l'en empêcher. L'avenir tel qu'ils l'envisageaient jusqu'à maintenant prenait une toute nouvelle tournure. Les Hommes pourraient bénéficier de leurs journées, profiter du jour, avoir du temps. Le temps est depuis longtemps ce après chacun court. Ils allaient vendre du temps aux entreprises et aux salariés. Paul ressentit à cet instant un sentiment de terreur. Encore une fois l'homme trouvait un moyen de dépasser la nature. Cela paraissait surnaturel. Cette technologie valait déjà des millions, des milliards rien que par son concept ? Les plus grandes multinationales mondiales allaient se l'arracher c'était évident. Mais à quel prix ? Ce rêve était trop beau pour être vrai. Mais personne ne semblait s'en apercevoir.

– Pour la suite de ce projet nous allons devoir revoir notre organisation. Les silos dans lesquels vous travaillez sont désormais éclatés. Chacun aura une vision exacte de l'avancée des membres du groupe. Des réunions d'équipes vont avoir lieu dans les prochains jours afin que vous puissiez présenter exactement tout ce sur quoi vous avez pu travailler et développer ces dernières années, et que vous compreniez comment tous les projets vont maintenant s'imbriquer entre eux. Et pour assurer la bonne coordination et fusion des groupes et des projets, j'ai nommé Paul Adam en lead management, I.T. et I.A. Paul a effectué un travail remarquable au sein du pôle engineering dont il avait la direction. Il aura dorénavant la charge de l'étape d'intégration et de fusion et prendra ensuite la responsabilité de la timeline de développement et mise sur le marché de W.A.Y.S.. Nos investisseurs sont très enthousiastes et déjà impatients de voir la technologie sur le marché. Nous leur avons promis une mise en marche en 2033/2034, ce qui nous laisse moins de 6 ans pour finaliser la technologie. J'attends énormément de vous comme vous l'aurez compris. Même plus que vous ne pensez. Les prochains mois et années vont être difficiles, je ne vais pas vous mentir. Mais ayez conscience que vous participez au projet d'une vie, et qu'après cela, votre vie, sera toute tracée. L'argent et le temps ne seront plus vos soucis ni celui de vos enfants ni même de vos petits-enfants. Si 5 ans sont le prix à payer, quelle importance ? Je compte sur vous, changeons ensemble le futur et offrons le temps aux hommes.

Tous écoutaient avec attention le discours de David. Si l'on devait décrire le sentiment général de l'assemblée, il se situerait entre excitation pour quinze d'entre eux et frissons pour Björn et

Paul. L'angoisse dans les yeux des deux amis était clairement palpable. Et elle n'échappa pas à David. Tous allaient participer au développement d'une nouvelle technologie, sans en connaître les risques et conséquences pour l'homme. Un air de Jurassic Park, pensa Paul. David était le nouveau John Hammond. Il ne jouait pas avec l'ADN des dinosaures, mais avec un état clé de l'équilibre des hommes et des animaux depuis des millions d'années. Le sommeil n'avait pas ou presque pas évolué depuis la création de la vie sur terre. Aucun être vivant ne pouvait en être privé, et il y avait une raison pour ça. David était déjà aveuglé par le pouvoir, à croire qu'il pouvait, en quelques années, penser à le détourner de sa fonction principale : ressourcer le corps, son énergie et consolider la connectivité neuronale. Et puis Paul pensait à Lucas. Il se demandait comment il allait réagir face à cette annonce, tout du moins à quel point il allait s'énerver. Encore une fois, il ne pourrait rien lui expliquer, si ce n'est que leurs plans personnels devraient être décalés de quelques années encore. Il savait qu'au fond Lucas le soutiendrait, mais il était conscient que pour la première fois, avec ses nouvelles responsabilités, son travail allait réellement nuire à sa relation.

Son bonheur personnel était-il plus important que la santé de l'humanité ?

21 décembre 2034

Brooklyn, New York, USA

Lucas ne dormit pas de la nuit. Malgré le décalage horaire, il lui était impossible de trouver le sommeil. Il rejouait en boucle dans sa tête ses retrouvailles avec la mère de Paul la veille. Il avait ressenti une peur soudaine chez elle du moment où elle avait été notifiée de sa présence. Cela ne lui ressemblait pas du tout. Elle qui était si douce, souriante en temps normal. D'où venait cette frayeur ? Pourquoi accepter de le rencontrer en cachette dans un supermarché ? L'aventure dans laquelle il s'était lancé dépassait largement ce qu'il avait pu imaginer et surtout commençait à l'inquiéter lui aussi. Il n'eut pas besoin d'entendre son réveil pour se lever et commencer à se préparer. Il mourrait d'envie de se faire un bon petit-déjeuner New Yorkais avant son rendez-vous. Depuis quelques jours, il avait en effet retrouvé son appétit d'autrefois. Il avait repéré, enfin plutôt Paul lui avait conseillé, un petit restaurant dans le quartier, typique et très réputé pour ses œufs brouillés, ses choix de bacon et de toasts. Il en profiterait surtout pour se prendre un très grand café afin de ne pas tomber de fatigue dans l'après-midi.

Lucas oublia quelques instants sa course-poursuite et les raisons de sa visite à New York. Il voulait prendre le temps et le plaisir de s'abandonner dans ces rues que Paul lui avait fait découvrir autrefois. Le froid faisait apparaître des nuages de fumée à chaque bouche de métro. Une douce odeur de cannelle et de café chaud ravivait l'air frais. Ces odeurs gourmandes éveillaient peu à peu sa créativité. De nouvelles recettes lui venaient en tête. Lui qui n'avait rien imaginé en 3 ans. Et même, plus que des recettes, les façades des bâtiments qui l'entouraient le faisaient rêver. Et si Paul revenait vraiment? Et si leur vie ensemble pouvait reprendre, peut-être ailleurs même ? Il s'imaginait un instant avec lui, ici, dans son pays. Il ouvrirait sa première boutique à l'étranger. La pâtisserie française ayant toujours été une valeur sûre et un succès aux Etats-Unis, en particulier à New York. Ils vivraient quelques années, aux côtés de sa maman. Depuis le retour de Paul dans sa vie, il n'avait pas pris une seconde pour lui, pour eux et pour rêver. Ces quelques minutes d'évasion lui firent oublier le froid glacial du vent et lui redonnèrent une énergie débordante.

Il était presque 10h30. Lucas se dirigeait à présent vers le supermarché en question espérant qu'elle viendrait. C'était un endroit où Paul et sa mère avaient pour habitude de faire leurs courses. Paul lui avait indiqué le chemin, sa montre le guidait. Il n'était pas encore entré qu'il aperçut Elizabeth de l'autre côté du trottoir. En un regard, il comprit qu'il était préférable de rester à distance. Elle profita du passage d'un groupe de jeunes pour rentrer dans le magasin discrètement. Se prenant au jeu de sa filature, Lucas la talonnait en laissant une distance suffisante pour qu'elle et lui paraissent étrangers l'un de l'autre. Arrivés au niveau du rayon des boîtes de conserve et de condiments, Elizabeth tourna brusquement les talons pour se faufiler entre deux étagères. Il prit à son tour l'embranchement. Elle n'était plus là ! Il lâcha alors d'un coup son jeu d'acteur espion et se mit à la rechercher frénétiquement. Elle ne pouvait pas être bien loin. Il avança dans le rayon de l'épicerie fine, tourna dans la grande allée des conserves et des corn flakes, puis revint finalement sur ses pas. Elle n'était plus là. À cet instant, Paul lui parla dans l'oreille. Il lui indiqua de se rendre au fond du magasin, vers les produits d'entretien. Il s'était branché aux caméras de surveillance du magasin et l'avait retrouvée. L'avantage d'être digitalisé dans un monde ultra connecté, tout lui était possible. Elle s'était cachée comme elle pouvait. Elle ne semblait pas à l'aise, stressée, inquiète. Elle n'arrêtait pas de regarder autour d'elle, méfiante, comme si elle attendait quelqu'un d'autre que Lucas. Paul se sentait mal de lui faire vivre ça, il culpabilisait de la mettre dans cette situation inconfortable. Il aurait aimé être là, la serrer dans ses bras et l'embrasser pour la rassurer.

– Elizabeth ? Vous allez bien ? demanda Lucas d'une petite voix, comme s'il marchait sur des œufs.

– Personne ne t'a suivi ? Tu es seul ? répondit-elle affolée.

– Oui oui, je pense, enfin je ne vois pas qui me suivrait.

– Tu penses ou tu es sûr, insista-t-elle.

– Oui oui je suis seul.

Elle n'osait pas demander, elle regardait ses chaussures, gênée, et d'une voix troublée et émue, elle se lança.

– Et…et Paul il… il est avec toi là ?

– Oui, il vous entend. Je l'ai au téléphone. D'ailleurs il me dit de vous dire qu'il regarde en même temps les caméras, au cas où il verrait quelqu'un ou quelque chose de suspect. Ne vous inquiétez pas, vous pouvez me, enfin nous parler, librement.

Lucas s'était avancé vers elle et lui avait attrapé les mains tout en lui parlant, tentant de son mieux de la calmer. Elle tremblait. Elle était sous le choc, un double choc. Le retour de son fils et le fait d'enfin dévoiler un secret évident qu'elle gardait. Il tendit son téléphone à Elizabeth, et laissa à Paul et sa maman le temps de se retrouver, même si chaque minute était comptée. Ce fils que la mort lui avait arrachée, était à nouveau là. Une seconde chance inespérée, comme tout le monde aimerait avoir.

– Je suis de nouveau surveillée depuis quelques jours. Je l'ai senti, je les ai vus. Je n'étais pas surprise de te voir débarquer. Je sentais que ça allait arriver tôt ou tard. Ils savent que tu es là, c'est pour ça que nous devons faire attention.

– D'accord, mais reprenons un peu depuis le début ok ? Qui ça « ils » ? De quoi vous parlez ? expliquez-nous.

À cet instant, Lucas réalisa seulement qu'elle n'était même pas surprise que Paul soit de retour dans sa vie, tout du moins par téléphone. Elle savait quelque chose à son sujet. Paul, lui, avait compris depuis longtemps. Elizabeth prit une grande respiration. Elle s'apprêtait à leur donner toutes les explications qu'ils attendaient. Malgré la peur qui la rongeait, pour la première fois, elle parla.

- Quand Paul est mort, je ne sais pas si tu te souviens mais je suis partie en Australie quelques jours juste après son enterrement.

- Ah ça oui je m'en souviens, j'ai tout fait pour essayer de venir aussi, mais impossible d'avoir un visa…. Elle ne le laissa pas finir.

- Laisse-moi parler, nous n'avons pas beaucoup de temps. Je me suis rendue à Melbourne. J'ai été invitée par l'ancien patron de Paul. Il m'a aidée pour obtenir tous les papiers nécessaires. Une fois là-bas, on m'a donné rendez-vous dans les locaux de TPA où je me suis retrouvée enfermée plusieurs heures dans une salle à peine arrivée. Et là, David m'a reçue. Après m'avoir présenté ses condoléances, il m'a demandé si je savais sur quoi travaillait Paul depuis qu'il avait rejoint sa boîte. J'ai répondu que non bien sûr car c'était confidentiel et que Paul avait toujours respecté son accord avec eux et ne m'avait jamais rien dit, ni à moi ni à toi d'ailleurs.

Lucas écoutait avec attention. Sa respiration s'était freinée naturellement tellement il était concentré sur ce que lui racontait Elizabeth. Dans son oreille, pas un bruit, pas un murmure non plus, Paul était accroché aux paroles de sa mère.

- Alors, il m'a tendu un document. Il m'a demandé de le lire, attentivement. Il m'a juste dit « si vous le signez, sachez que tout n'est peut-être pas terminé ». Je ne comprenais pas, bien évidemment je pensais à Paul, je me demandais si ça avait un lien ? Et là j'ai lu. J'ai tout lu.

- C'était quoi ce doc ? Ça disait quoi ? demanda Lucas

- C'était un document de confidentialité, qui m'interdisait de révéler quoi que ce soit concernant TPA mais également concernant Paul. Sous peine de poursuite etc. je t'épargne les détails. Mais surtout il y avait ce paragraphe qui mentionnait Paul qui m'a interloquée et m'a mis la puce à l'oreille. C'est là que j'ai compris que...qu'il n'était peut-être pas mort. Ça disait « ainsi que toute information concernant l'état de santé de Paul Adam ». Pourquoi le document parlait d'état de santé, alors que l'on venait de l'enterrer ? Je me suis refait la scène de son enterrement, je sais pas si tu te souviens bien...

- Chaque détail vous voulez dire ... reprit Lucas.

- Oui et bien justement, ça ne t'a pas semblé bizarre qu'à aucun moment on ne nous montre son corps ? Nous nous sommes connectés, face à un cercueil, nous avons vu sa mise en terre, mais à aucun moment nous avons vu la fermeture du coffre. Je me souviens sur le moment avoir pensé que c'était dommage, que j'aurais aimé le voir une dernière fois, mais sous le choc et avec la distance je n'ai rien pu dire. Mais avec du recul, et face à ce document de confidentialité, je me suis laissée emporter par mon imagination peut-être je sais pas, mais je me suis dit que Paul n'était peut-être pas mort, qu'il y avait peut-être encore un espoir, et qu'en fait sa mise en terre avait été une mise en scène, et que le coffre était vide. Sans hésiter alors, et sans trop réfléchir, j'ai signé et j'ai tendu le document à David.

Lucas et Paul n'osaient rien dire. Ils étaient à la merci de chaque mot d'Elizabeth et de son histoire.

– Il s'est levé et m'a demandé de le suivre. Nous sommes descendus par un ascenseur, nous avons traversé un long couloir, comme si nous étions dans une clinique privée, et sommes entrés dans une grande pièce blanche. Au milieu il y avait un lit. Autour de lui des machines. Des machines d'aide respiratoire, des écrans, des tuyaux… bref, nous sommes entrés dans la chambre, je me suis avancée vers le grand lit blanc, et là, allongé et connecté à tous ces appareils, tu étais là.

Au moment où elle prononça ces trois mots, elle regarda la caméra dans le coin du couloir où ils étaient. Comme si elle voulait croiser le regard de son fils disparu qui l'observait. Elle fondit en larmes, mais tenta de continuer son histoire.

– Mon petit bébé, mon amour, mon Paul, tu étais là, tu es là, endormi. Tu avais quelques égratignures, mais ton visage d'ange était intact.Tu ne bougeais pas. Une courbe sur l'écran en face de moi indiquait que tu étais bien en vie, que tu étais encore avec nous, mais juste dans un sommeil profond.

Les larmes commençaient à couler sur les joues de Lucas, qui se retenait de fondre à son tour. Il ne lâchait plus la main de sa belle-mère.

– David m'a alors expliqué que suite à ton accident de moto, il avait été tout de suite alerté par la police et les secours. Il avait proposé de prendre en charge au sein de son hôpital privé ton secours et tes soins. Tu avais signé dans ton contrat avec eux que tu autorisais l'entreprise à être une sorte de tuteur légal en cas de problème de ce type et qu'ils pouvaient prendre ce genre de décision.

– Quoi ? Paul est vivant ? Mais comment ? S'il est dans le coma ? S'il n'est pas mort ? Pourquoi l'avoir caché ? Je comprends pas ? demanda Lucas qui tentait de comprendre ce qui s'était passé.

- Pour cela, il faut comprendre ce que faisait Paul dans la vie mon Lucas. Ce qu'il ne nous a jamais raconté. Paul travaillait pour une sous-branche de TPA dirigée, en secret, par David Bronson. Sa mission top secrète si je puis dire consistait à développer une nouvelle technologie qui permettrait à n'importe quel employé d'une entreprise de réaliser ses heures de travail pendant son sommeil, et particulièrement, pendant ses rêves. TPA s'apprêtait à offrir aux salariés la possibilité de vivre pleinement leur vie personnelle, 16h / 24, chaque jour, et de garder le même niveau de productivité, voire encore plus, pour les entreprises qui souscrivent à son service. Je n'étais pas sûre de comprendre, et là David m'a demandé de m'avancer un peu plus vers Paul. Juste derrière son oreille il y avait une petite puce. Il m'expliqua que cette puce c'était un prototype de leur technologie. Dessus il y avait écrit 4 lettres : W.A.Y.S. C'était le fruit du travail de Paul, depuis toutes ses années. Et que pour la première fois, ils pouvaient l'actionner. Ils pouvaient faire de Paul le premier homme à se connecter à leur machine. Ainsi, il pourrait lui permettre de continuer de vivre à travers ses rêves, ils pourraient échanger avec lui et l'aider à se réveiller.

- Visiblement ça n'a pas fonctionné…

- Détrompe-toi, j'ai juste compris trop tard ce qu'ils voulaient vraiment. Le logiciel W.A.Y.S. que Paul développait n'était pas terminé, il en manquait une partie. David était assez flou sur cette partie-là. Si j'acceptais qu'on le connecte, il pourrait à la fois finir le projet et lui, David, s'assurerait que les meilleurs médecins le suivent et fassent tout en leur pouvoir pour qu'il se réveille dans la vraie vie. C'était gagnant, gagnant … techniquement. J'étais folle de joie d'apprendre qu'il avait une seconde chance. Folle tout court de penser que c'était vrai. Je voulais tellement le retrouver. Tout semblait trop beau. J'ai donc accepté sur le champ et signé encore des dizaines de documents.

Paul écoutait. Cette histoire semblait réveiller en lui des souvenirs profonds et débloquer ce fameux firewall jusque-là infranchissable. Les verrous tombaient les uns après les autres. Des flashs s'affichaient. Il revoyait David. Il voyait les locaux de TPA. Il commençait à se souvenir de ses collègues. Ce « projet » secret sur lequel il travaillait n'était plus très loin caché dans sa mémoire, et en se concentrant il sentait qu'il arriverait à franchir le mur qui l'empêchait d'accéder à cette partie de ses souvenirs. Un mur dressé par David, il en était certain.

– Les premiers jours où je suis rentrée à New York, David m'appelait tout le temps, pour m'expliquer comment se passaient les premières connexions qu'ils avaient avec Paul. Puis les jours se sont transformés en semaine. Je sentais que David me cachait des choses. L'état de Paul ne s'améliorait pas. Et puis il a arrêté d'appeler. J'ai essayé de le joindre, lui, l'entreprise, n'importe qui. Plus personne ne me répondait. J'ai tenté d'avoir un Visa pour y retourner, me rendre sur place pour voir ce qui se passait, impossible. Refusé à chaque fois.

– Pourquoi tu ne m'as pas appelé ? Pourquoi tu ne m'as rien dit ? Lucas oublia un instant qu'il avait toujours vouvoyé la maman de Paul, même en anglais il y avait une forme de politesse dans ses « *you* ».

– Je ne pouvais pas, ces contrats que j'ai signés, c'était très sérieux Lucas ! J'avais peur, peur qu'on te fasse du mal ou qu'on m'en fasse si je dévoilais quoi que ce soit. Et j'étais complice d'une mort falsifiée, détention d'un corps, le risque de la prison, j'avais trop peur…

– Et pourquoi aujourd'hui vous acceptez de parler ? il retrouva sa politesse.

– Tu n'as pas lu la presse on dirait ! Ça ne t'arrive pas d'écouter les informations ? Tu devrais, on apprend des choses passionnantes, dit-elle en se moquant de lui. Il y a quelques jours, TPA a annoncé le lancement d'une nouvelle technologie révolutionnaire. Je te cite quelques-une de leurs plus grandes phrases d'accroche (elle sortit son téléphone pour chercher les dernières actualités de TPA) : « nous allons réinventer demain », « le temps nous appartient dorénavant » bref…il ne m'a pas fallu longtemps pour faire le lien avec le projet de Paul. Et c'est là que j'ai commencé à me sentir observée. Une berline noire a longtemps stationné devant mon appartement. J'ai noté plusieurs fois des incohérences avec mon assistant personnel, je n'avais plus confiance en la technologie qui m'entourait. Je sentais qu'on me regardait, même chez moi.

– Putain, mais la berline, elle était là hier soir je crois ! dit Lucas choqué.

– Les gros mots Lucas !

– Désolé .. mais qu'est-ce que ça veut dire Elizabeth ? De quoi ont-ils peur au point de vous surveiller comme ça ? Qu'on parle de Paul à la presse ?

Alors que Lucas et Elizabeth continuaient leur discussion, les flashs s'intensifiaient et se précisaient dans la tête de Paul. Il revoyait Björn, il lisait la crainte dans ses yeux. Il se souvenait aussi de lui-même. Son comportement changé, son stress, son énervement, sa fatigue. Ses séquelles. Les images et les souvenirs étaient de plus en plus nets. Jusqu'au dernier souvenir, d'où tout avait commencé.

Il se revoyait à Melbourne, le soir où il avait décidé de prendre sa moto et quitter son appartement. Il se voyait repasser volontairement en mode manuel le véhicule. Il se souvenait de son état à quelques secondes de l'accident. Tout allait bien malgré la fatigue, il maîtrisait parfaitement le bolide. D'un coup, la réalité s'était mélangée aux rêves. Il perdit le contrôle de sa moto. Un vol plané sur plusieurs mètres. Son corps était inanimé sur la route. Il revint alors quelques secondes en arrière, comme s'il pouvait faire marche arrière sur une vidéo. La vidéo de sa propre vie. Il y avait quelque chose d'étrange. Il zooma. Quelque chose semblait clignoter sur son casque.

À son oreille, il portait un dispositif W.A.Y.S..

17 septembre 2028

Paris, dans les locaux de TPA, France

Cela faisait 2 ans jour pour jour que Paul avait accepté son nouveau poste chez TPA. Il ne comptait plus depuis longtemps les heures qu'il passait à son travail. Ses collègues étaient devenus sa première famille, au détriment de sa relation avec Lucas, ses parents et sa sœur. Il n'avait pas vu Lucas depuis … il n'était même plus vraiment sûr. Lucas vivait toujours entre Paris et Biscarrosse. Mais il passait maintenant la plupart de son temps dans leur maison du bord de mer. Quand lui restait jours et nuits au siège de TPA à Paris. L'entreprise lui avait d'ailleurs loué un appartement juste en face des bureaux, afin de limiter au maximum ses déplacements et assurer son implication à 200%. Le télétravail qui était largement favorisé durant la phase 1 du projet n'était plus d'actualité depuis qu'il avait pris ses nouvelles responsabilités. Malgré la distance, les journées compliquées, et une communication presque inexistante, il entretenait chaque soir un rituel avec Lucas. Ce rituel, c'était le dernier lien qui leur restait et qui maintenait leur relation en vie et qui ne tenait qu'à une application.

Une notification apparue sur le téléphone de Lucas :

« Voulez-vous lancer l'application SUNSET ? »
Accepter / Refuser

Lucas hésita. Il était tellement agacé par leur relation et en particulier la distance qu'il ne supportait plus. La notification retentit une seconde fois. Il pressa finalement le bouton. L'appel était lancé.

– Ça va mon chéri ? tu as passé une bonne journée ? demanda Paul d'une voix légère.

– Ouais. Toi ? répondit-il d'un ton sévère et froid.

C'était plus fort que lui, il ne pouvait pas s'empêcher de lui faire payer son choix. Ce choix qu'il avait pris seul de son côté il y a 2 ans, sans lui demander son avis. Ce choix qui avait mis en attente tous leurs plans, tous leurs projets, leur relation entière. Ce choix qui les avait éloignés, physiquement et dans leurs cœurs. Ce choix qu'il ne comprenait absolument pas.

– Oui ça va, c'est compliqué, mais ça va, j'ai quelques petits soucis mais ne t'en fais pas je gère je te promets… répondit-il à demi-mots.

– Raconte-moi ? c'est quoi le problème ?

– Arrête, tu sais très bien. Je ne peux rien te dire, je suis désolé mon…

– Je retire je retire je retire, de toutes façons on peut plus parler tous les deux, on peut uniquement échanger sur le beau temps et la météo, comme deux étrangers, mais pas des choses qui comptent. On peut plus rien partager, je sais pas ce que tu fais de tes journées, avec qui tu es, ce qui te tracasse. Je comprends rien, tu m'exclus de tout. C'est épuisant franchement, et le pire dans tout ça c'est que je ne peux rien te dire, dit-il d'un ton abattu.

– Pas ce soir *honey*… s'il te plaît, je suis épuisé. Je veux juste être avec toi quelques instants. Tu peux mettre ta caméra ? C'est bientôt l'heure, lui dit Paul d'une voix douce pour calmer la situation.

Lucas ne dit rien et alluma sa caméra. Il montra son visage moins de 3 secondes, absent de sourire, avant de changer pour la camera arrière. Alors, l'océan s'afficha sur l'écran de Paul. C'était la fin de journée, le soleil se couchait sur l'océan. Face à eux les couleurs du ciel avaient déjà commencé à changer. Ce balai de lumières, ils le vivaient chaque soir ensemble. C'était la dernière chose qu'ils partageaient, comme un dernier espoir. Ils savaient que le jour où l'un ou l'autre refuserait l'appel, leur relation se terminerait. L'écran devenait de plus en plus noir alors que le soleil disparaissait sous l'horizon. C'est alors que Lucas, sans retourner sa caméra face à son visage, lui dit d'une douce voix froide "bonne nuit" et ferma l'application.

<u>Conversation terminée</u>

Paul regarda l'écran noir de son téléphone quelques instants. Il était furieux et triste de ce qu'il faisait subir à Lucas. Mais il n'avait pas le choix. Il savait pourquoi il faisait ça. Il n'avait pas eu le courage de lui dire qu'il partait dans quelques jours à Melbourne. Il savait qu'il signait la fin de leur relation. Il savait qu'ils ne s'en remettraient pas. Ils continueraient de parler, mais plus rien ne serait plus comme avant. Mais ce sacrifice était inévitable, nécessaire. Il ne pouvait parler à personne de ce qu'il savait. S'il allait voir la police, on le prendrait pour un fou. Il s'imaginait déjà les agents prenant sa déclaration « bien sûr monsieur, on vous force à travailler sur un logiciel qui va détruire la santé de l'humanité, mais bien sûr, et personne ne fait rien ». Et s'il faisait une déposition, il était certain que David l'apprendrait. Après ce qui était arrivé à Björn, lui et sa famille seraient les suivants. La mort de Björn n'avait rien d'un accident, il en était persuadé. Il était maintenant seul contre tous. Il posa son téléphone sur la table et attrapa son sac à dos de travail.

Il sortit une petite pochette qu'il déposa sur le bureau. Assis sur le bout de son lit, il fixait la boîte en réfléchissant. Il demanda à son assistant d'éteindre toutes les lumières de son appartement et de fixer une alarme pour minuit. Il ouvrit la petite boîte dans laquelle se trouvait une oreillette. Il la brancha à son ordinateur portable du bureau, lança un logiciel et installa l'appareil au creux de son oreille. Il s'allongea sur le lit, prit un somnifère pour s'endormir presque immédiatement.

Quelques secondes plus tard, il se réveillait dans une grande pièce noire et blanche qui paraissait infinie. Il n'y avait rien autour de lui, à part un fauteuil et un bureau sur lequel se trouvait un ordinateur. Il se trouvait dans la version test de ce que serait W.A.Y.S.. Endormi mais éveillé dans W.A.Y.S. il pouvait continuer de travailler. Il ne reprit pas son travail sur le projet W.A.Y.S. mais se pencha sur un projet personnel, un programme qu'il développait en cachette, depuis ses rêves.

Paul avait emprunté un prototype de W.A.Y.S.. Personne ne s'en était aperçu. Depuis quelques mois, il se connectait pendant ses heures de sommeil, afin de pouvoir travailler en toute discrétion, loin des regards de David et son équipe. Il était convaincu que W.A.Y.S. ne serait jamais prêt à temps pour le lancement que David attendait tant. Il préparait en secret un *back-up*. Un autre logiciel, une alternative à W.A.Y.S..qui permettrait d'interagir par la pensée sur le monde réel. Tout pourrait être contrôlé digitalement, comme si l'on sous-traitait l'exécution de ses pensées à un assistant virtuel. Une version 2.0 de la domotique actuelle. Beaucoup plus rapide que la reconnaissance vocale, et ce, sans aucun impact ou dérèglement de santé, ce qui était la problématique première de W.A.Y.S.. Certes ce n'était pas exactement ce qu'attendait David, mais cela permettrait peut-être de le faire changer d'avis et gagner du temps, en attendant qu'une technologie comme W.A.Y.S. puisse être vraiment viable. Il développait un premier prototype du logiciel qu'il souhaitait bientôt présenter à David. C'était drôle, il était parti de la racine de son programme SUNSET pour développer ce nouveau logiciel. Il était presque finalisé, il comptait le présenter au plus vite à David, espérant qu'il comprendrait et décalerait alors le lancement de W.A.Y.S..

Le prototype sur lequel Paul travaillait lui permettait seulement pour le moment d'activer à distance par la pensée certaines caméras de sa maison, de voir la plage et l'océan à travers l'œil de l'objectif extérieur, et entendre tout ce qui se passait autour.

Ce n'était qu'un début. Volontairement il n'avait pas voulu écrire plus de lignes de codes et donc de commandes possibles. C'était déjà très prometteur et suffisant pour sa démonstration auprès de David et qui sait peut-être auprès du conseil d'administration de TPA. S'il obtenait leur accord, il ne serait pas difficile à finaliser. Il priait de pouvoir le faire changer d'avis, mais se méfiait sérieusement de son ambition sans limites.

Lucas se trouvait toujours avec Elizabeth dans le fond du magasin, caché à côté de la réserve. Alors que Paul continuait d'analyser les souvenirs qui lui revenaient à toute vitesse, il remarqua sur les caméras de surveillance deux personnes habillées en noir comme des agents de sécurité privée qui venaient d'entrer dans le magasin et de se disperser. Il n'était pas sûr, mais il avait la sensation d'avoir déjà vu ces sortes de gardes du corps taillés comme des gorilles quelque part. Il avertit Lucas qui attrapa la main d'Elizabeth et l'obligea à le suivre. Lucas écoutait les consignes de Paul qui lui indiquait quelle allée prendre pour ne pas être vus par les agents. Ils n'avaient que quelques secondes pour sortir du magasin et foncer incognito dans la première bouche de métro. Cela laisserait à Paul quelques minutes pour réfléchir à un plan. Sur l'écran, les agents commençaient à presser le pas et s'énerver, conscients qu'ils allaient perdre leurs cibles. Leurs réactions confirmèrent à Paul que sa mère et Lucas étaient bien recherchés. Lucas, qui ne lâchait pas Elizabeth, s'engouffra dans la station de Bedford Avenue, très populaire et très fréquentée et prit le premier métro en direction de Manhattan. Alors que le train partait, ils virent les deux hommes en noir débouler dans la station et tenter de les repérer parmi la foule.

– Elizabeth, vous ne pouvez pas retourner chez vous, c'est trop dangereux. Après tout ce que vous m'avez dit on ne sait pas de quoi ces types sont capables. Il vaut mieux vous cacher. Où pourriez-vous aller ? dit-il le souffle coupé par son dernier sprint.

– Il y a ma sœur et son mari dans le New Jersey ? dit-elle affolée en continuant de réfléchir à ses options.

Paul s'opposa directement à cette solution. Il était évident qu'ils connaissaient tout de sa vie et de ses proches et qu'ils iraient chez sa tante. Il fallait qu'elle puisse aller chez quelqu'un qui n'avait aucun lien avec elle. Quelqu'un qu'ils n'auraient jamais pensé à surveiller, et en même temps en qui ils pouvaient avoir confiance. C'est alors qu'il dit à Lucas

– Sam ! dit-il comme d'une évidence.

– Quoi ? Répondit Lucas. Tu n'es pas sérieux j'espère?

– Quoi ? Qu'a t'il dit ? demanda Elizabeth qui tentait de suivre leur conversation.

– Mais si, Sam. Jamais ils ne penseront à lui ! C'est notre seule chance. Lucas, mets ton égo de côté une seconde tu veux bien ? Elle ne va pas dormir dehors il fait -5 ! Attends un instant je vais le trouver.

Lucas n'était pas très emballé à l'idée de cet ex petit ami qui resurgissait dans leurs vies. Sam et Paul étaient restés en contact malgré la rupture des années plus tôt. Ils ne s'étaient jamais revus mais pour autant continuaient de se donner des nouvelles. Paul l'avait invité à son mariage, mais sans grande surprise il n'était pas venu. Sam, lui, ne lui avait pas retourné l'invitation. Il avait gardé leur rupture en travers de la gorge. C'était plus fort que lui, il ne pouvait pas en vouloir à Paul ni le détester, mais pour autant il souhaitait conserver une certaine distance avec lui. De peur que les sentiments ne rejaillissent à nouveau certainement.

– Ok, Ok, tu as raison… répondit Lucas d'une toute petite voix.

– Parfait, il vit toujours dans Manhattan, dans le Meatpacking district, je t'envoie l'adresse. Va là-bas, je sens qu'il nous aidera, j'en suis sûr même. Et on peut avoir confiance en lui.

– Je n'aime pas trop tes idées chéri…mais bon on n'a pas d'autres options. C'est parti pour Sam…

Paul avait pris l'habitude de prendre un ton rassurant quand il parlait avec Lucas. Les années de tension dues à son travail lui avaient au moins appris à gérer Lucas dans ses tourments.

– On va chez Samuel ? demanda surprise la mère de Paul avec un grand sourire.

– Oui, votre gendre préféré, répondit Lucas avec beaucoup de mépris.

– T'arrêtes ! Tu es jaloux ? lui demanda-t-il embarrassé.

– Je serai jaloux, quand je t'aurai à nouveau rien qu'à moi et en face de moi, lui répondit Lucas.

– Je t'ai envoyé l'adresse. Je vais continuer de creuser de mon côté, on se parle dans 30 minutes quand tu seras là-bas.

Les flashs continuaient de s'enchaîner. La discussion de Lucas et sa mère avait débloqué ce filtre flou qui l'empêchait de comprendre tout ce qui s'était passé et relier les éléments entre eux. Il se souvenait à présent parfaitement de ses travaux et du projet W.A.Y.S.. Il se rappelait de tout ce qui s'était passé le soir de l'accident. Et surtout, il revoyait particulièrement l'état dans lequel il était. Comme lui avait décrit Lucas, un état qui ne lui ressemblait pas du tout. Énervé, fatigué, à fleur de peau, agressif, impulsif…comme quelqu'un en dépression … en manque de sommeil. Il se souvenait qu'il était obsédé par le travail et tourmenté par le projet. Il avait utilisé la technologie W.A.Y.S. plusieurs fois ces dernières années et presque tous les jours et les mois précédents sa mort. Lui et Björn étaient les seuls habilités à utiliser les premiers prototypes. De nombreuses versions tests avaient vite été écartées jusqu'à la version finale officielle. Finale selon David. La technologie fonctionnait, mais comportait encore beaucoup trop d'anomalies. Ces failles dans le système semblaient être un sujet récurrent de ses discussions avec Björn.

Les flashs continuaient d'alimenter ses souvenirs.

Au-delà des changements de comportement, son état de santé s'était lui aussi dégradé petit à petit au fil des années. Il avait rencontré de nombreux médecins, leur cachant l'origine de ses troubles, qui n'avaient pas réussi à trouver une explication aux soucis cardiaques, à la prise de poids, aux symptômes dépressifs qu'ils diagnostiquaient tous. Lui, avait parfaitement compris : W.A.Y.S. était responsable de tous ces changements et il en avait maintenant les preuves.

Un dernier flash apparut. Une discussion entre David et lui dans les locaux de TPA quelque temps avant sa mort. C'était la pièce manquante à ce puzzle surnaturel. C'était cette discussion qui avait déclenché son plan pour détruire W.A.Y.S..

17 octobre 2031

Melbourne, dans les locaux de TPA, France

– Tu voulais me voir Paul ? Demanda David à Paul qui passait devant son bureau.

Paul travaillait encore très tard ce soir-là. Depuis 2 ou 3 ans il n'était plus sûr, il venait presque tous les jours au bureau. Les week-ends n'existaient plus, les journées n'avaient plus d'horaires pour lui. David aussi y passait ses journées. Il organisait ce qu'il appelait son « roadshow », sa « tournée des prospects ». Il rencontrait à longueur de journée des CEO de marques ou de groupes venus du monde entier à qui il présentait le concept de sa future technologie. À l'écouter, il travaillait seul dessus. Des dizaines de contrats avaient déjà été signés pour des millions de dollars chacun. Le projet n'était même pas encore sur le marché qu'il était déjà rentable. Des contrats avec obligation de partenariat et d'exclusivité sur 10 ans minimum. Les entreprises y voyaient un avantage concurrentiel et de rendement exceptionnels. Elles voulaient être les premières à y participer et offrir ce « service » à leurs employés. Meta, Apple, Tmall, Aliexpress, Google... tous avaient déjà signé et attendaient impatiemment la livraison des premières oreillettes et du système pour le 1er janvier 2035.

Ce jour-là, il venait de rencontrer Netflix ou Microsoft, Paul n'était pas sûr, mais bon encore une énorme multinationale. Il pensait à ces dizaines de milliers, voire centaines de milliers de salariés qui du jour au lendemain allaient se connecter à ce système, le système qu'il avait développé. Son sang se glaçait rien que d'y penser. Il ne pouvait plus garder pour lui tout ce qu'il savait. Björn et lui avaient été les premiers à tester 4 ans plus tôt les premiers prototypes. Le système n'était pas stable du tout au début. Ils se réveillaient régulièrement pendant l'utilisation, se déconnectaient ... mais les premiers signes qui les avaient alertés furent les maux de têtes. Puis les sautes d'humeur. La promesse d'un sommeil assuré pendant que l'on continue de travailler ne s'avérait pas si prouvée. Björn, ne voulant pas entrer en conflit direct avec David, avait fait part à plusieurs reprises de ses inquiétudes à Paul quant à la stabilité du programme. Paul, n'ayant pas la main sur l'ensemble du code, poussait Björn à réaliser des tests supplémentaires afin de récolter les preuves nécessaires pour repousser le lancement du projet, voire l'annuler complètement. Björn avait confiance en Paul et continuait donc de chercher en secret, mais cela l'inquiétait énormément. Il avait conscience que David serait prêt à tout, et il avait peur des représailles.

Les années passèrent et ils finirent par trouver la faille ultime. Enfin Björn la trouva. Une erreur dans leur algorithme. Un calcul de données faux et qu'ils n'étaient pas encore en mesure de réaliser. L'idée de W.A.Y.S. était prometteuse sur le papier, mais la technologie du monde actuel, bien que très avancée, ne permettait pas encore de la développer. Elle nécessitait encore 10 ou 15 ans d'avancées scientifiques et technologiques, afin de pouvoir réaliser les bons calculs pour l'algorithme. Björn ne comprenait pas parfaitement sa trouvaille ni les erreurs, et n'était pas en mesure de les corriger, mais ce dont il était sûr c'était que le système ne serait jamais fiable à 100% à son lancement. Et cela coûterait la santé de ses utilisateurs.

L'erreur qui lui coûta sa vie, ce fut cette conversation qu'il eut un jour avec David, au cours de laquelle il lui présenta ses preuves. Quelques jours plus tard, il était retrouvé mort. Son accident était forcément lié à sa découverte, et Paul était depuis dans le radar de David.

– Oui, je voulais te parler de W.A.Y.S., j'ai vu quelques trucs dans le système, je voulais en discuter avec toi, dit Paul en entrant dans le bureau de David. David le regarda sans dire un mot.

– Il y a quelques bugs encore, mineurs pour la plupart, mais….
mais c'est surtout que j'ai noté des effets secondaires
physiques qui m'inquiètent un peu. Je teste la technologie
depuis pas mal de temps, et à chaque fois que je me
déconnecte, je ne suis pas dans mon assiette. Maux de crâne,
sautes d'humeur, fatigue… (il ne voulait pas mentionner les
médecins qu'il avait rencontrés, de peur de montrer, comme
Björn l'avait fait, trop de preuves concrètes). Il y a sûrement
un petit bug quelque part mais je n'arrive pas à le trouver. J'ai
mis l'équipe dessus, mais pour le moment aucun résultat. Et je
vois la *deadline* qui s'approche, et surtout tous ces contrats
que l'on signe… je crains qu'on ne soit pas tout à fait prêts
pour le lancement.

David le laissa parler sans l'interrompre. C'était très étrange.
Face à l'absence de réaction de sa part, Paul continua.

– Et je voulais te parler d'un autre truc. J'ai bossé sur un autre
programme. Je ne t'en ai pas parlé mais je pense que ça va te
plaire. Ça pourrait énormément soulager les salariés et faire
également accélérer le développement des entreprises. Je l'ai
imaginé comme une sorte d'alternative à W.A.Y.S. si tu veux
qui partage les mêmes racines. J'aimerais te le montrer, ça
pourrait nous permettre de continuer de développer W.A.Y.S.
en attendant que ce soit prêt à 100%, et quand même sortir un
énorme projet en 2035. Mais je pense que nous devrions peut-
être un peu stopper ces rendez-vous d'affaires, pour se donner
le temps de bien reprendre la technologie au début,
retravailler l'algo, nous …

Paul s'arrêta de parler de lui-même, déchiffrant clairement
l'expression du regard de David qui n'avait pas bougé d'un
millimètre depuis le début de son monologue.

– Paul, je vais être direct et très clair avec toi. Je t'aime bien. Tu
es un élément précieux à ce projet, depuis le début. La
mission et les responsabilités que je t'ai confiées, je ne les

aurais confiées à personne d'autre. Mais tout ce que tu viens de dire, tout ce que tu penses, je ne veux plus jamais en entendre parler. Tes inquiétudes non fondées au sujet de W.A.Y.S. ne m'intéressent pas et je ne te paye pas pour développer d'autres projets en parallèle, aussi intéressants qu'ils soient. Ce qui s'est passé avec Björn est regrettable et je peux comprendre que cela t'ait touché. Björn était instable depuis des années et cherchait par tous les moyens à ruiner le lancement de W.A.Y.S.. Ses théories complotistes, que nous avons d'ailleurs réfutées à l'aide des plus grands médecins et scientifiques, l'ont conduit droit dans sa folie et à l'acte regrettable qu'il a commis. En aucun cas, il n'aurait dû utiliser des betas de W.A.Y.S. sans mon autorisation, surtout les premières versions, ni se connecter au service avant sa mise en test. Tout cela fonctionne tu peux en être certain et tu vas gentiment d'ailleurs terminer la mission pour laquelle tu as été embauché. Dans 3 ans à peine tout cela sera derrière toi. Tu pourras profiter de ton mari, ta maman, ta belle maison à la mer et tu pourras même développer ton gentil programme. Il serait dommage que tout cela ne soit plus là d'ici là, non ?

– Que veux-tu dire ? Quel est le lien avec Lucas et ma famille ?

Paul réagit d'un ton menaçant face aux propos de David. Il mit sa diplomatie de côté et fit surgir l'homme en lui qui ne mourait d'envie que d'une chose, mettre un poing dans la figure de son boss. David venait de lui faire du chantage. Le même chantage qu'il avait fait à Björn ? S'il avait seulement eu la chance qu'on lui en fasse …

– Oh du calme, reprit-il en rigolant faussement, je te dis simplement d'oublier toutes ces histoires et de terminer ton travail. Plus vite tu finis, plus vite tu retrouves ta famille c'est tout.

– Mais putain David, on peut pas continuer comme ça, mais regarde je...

– Peu importe, termine ton travail Paul. Laisse-moi gérer le reste. Je ne veux plus entendre parler de cette histoire. J'espère que c'est clair. Sors maintenant. J'ai des investisseurs à appeler.

Paul quitta le bureau furieux de ne pas avoir été écouté. Il retourna récupérer ses affaires dans l'open space. En repassant devant le bureau de David, il le surprit en pleine discussion. Sa porte était entre ouverte et il entendit son nom dans la conversation. Il s'avança discrètement pour écouter.

– Oui il était encore dans mon bureau à l'instant, il commence à poser trop de questions sur W.A.Y.S. et sur Björn. Je pense qu'il n'a aucune preuve, mais bon...

Quelques secondes espaçaient chacune des réponses de David.

– Non non, on s'en fout, on continue. Nous aurons tout le temps de sortir une Version 2 et une Version 3 après le lancement. Toutes les grandes technologies ont des anomalies insoupçonnées au départ. Le système a été validé, il a passé tous les tests techniques, nous ne craignons rien, nous sommes protégés. Nous avons les plus grands médecins et le comité scientifique de Melbourne avec nous. Les parts qu'on leur a données nous protègent crois-moi. Je vais m'occuper de Paul, et m'assurer qu'il oublie ses lubies, mais avant cela il doit absolument finir le programme. Lui seul détient la clé de code des dernières lignes du système d'exploitation, il ne faut pas trop le contrarier.

Paul retenait sa respiration, les deux mains posées sur sa bouche. Il en était sûr ! Ils avaient vu juste. David était conscient des risques qu'il prenait, et qu'il ferait prendre aux premiers utilisateurs de W.A.Y.S., et il s'en moquait ! Le système n'était pas prêt. Utilisé de façon quotidienne W.A.Y.S. aurait un effet néfaste sur la santé à moins de 5 ans pour tous ses utilisateurs. Même si une mise à jour arrivait 2 ou 3 années après le lancement, les premiers utilisateurs auraient déjà des séquelles. Depuis qu'il l'utilisait à temps plein, cela lui avait coûté sa vie privée et sa santé s'était détériorée. Il était éveillé, et pourtant perdait conscience du réel au profit du rêve. Cela n'était vraiment pas un bon présage pour les futurs millions d'utilisateurs qui allaient du jour au lendemain se connecter à ce nouveau système.

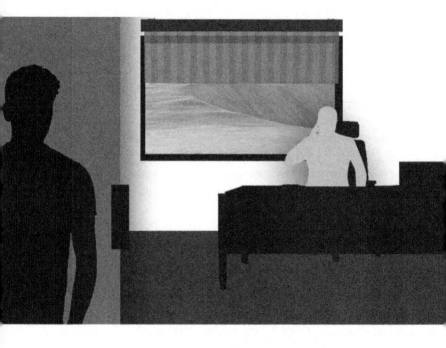

Paul fit un demi-tour et retourna discrètement dans l'open space. Il s'installa sur le bureau vide de Björn, caché dans un coin, pour être sûr que David ne le voie pas en partant. Il éteignit toutes les lumières et baissa au maximum la luminosité de son écran. Paul avait accès à l'intégralité du système et du réseau de TPA. Il ne lui fallut pas beaucoup de temps pour analyser les options qui s'offraient à lui s'il voulait retarder ou même empêcher le lancement. David ne présenterait pas son logiciel alternatif, il n'y avait donc qu'une seule autre solution : il devait détruire W.A.Y.S.. Il effaça toutes les lignes qu'il avait codées ces derniers jours et qu'il n'avait pas encore chargées dans le système. Il ne pouvait pas effacer plus, sans que David ne soit automatiquement notifié par le programme de sécurité. De plus, David avait des back-up et pourrait les récupérer sans problème. Il changea tous les codes d'accès à ses dossiers, ses fichiers et à sa partie du système. Le système était inviolable. Sans son code, il était impossible de pouvoir continuer de rédiger le script du software. Il devait également assurer sa propre sécurité. Il approcha une petite puce NFC près de l'ordinateur. Il chargea son « gentil programme », comme David l'avait appelé, développé en secret, dans l'ordinateur et l'intégra en secret dans le code de W.A.Y.S.. Il dissimula des indices, que lui seul pourrait comprendre, afin de pouvoir reconstruire son programme depuis W.A.Y.S.. David ne verrait rien, ni aucune machine d'ailleurs. Il ne craignait pas que David lui fasse du mal ou lui réserve le même sort qu'à Björn. Pas pour le moment tout du moins. Sans lui, W.A.Y.S. ne pouvait pas être finalisé. Le plus gros risque qu'il courait, c'était que les séquelles de W.A.Y.S. soient trop fortes et qu'il finisse par ne plus arriver à s'en réveiller et reste enfermé dans le programme. Alors, ces indices pourraient en cachette lui permettre de comprendre, se rappeler de ses découvertes, qui il était et contre quoi il se battait. Son gentil programme lui servirait de pont virtuel entre la réalité du monde et W.A.Y.S.. Ce serait sa seule porte de sortie. Son assurance vie pour lui rappeler son combat, et pouvoir le continuer, même à distance.

Il déconnecta toutes ses sessions de l'ordinateur, ramassa ses affaires et sortit discrètement du bâtiment. Il appela un taxi et rentra directement chez lui. Il n'avait que quelques heures devant lui pour préparer ses affaires et disparaître totalement du système.

21 décembre 2034, plus tard dans la journée
Meatpacking district, New York, USA

Lucas et Elizabeth étaient arrivés juste en bas de l'immeuble de Sam, l'ex de Paul. C'était un ancien bâtiment qui avait été entièrement rénové et transformé en grands lofts New Yorkais, haut standing, absolument hors de prix. Il était évident que Sam avait connu un grand succès en restant à la big apple. Il regarda l'écran situé sur la droite de la porte. Un visage robotique, une intelligence artificielle qu'il ne connaissait pas, s'afficha et lui demanda qui il venait voir. Il annonça Samuel Summers. Quelques secondes plus tard, Sam le regardait à travers l'écran.

– Je peux vous aider ? demanda Sam ne sachant pas à qui il avait à faire.

– Oui bonjour je... je suis désolé je m'appelle Lucas je suis le … un « ami » de Paul ? il marchait sur des œufs.

– Paul ? Mon Paul ? demanda-t-il

L'idée de partager Paul ne lui plaisait aucunement. Bien sûr que Paul avait eu une vie avant lui, mais se le rappeler ne lui était pas du tout agréable.

– Oui enfin, "mon Paul" mon mari, je suis avec Elizabeth sa maman, il nous a dit que vous pourriez nous aider, on peut monter ? Il fait très froid dehors.

Il ne répondit rien et la porte d'entrée s'ouvrit. L'ascenseur arriva presque en même temps. Il les emmena directement jusqu'à l'appartement de Samuel. Il les attendait la porte ouverte.

– Oh my god, Beth ! je ne vous ai pas vue depuis si longtemps. Je suis si content de vous revoir. S'il vous plaît, entrez.

Il n'apporta aucun signe d'attention particulière à l'homme qui l'accompagnait, et qui accessoirement lui avait volé son petit ami d'adolescence. Lucas et Elizabeth entrèrent dans l'appartement de Sam. C'était le dernier étage de l'immeuble. Il était situé au fameux P de l'ascenseur signifiant *penthouse*. Sam les installa dans le salon et leur proposa quelque chose à boire et une collation. Ils paraissaient épuisés. Quelques secondes plus tard, alors qu'aucun n'avait encore osé parler, un drone domestique, une sorte de plateau connecté, apporta 3 tasses, une bouilloire d'eau chaude, une sélection de thés et des gâteaux.

– Tout à l'heure, quand on discutait en bas, tu as dit, enfin je suis sûr d'avoir entendu, que Paul t'avait dit que je pouvais vous aider ? demanda Samuel confus.

– Oui, alors, comment dire ... je ne sais pas trop par où commencer, bref je pense que le plus simple est que tu acceptes le coup de téléphone que tu vas recevoir dans...

Lucas ne put même pas finir sa phrase. Comme par magie, à la fin du compte à rebours, son écran qui était posé sur la petite table basse face à lui s'alluma. Aucune information sur la provenance de l'appel. Lucas fit signe à Samuel que l'appel était pour lui. Il décrocha, un peu inquiet, et mis le haut-parleur. Il regardait Lucas et Elizabeth quand il esquissa un très léger et presque indétectable "allo", inquiet de qui allait lui répondre.

– J'aurais aimé te contacter dans d'autres circonstances, mais nous avons besoin de toi Sam.

– What the fuck !!!!

Samuel lâcha l'appareil d'un geste franc. Par miracle il tomba sur la moquette et ne se brisa pas. Il regarda Elizabeth et Lucas dans les yeux. Ils tentaient de le rassurer en lui faisant comprendre qu'il n'avait pas rêvé, que c'était bien Paul. Il reprit doucement son calme et ramassa l'appareil.

- Paul ? c'est toi ? c'est vraiment toi ?

- Oui ... c'est ... c'est bien moi.

- Mais tu es vivant ? mais comment c'est possible ? j'étais là! j'étais là à ton enterrement. C'est quoi encore cette histoire, vous me faites une blague c'est pas possible ?

- Non non, c'est bien moi. Malheureusement on va manquer de temps pour t'expliquer tout ce qui se passe, mais d'une certaine façon...oui...je suis bien là.

Sam ne savait pas quoi répondre. Il était complètement déboussolé, debout au milieu de son grand salon. Face à lui Lucas et Elizabeth le regardaient, se rappelant eux-même de la sensation qu'ils avaient ressentie quand Paul était revenu dans leur vie.

- On a besoin de ton aide Sam, ma mère est en danger on a besoin de quelqu'un pour la garder et la protéger…j'ai pensé à toi, j'ai besoin de toi.

Sam n'arrivait pas à sortir un seul mot de sa bouche. Il ne savait plus où il se trouvait. S'il rêvait ou s'il avait été transporté au cœur d'un film de science-fiction. Ce petit ami d'adolescence qui resurgissait de parmi les morts et qui lui demandait de l'aide. Paul ne le laissa pas reprendre ses esprits ni réfléchir à sa réponse et enchaîna.

- Mais c'est pas tout Sam… nous avons surtout besoin de toi pour que Lucas puisse se rendre à Melbourne. J'ai déjà essayé de lui obtenir un visa, il est automatiquement refusé. Je suis certain que David s'est arrangé pour qu'il ne puisse pas se rendre sur le territoire. Mais toi, toi tu peux nous aider. Je sais que je te demande la lune, je sais que je n'ai pas le droit de te faire prendre ce genre de risque, mais je sais que tu peux faire autoriser son déplacement. Il ne te suffit que d'un appel.

- Tu es bien renseigné je trouve. Je … je sais pas … c'est qui David ?

- Mon ancien boss, tu as dû le voir aux funérailles. Sûrement avec deux mecs costauds en costumes noir comme des Men In Black à ses côtés.

- Ah lui... je me demandais bien qui c'était. Il avait l'air louche, un mec de la mafia ou je sais pas…

- Sam, je te promets, j'ai désespérément besoin de toi. On a besoin de toi. (Sa voix commençait à se troubler, comme si des larmes lui montaient aux yeux). Je ne sais pas combien de temps on a encore devant nous, mais je sais qu'on doit aller vite, très vite.

Sam regardait Lucas droit dans les yeux, tandis que Paul continuait de tenter de le convaincre à travers le téléphone. C'était plus fort que lui. Aider l'homme qui lui avait volé son petit ami était au-delà de ses forces. Et de son ego. Il prit une grande respiration et, tout en jetant un regard à Lucas signifiant qu'en aucun cas il ne faisait ça pour lui, il sortit son écran portable de sa poche. Il demanda à son assistant d'appeler son mari et sortit de la pièce pour prendre l'appel.

- Je regrette déjà de faire ça, c'est une grosse connerie de ma part…

Une sonnerie retentit.

- Dan, chéri, tu vas bien ? Oui très bien merci, écoute je te dérange une minute. (Il se força à rigoler un instant). Dis-moi, je suis avec un ami et sa mère et je…enfin on a besoin de ton aide pour un truc. Il a besoin de se rendre d'urgence en Australie, mais il n'arrive pas à avoir de retour de l'ambassade Australienne pour son visa. Oui je sais je sais ... mais tu crois que ? (Il fixa alors Lucas en lui faisant signe de sortir son passeport tout de suite, l'air un peu énervé qu'il n'ait pas anticipé). Oui bien sûr j'ai sa carte d'identité devant les yeux.... Non non juste pour lui. (Un long silence résonnait dans toute la pièce). Yes, je t'envoie une photo par message tout de suite, et tu peux lui confirmer son laissez-passer directement par message ? Oui je t'expliquerai promis, mais crois-moi il n'y a aucun souci, tu leur fais juste gagner du temps. Merci mon amour, je te vois ce soir, merci infiniment.

Sam raccrocha. Il n'en revenait pas d'avoir menti à John pour replonger dans son passé avec Paul. Il prit une seconde pour se remettre, cacher ses sentiments et les souvenirs qui le frappaient de plein fouet, et rejoignit Elizabeth et Lucas.

– Tu vas recevoir d'ici quelques minutes un message de l'ambassade. Tu es autorisé à te rendre 72h sur le territoire et tu devras ensuite rentrer en France. Je n'ai pas pu obtenir mieux. Dès réception du message, tu peux réserver ton billet tu seras autorisé à voyager. Voilà.

– Sam, merci énormément, je ne sais pas comment te remercier, tu nous sauves la vie, littéralement, lui dit Lucas en s'avançant vers lui et le prenant dans ses bras.

Pendant un instant, Lucas avait mis de côté sa jalousie et accueillait Sam avec beaucoup d'émotion.

– Merci Sam tu nous...tu nous aides beaucoup, reprit Paul d'une voix moins sereine et enthousiaste que Lucas.

Avec le *travel ban* en place dans le pays, les vols privés vers l'Australie étaient rares et le prochain vol pour Melbourne ne partait que le 23 au matin. Lucas reçut au même moment le message et la confirmation d'entrée et sortie du territoire. Il demanda aussitôt à son assistant personnel de lui prendre son billet. Il profiterait de sa journée à New York pour se reposer et acheter des affaires nécessaires à son voyage et l'aventure qui l'attendait.

Les prochaines 48h seraient cruciales pour sauver Paul et empêcher le lancement de W.A.Y.S. afin d'éviter le pire.

17 octobre 2031

Melbourne, chez Paul, Australie

Sans lui, W.A.Y.S. ne pourrait jamais voir le jour. Depuis quelques temps, David avait progressivement passé l'ensemble des accès et des responsabilités de W.A.Y.S. à Paul. Après la mort de Björn et les premières rencontres avec les investisseurs, il avait de nouveau limité au maximum l'accès au cœur de W.A.Y.S.. Paul était son bras droit depuis le début du projet. Malgré leurs différends ces derniers mois, David n'avait pour autant pas jugé nécessaire de retirer Paul du projet ou d'en reprendre une partie du contrôle. Il était beaucoup trop occupé à vendre la technologie à un maximum d'entreprises qu'il baissait ses gardes face à Paul qui en secret préparait un plan pour détruire le système. L'argent et le succès avaient complètement perverti David qui, sans état d'âme, fermait les yeux sur les personnes qui seraient touchées par de potentiels effets secondaires. Ils avaient bien entendu testé la technologie à travers des protocoles stricts. La seule erreur volontaire qu'ils avaient faite, avait été de la faire tester de façon prolongée. Techniquement, sur une fréquence très occasionnelle d'utilisation, quelques heures par semaine, les effets secondaires étaient inexistants. Et le silence des médecins et scientifiques en charge du protocole de validation avait été soigneusement acheté. Paul ne pouvait rien faire contre le système. Il était seul. Il devait attaquer de l'intérieur.

Après 3 ans passés à l'utiliser, de façon presque journalière (enfin nocturne), Paul avait perdu toute notion de son humanité : différence entre le réel et le rêve, bien-être interne, trouble de la personnalité, différence entre le bien et le mal…sur ce dernier point peut-être il lui restait encore son instinct. Et c'était bien pour cela qu'il voulait se battre ce soir. Sa vie avec Lucas lui paraissait tellement lointaine; comme le souvenir d'un rêve qu'il avait fait autrefois. Il avait perdu toute connexion avec ceux qui l'entouraient. Il s'était perdu dans ce projet auquel il avait consacré près de 10 ans de sa vie. Et le pire, était sa santé. Il était condamné, il le savait. Il lui faudrait des années avant d'être remis sur pied. Il n'était même pas sûr que Lucas l'attendait encore. Il ne savait plus où leur relation en était. Il l'aimait, tout du moins il aimait les souvenirs qu'il avait d'eux. Mais arriverait-il à reconstruire ce qu'il avait brisé ? Et que valait sa vie comparée à celles des millions de personnes qu'il allait détruire ? Sa décision était prise depuis quelques jours déjà, ce soir devait être son dernier soir.

En rentrant de TPA, il effaça toutes les données de son ordinateur portable. Il détruisit tous ses appareils personnels. Il ne laisserait aucune note derrière lui. Il comptait disparaître totalement du système. Il ne reverrait plus sa famille, plus Lucas. TPA et David ne pourraient jamais le retrouver, et par conséquent, jamais finaliser le logiciel. Il avait réservé un vol pour les Philippines qui partait dans moins de 3 heures. Il avait imprimé son billet électronique. Il n'était même pas sûr que les compagnies acceptaient encore ce format pour embarquer, mais il ne voulait laisser aucune trace digitale de son départ. C'était sa seule chance qu'on ne le retrouve pas. David ne s'en prendrait pas à ses proches, n'ayant aucun moyen de le contacter pour lui faire du chantage. Il savait qu'en se volatilisant il protégerait tout le monde, même si cela devait lui coûter son passé et son futur.

Il n'avait qu'un petit sac contenant quelques affaires avec lui. Son passeport et du liquide. Il brûlerait ses papiers d'identité dès son arrivée à Manille. Il regarda une dernière fois sa chambre et la vue qu'il avait sur la ville. Cette vue, il l'avait contemplée des heures depuis qu'il était arrivé en Australie, en particulier au téléphone avec Paul. Cette vue s'était mélangée aux couchers du soleil que lui partageait Lucas depuis Biscarrosse à travers l'application SUNSET. Il aimait se mettre à son balcon, sentir le vent souffler sur son visage du haut de sa tour d'immeuble, et regarder les images que Lucas lui envoyait. Ainsi, il avait l'impression d'y être. Il avait envie de laisser aller sa pensée à se connecter à leur maison de Biscarrosse pour revoir une dernière fois la vue depuis la terrasse. Il lança l'appel, entendit un discret « allo » de Lucas et raccrocha immédiatement. Cela lui faisait surtout trop mal. Il rangea ces souvenirs précieusement dans sa mémoire, se retourna, regarda une dernière fois l'appartement dans lequel il avait passé ces dernières années et claqua la porte derrière lui.

Il prit les escaliers pour descendre dans le garage privé de son immeuble. Il descendit au 3ème sous-sol et se dirigea vers sa moto. Il rangea son sac dans le petit coffre arrière de son bolide et enfila son casque. Il connecta une clé USB dans le véhicule avant de le démarrer. Puis mit le contact. Avant que la moto ne démarre, la clé diffusa un virus dans le véhicule. Tout le système GPS et l'intelligence artificielle de la moto furent immédiatement désactivés. Il pouvait maintenant conduire manuellement sa moto jusqu'à l'aéroport, sans que David ou personne ne puisse le tracer. Il avait avec lui son oreillette W.A.Y.S.. Il l'avait volée et la gardait précieusement comme preuve. Il était déterminé à faire tomber David et tout TPA. Alors qu'il allait la ranger, son téléphone sonna. C'était Lucas. Il le rappelait. Tout n'était peut-être pas fini entre eux ? L'amour avait peut-être survécu à tout ce que Paul avait fait endurer à son couple ? Cela lui arracha le coeur, mais l'espoir lui donna tout de même la force d'ignorer son appel. Il ne pouvait plus faire marche arrière. Il démarra la moto et monta les 3 étages avant de sortir du bâtiment. Les rues étaient désertes dehors. Il se rendit rapidement sur la voie rapide. Il n'était qu'à quelques kilomètres de l'aéroport. Il roulait vite, mais respectait les limites afin de ne prendre aucun risque de se faire repérer par la police. Son véhicule en mode automatique était déjà facilement détectable par les services de surveillance de l'autoroute. Même si ce type de conduite n'était pas interdite, il ne voulait pas davantage éveiller les soupçons. Sur le trajet il pensait à Lucas et à sa mère. Il aurait aimé les voir une dernière fois. Il se demandait ce qu'ils allaient penser de son départ, ou plutôt de sa disparition.

Ils ne penseraient pas un instant qu'il était finalement une sorte de saint, que sa disparition était un sacrifice pour sauver le futur de milliers d'Hommes. Son image serait ternie à jamais. Le lâche qui a abandonné sa famille, ses amis, sa vie, sans aucune raison et sans laisser de trace. Cela le tuait, rien que d'y penser. Ne pas pouvoir sauver son image, au moins auprès d'eux. Cela le tuait aussi de ne pas pouvoir s'excuser pour tout le mal qu'il avait fait à Lucas ces dernières années. Aucun homme ne devrait avoir à faire ce genre de choix. Pas une seule fois dans sa vie.

Il continuait de rouler en surveillant la vitesse sur son cadran. Il ne fallait pas se faire chopper par la police. La prochaine sortie était celle pour l'aéroport.

Alors qu'il s'apprêtait à mettre son clignotant et préparer sa sortie, un flash passa devant ses yeux. Il cligna un instant du regard pour vite se re-concentrer sur la route. Il ne fallait pas que cela lui arrive, pas maintenant. Puis un deuxième flash. En l'espace d'un instant il ressentit comme une perte de force soudaine. Il connaissait la suite par cœur : tremblements, étoiles dans les yeux et perte de connaissance. Il tenta de réduire sa vitesse mais il était déjà en train de partir, de s'évanouir. Il ne savait plus où il était. L'accident qui l'attendait inévitablement allait faire de lui la preuve de l'instabilité du système W.A.Y.S..

Mais rien ne pourrait les lier malheureusement. Il n'était pourtant pas spécialement fatigué. L'adrénaline de sa fuite coulait à travers ses veines. Un troisième flash, le dernier avant d'être absorbé dans son état second, vers son bureau imaginaire.

Il comprit alors son erreur.

Lui qui avait été si précautionneux, comment avait-il pu oublier de retirer son oreillette avant de partir ? Il ne savait plus où il se trouvait, entre réalité et sa seconde vie dans W.A.Y.S.. Il voyait son travail, comme s'il avait été transporté à son bureau. Une sorte de bureau aux murs infinis. Et pour autant au même instant, sa moto dérapait le propulsant à plus de 100km/h sur la route. Il roula sur lui-même sur près de 30 mètres. L'accident était d'une violence indescriptible, et pour autant extrêmement silencieux. Un bruit sourd s'était fait retentir, celui du choc de son corps sur la route. Il était maintenant immobile, sa tête préservée dans son casque. Sa veste de survie s'était déployée à temps et avait préservé sa colonne vertébrale. Une alarme se mit à sonner sur la route et des lumières éclairaient son corps immobile. Il semblait dormir paisiblement.

De l'autre côté de son rêve, il s'était retrouvé soudainement face à un écran d'ordinateur. Il ne comprenait plus vraiment qui il était, ni où il se trouvait. Puis tout disparut. Le noir complet. Le système de sécurité de l'autoroute, ayant automatiquement détecté l'accident, venait de prévenir Police et Urgences. Il fallut moins de 3 minutes avant d'entendre les sirènes des véhicules qui se rapprochaient du corps de Paul. Il ne bougeait pas. Les urgentistes descendirent pour inspecter Paul et apporter les premiers gestes de secours. Il était toujours vivant, c'était un miracle. Un policier qui était sur les lieux inspecta ce qu'il restait du véhicule. Le numéro sur la plaque de la moto ne correspondait à rien. C'était un faux. En inspectant de plus près il put en revanche sans difficulté lire le numéro de série du véhicule. En quelques secondes il connut l'identité du corps. Paul Adam. Il récupéra toutes ses informations et contact. Il était indiqué qu'en cas d'urgence, TPA, son employeur, avait le mandat d'assurer ses soins. Il confirma donc toutes les informations aux urgentistes qui étaient en train de monter son corps dans l'ambulance. Ils devaient l'emmener de toute urgence à l'hôpital privé TPA au nord de Melbourne. De son côté, le policier sur place appela son contact d'urgence.

David.

- Vous êtes David Bronson ? demanda l'agent.

David fit signe à ses deux gardes du corps de ne pas faire de bruit. Ils se trouvaient dans l'appartement de Paul. Après leur dispute au bureau de TPA quelques heures plus tôt, David était retourné dans l'open space pour se connecter à l'ordinateur de Paul. Il avait alors remarqué que de nombreux dossiers ou morceaux du code avaient été supprimés. Tentant de le joindre sans succès, il s'était rendu chez lui pour espérer le trouver, et lui faire comprendre, par les mots ou par la force, qu'il devait terminer son travail sans faire d'esclandre.

- Oui, oui, bonjour monsieur, oui c'est moi ? Vous m'appelez pourquoi ? répondit David essoufflé.

- Un de vos employés vient d'avoir un accident, et nous devions... il fut coupé par David.

- Paul ? C'est Paul ? Il est vivant ? Dites-moi qu'il est vivant ?

- Oui, il est vivant, mais pour le moment nous ne pouvons pas statuer précisément sur son état. Mais vu le choc et l'accident qu'il a subi, je crains qu'il ne se réveille pas tout de suite... répondit l'agent d'une voix désolée, ne sachant pas vraiment à qui il avait à faire.

– Emmenez-le tout de suite au TPA-Hospital, je me rends sur place je vous y retrouve, nous allons prendre le relais, répondit David d'un ton presque satisfait.

– Mais c'est un hôpital privé. Vous êtes de la famille ?

Même si légalement il avait tous les droits, il ne devait pas perdre une seconde à discuter avec cet agent. Il devait lui mentir s'il ne voulait pas perdre de précieuses heures.

– Oui je … je suis son boss et … son oncle (il devait inventer quelque chose n'importe quoi) j'ai toutes les autorisations pour m'assurer de sa santé, je vous envoie ça sur votre téléphone tout de suite. Mais ne perdez pas de temps, je peux peut-être le sauver. Mes équipes arrivent, laissez-nous gérer.

David ne pensait pas retrouver Paul dans le coma, mais c'était finalement presque une bonne nouvelle pour la suite de son plan. L'inspecteur de police raccrocha. Dans la seconde, il reçut tous les documents de David. Il les consulta en diagonale. David et Paul ne portaient pas le même nom de famille, mais cela ne l'interloqua pas spécialement. Il prévint ses équipes ainsi que les ambulanciers que TPA prenait la suite.

Il inspectait les débris de la moto au sol. Le véhicule s'était brisé en mille morceaux. Une chance que Paul portait son casque et sa veste airbag. Il ne devrait pas avoir de séquelles physiques irréversibles. Les urgentistes venaient de partir avec son corps dans leur camion en direction de l'hôpital de TPA. Ils avaient jeté au sol son manteau qu'ils avaient découpé et son casque. Une petite LED lumineuse bleue clignotait dans le casque et attira l'attention de l'inspecteur. Il s'approcha et découvrit à l'intérieur du casque une sorte d'oreillette Bluetooth. Il pensa alors « Il devait être au téléphone ce con, combien d'années il va encore leur falloir pour comprendre que ça tue sur la route ces conneries ».

Il inspecta rapidement l'objet mais reçu un appel qui détourna son attention et le rejeta par terre.

Il venait de détruire la seule preuve qui aurait pu inculper David et TPA.

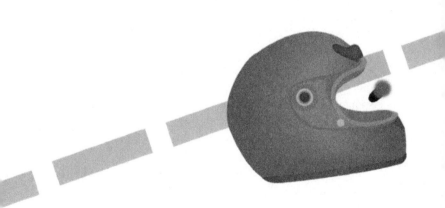

24 décembre 2034, plus tard dans la journée

Melbourne, Australie

Lucas venait à peine d'atterrir à Melbourne et de passer la sécurité de l'aéroport que Paul l'appelait. Tout s'était déroulé sans encombre. Un peu trop facile se dit-il. Le visa qu'il s'était procuré à l'aide de Sam l'autorisait à rester 72h sur le territoire. Depuis qu'ils s'étaient fait suivre à New York avec la mère de Paul, il était évident que David et TPA auraient redoublé de vigilance. Intégrer TPA pour retrouver Paul, ce qui était leur plan, serait particulièrement compliqué. Lucas devait être très vigilant à ne pas se faire repérer. David devait déjà être en train de le rechercher.

– Je t'ai pris un logement pas loin de TPA dans un hôtel. J'ai mis la chambre à un autre nom pour ne pas éveiller les soupçons. Je connais l'établissement, on ne te demandera aucun papier d'identité. Va déposer ton sac et je t'explique tout une fois là-bas. Merci pour tout ce que tu fais, je t'aime.

Au même moment, dans l'appartement de David à environ 2 heures de voiture de TPA.

– Vous êtes sûrs qu'il a réussi à obtenir un visa ? Ce petit fils de pute, si ça se trouve il est déjà sur le territoire ? Il doit savoir pour Paul. Continuez de chercher sa mère, je vais aller chez TPA, merci de m'avoir prévenu, on se rappelle plus tard.

David raccrocha furieux. Il consulta tout de suite son ordinateur pour vérifier la chambre de Paul. Paul était allongé dans une grande chambre blanche. Connecté à lui, une machine suivait ses courbes vitales. Il paraissait en parfaite santé, paisible. En regardant de plus près, on pouvait observer des réactions sur son visage. Il rêvait très certainement, de façon très active. À son oreille un appareil était connecté et clignotait en bleu. David alluma alors un autre programme. Depuis quelques jours, Paul ne travaillait plus depuis son « bureau prison ». Il n'avait pas du tout avancé sur le programme W.A.Y.S.. Ce dernier était presque finalisé, mais il avait encore besoin de lui. Les infirmiers n'arrivaient plus à le motiver, tentant de stimuler son activité à distance. Mais pour autant il était en activité. Il semblait travailler sur quelque chose d'autre, que ni lui, ni personne, n'avait remarqué jusque-là. Tous étaient tellement pris par le lancement imminent de la technologie qu'ils avaient arrêté de suivre l'avancée des travaux de Paul.

Quelques minutes plus tard, Lucas arrivait à l'hôtel. Après avoir récupéré la clé de sa chambre, il s'y rendit en empruntant l'escalier de service. Il déposa son sac sur le lit, eut à peine le temps de se passer un peu d'eau sur le visage, que Paul l'appelait à nouveau.

– Un taxi va arriver dans même pas 5 minutes et t'emmener chez TPA. J'ai *hacké* ton téléphone à distance et intégré dedans normalement tous les accès nécessaires pour que tu puisses circuler sans te faire repérer dans le bâtiment. Enfile le pull noir et le pantalon noir que l'on a acheté à New York. Tu vas en avoir besoin pour passer le plus inaperçu possible. Quoi qu'il arrive, si tu te sens en danger ou que quelque chose te semble suspect, il te suffira de taper 3 fois sur l'écran de ta montre et j'interviendrai. On se retrouve là-bas. Ah oui, attends, information importante, les assistants personnels ne sont pas autorisés et sont automatiquement brouillés chez TPA. Mais je t'ai mis toutes les instructions dans ton téléphone. Suis-les attentivement. Fais attention à toi, tu vas y arriver j'en suis sûr. Ensemble, on va y arriver.

Paul se voulait rassurant au maximum. Mais une partie de ses mots et l'intonation de sa voix, lui paraissaient faux. Lucas n'était pas dupe. Comme s'il ne lui disait pas tout. Mais il ne posa pas plus de questions et s'exécuta. Le téléphone de sa chambre sonna. C'était un vieux téléphone à fil comme dans les années 2000. Il décrocha. C'était l'accueil de l'hôtel, son taxi était déjà arrivé et l'attendait. Il s'empressa de se changer, pull noir, pantalon noir comme indiqué par Paul, et descendit dans le hall. L'hôtel était complet et des gens en tenues de soirée défilaient dans les couloirs. Avec tous les événements et ses voyages à travers le monde, il en avait oublié que c'était le soir de Noël. Par sécurité, il n'avait prévenu personne de ses déplacements d'espionnage à New York ni à Melbourne. Sa mère devait être à l'heure actuelle en cuisine en train de commencer à préparer le dîner traditionnel. Il avait reçu plusieurs messages d'elle et sa sœur ainsi que Léa qui commençaient à s'inquiéter et se demander où il était. Ce n'était pas le moment de penser à ça et se laisser distraire. Il remit son téléphone dans sa poche et sortit de l'hôtel pour rejoindre le véhicule. Une fois installé dans le taxi, il lût les instructions de Paul.

Paul était quelqu'un de très minutieux, précis et organisé. Ses notes étaient à son image. À la lecture des premières lignes, cela ne paraissait pas si risqué que ça, ce qui le rassura. Les instructions indiquaient qu'il devrait d'abord entrer par une porte réservée au personnel située à l'arrière du bâtiment. Une fois à l'intérieur des locaux, à l'aide de son téléphone, il pourrait passer la porte de sécurité réservée à l'équipe technique. De là il trouverait une salle, dans laquelle il pourrait alors se connecter à un ordinateur. Un dimanche, plus, jour de Noël, personne ne serait sur place. Il pourrait donc accéder au réseau en toute discrétion. Il n'avait pas encore lu la suite des indications que le chauffeur lui indiqua qu'ils approchaient déjà de sa destination :

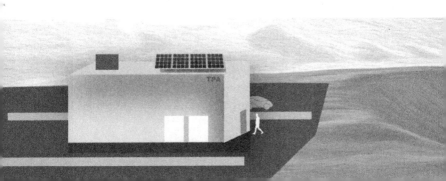

Kilmore City. Le nom glauque de la ville ou le siège de TPA s'était installé en disait long sur l'entreprise et ses dirigeants.

Lucas regarda le taxi repartir. Il attendit qu'il soit suffisamment loin pour rejoindre l'entrée indiquée par Paul. Il devait être discret. Il ne savait pas en qui il pouvait avoir confiance, et, ce taxi, était peut-être mêlé à leur histoire. Une fois sûr, il fit donc le tour du bâtiment comme indiqué sur les instructions laissées par Paul. D'extérieur, TPA ressemblait à un gros cube blanc au milieu d'une zone désertique et sèche. L'entrée principale laissait imaginer l'accueil d'une start-up avec bureau blanc filant sur lequel étaient disposés des écrans avec des hôtes d'accueil virtuels. Il passa la double baie vitrée de l'entrée discrètement et continua vers l'arrière du bâtiment. De là, les locaux lui faisaient beaucoup plus penser à un bunker militaire. Il n'y avait que cinq voitures sur le parking, ce qui était bon signe, il ne devrait pas être trop dérangé.

Comme prévu, il trouva la porte que Paul indiquait dans ses notes. Il n'arrivait pas à croire qu'un centre de recherche, un hôpital et les bureaux d'une multinationale mondiale se trouvaient ici. Il passa la porte de service et en ouvrit une seconde blindée à l'aide de son téléphone. Une caméra l'identifia et l'autorisa à entrer dans le bâtiment. Il n'avait aucune idée de comment Paul avait fait, mais Lucas semblait passer pour un salarié de TPA. Une fois à l'intérieur, il avança vers un poste d'accueil. Beaucoup moins accueillant que celui de l'entrée principale, un agent de sécurité, bien vivant cette fois, y était installé. Il était en train de jouer sur son téléphone et de regarder un match projeté sur un mur à côté de lui. Il s'avança vers le gardien et sans dire un mot, ni même oser le regarder dans les yeux, lui tendit son écran portable sur lequel se trouvait un QR code avec sa photo. L'agent de sécurité arrêta sa partie, surpris de voir un employé débarquer. Il contrôla son identité en flashant le code. Son identité fut vérifiée, il l'autorisa à accéder à l'enceinte technique. Lucas lâcha un souffle de soulagement. Il n'en revenait pas d'être passé aussi facilement.

Il rangea son téléphone, sans dire un mot, et s'avança vers la porte sûr de lui.

« Merde » se dit Lucas face à la porte. La porte n'avait pas d'écran. Il relut les notes de Paul qui lui indiquait pourtant bien de passer son téléphone sur un lecteur NFC pour pouvoir l'ouvrir. Le système devait avoir changé, il fallait une carte à bande magnétique pour la déverrouiller. Il tenta tout de même de coller son téléphone à la borne, mais rien à faire, rien ne se déclenchait. Il n'avait pas le choix. Il prit alors une grande respiration pour incarner au mieux son personnage.

- Hey dis-moi, c'est quoi ce bordel ? Vous avez changé l'installation ou quoi ? demanda Lucas à l'agent qui était retourné dans son jeu.

- Ah oui, t'as pas reçu la note ? On vient tout juste de changer. Normalement t'as dû recevoir un badge de la part de ton supérieur. Sans badge, on passe pas.

- Un badge ? On est retourné dans les années 2000 ou quoi? Putain, mais j'en peux plus de cette boîte. On taffe comme des fous, tous les jours, même les week-ends et le soir de Noël, et l'administratif vient toujours nous faire chier ! T'es pas d'accord sérieux ?

Lucas tentait de créer un lien et gagner la confiance du vigile, en espérant qu'il lui ouvre.

- Je te l'fais pas dire. Ma femme m'a tué quand je lui ai dit que je serai pas là ce soir car j'étais de garde. Tu viens faire quoi ?

- Rien de spécial, je dois juste récupérer mon ordi et quelques papiers pour David j'en ai pour 5 minutes, ça me fait trop chier si je dois aller le déranger aujourd'hui pour lui demander son accord pour un badge…

Coup de bluff. Il avait utilisé la carte « David » pour donner de l'importance à sa venue et peut-être impressionner l'agent de sécurité.

- Ah c'est pour lui? mouais, bon écoute, pas de soucis je t'ouvre, ce sera mon cadeau de Noël, si ça peut te faire gagner une heure ou deux et te permettre d'être avec ta famille ce soir, lui répondit l'agent touché de ne pas avoir été totalement ignoré comme il l'était d'habitude par les employés.

La porte s'ouvrit. Lucas pria pour que le système de sécurité n'ait été changé qu'au niveau de l'entrée principale. Il fit un signe de la main à l'agent pour le remercier qui referma presque tout de suite la porte derrière lui. Il longea le long couloir, tentant de ne pas trop se faire voir des caméras, avant d'arriver à la fameuse salle des ordinateurs. Paul n'avait pas donné d'indications particulières quant au type d'ordinateur à utiliser. Il y en avait des dizaines face à lui. Il choisit de s'installer à un poste caché dans un coin du grand open space. De là il pouvait voir sans être vu et repérer discrètement si quelqu'un venait. Sans le savoir, il avait choisi le bureau sur lequel Paul travaillait tout le temps, ayant aussi besoin de discrétion à l'époque. Il sortit son téléphone pour lire la suite des notes. Il devait pirater le système. Il ne comprenait rien à ce qu'il allait faire, lui et la technologie faisant deux. Il s'exécuta avec la plus grande concentration en suivant à la lettre les notes de Paul. Sans trop de difficultés, surtout vu le niveau de précision des indications, il arriva à lancer la première commande. Après quelques manipulations et applications lancées, un message apparut sur l'écran lui demandant le code secret d'activation. Il tapa les 4 chiffres et 3 lettres et appuya sur ENTER. Il attrapa un casque qui se trouvait sur le bureau juste à côté de lui qu'il ajusta à son oreille. Quelques secondes plus tard il entendit la voix de Paul.

- C'est bon, bravo chéri, je n'étais pas sûr que cela fonctionnerait, mais c'est bon, j'ai désactivé pour moi le firewall anti-intelligences artificielles externe et j'ai pu me connecter au réseau interne. Garde bien ce casque avec toi, ce sera notre seul moyen de contact. Je vais maintenant t'indiquer tout ce que tu dois faire. Donne-moi juste une seconde.

Lucas regardait l'écran face à lui sur lequel un millier de choses se passaient en même temps. Des fenêtres s'ouvraient, se fermaient, des lignes de codes apparaissaient etc… c'était comme si l'écran était possédé. Possédé par Paul. Cet univers était si loin de son monde et de ses pâtisseries. Toutes les fenêtres se fermèrent en même temps et alors un plan en 3D s'afficha sur l'écran.

- OK, tu m'entends ? lui dit discrètement Paul comme s'il craignait d'être entendu. L'excitation sûrement.

- Oui très bien, mais t'es pas obligé de chuchoter hein, répondit Lucas avec une touche d'humour pour détendre la situation et se détendre.

- Regarde ce plan. Ce sont les étages du bâtiment. Je t'ai indiqué par un point rouge l'endroit où tu es actuellement. Tu vois le point bleu ? Je pense avoir repéré la chambre dans laquelle mon corps est retenu, dit Paul.

- C'est…. C'est ta chambre ? Tu veux dire que tu es ici c'est sûr ? dit Lucas d'une voix troublée.

Jusqu'à cet instant, Lucas s'imaginait en plein film ou jeu vidéo. Il n'avait pas vraiment mesuré la portée de sa mission. Il n'avait pas réalisé qu'il allait enfin physiquement retrouver son mari. Retrouver Paul.

- Oui, l'hôpital privé est au 3ème sous-sol. J'ai normalement réussi à lever toutes les autorisations d'accès d'ascenseur. Via ton téléphone tu vas pouvoir te balader dans les étages sans trop de difficultés. Il va juste falloir espérer trouver quelqu'un qui nous ouvre la porte du niveau, *that's all* ! Il semble y avoir quelques personnes au -3, il faudra que tu sois vigilant et ne pas te faire repérer. Je suis sûr que David a prévenu tout le monde qu'une intrusion pouvait avoir lieu. Les gens doivent être sur leurs gardes. Lève-toi et avance vers l'ascenseur. Tu vas appuyer sur le -3.

Au même instant, un groupe de trois médecins arrivèrent par un autre couloir dans la salle de contrôle. Heureusement, depuis son bureau, Lucas ne pouvait pas être vu. Les trois médecins prirent l'ascenseur, eux aussi en direction du -3. Lucas n'était pas sûr, mais il avait cru entendre que l'un des médecins avait prononcé le nom de Paul. Il attendit que l'ascenseur remonte à son étage pour marcher discrètement vers ses portes. Lucas posa son téléphone sur l'écran à droite. Une flèche verte apparut presque immédiatement. Grace à Paul, l'accès lui était autorisé. Les portes s'ouvrirent, il appuya sur le bouton -3 et moins de 5 secondes plus tard, Lucas arrivait au bon étage.

Il se cachait dans un coin de la cabine quand les portes s'ouvrirent. De loin, l'appareil semblait vide. Il regarda discrètement, personne ne semblait là. Il sortit alors de l'ascenseur. Quelques pas devant lui se trouvait une grande double porte en verre, fermée. Elle avait le même type de verrou à bande magnétique qu'à l'entrée. Il essaya tout de même de poser son téléphone dessus, mais rien ne se passa.

– Paul ! Putain on est niqués c'est fermé ! Qu'est-ce qu'on va faire je peux pas passer c'est comme en haut, dit Lucas affolé.

Il fallait trouver un badge pour l'ouvrir. Le temps que Paul réfléchisse à une solution, Lucas regarda un instant derrière la grande vitre. Il voyait un long couloir blanc, comme ce que lui avait décrit Elizabeth. C'était le couloir qui l'amènerait à la chambre de Paul.

- Ok chéri, j'ai peut-être une solution. Tourne à droite tout de suite et va dans le vestiaire des hommes qui se trouvera sur la gauche. J'ai inspecté via les caméras, il y a une blouse dedans, un médecin doit être en train de se doucher. Dépêche-toi d'y aller et prend-la! Vérifie bien que l'on a son badge. Si tout se passe bien, il doit être dans sa poche, sinon…

- Sinon on est dans la merde, reprit Lucas.

Jusque-là, aucune alarme de sécurité ne s'était déclenchée et David n'était pas encore apparu, ils avaient gardé leur avance … ce qui inquiétait Lucas quant à la suite des événements. Il avança à petits pas dans le couloir et tourna discrètement dans le vestiaire homme. Il y avait effectivement une veste, un pantalon et une blouse beige accrochés. On entendait l'eau qui coulait et une personne discuter sous la douche. Un étrange endroit pour faire une réunion se dit-il. Mais vu la pression que David mettait sur ses employés chez TPA, aucune minute n'était à perdre pour travailler. Il attrapa la blouse et l'enfila. Il fouilla dans la poche. Bingo. Il trouva le badge. Il mit le pass autour du cou et le retourna recto face contre lui. Il était loin de ressembler à la personne sur la photo. Ou alors la peur lui avait fait prendre 30 ans d'un coup. Cela ferait l'affaire, il n'avait pas d'autre solution de toute façon. Il sortit du vestiaire et s'avança vers la grande porte en verre. Une caméra l'inspectait, mais pour autant tout semblait encore sous contrôle. Il passa le badge dans la fente magnétique et la porte s'ouvrit. Il pénétra dans le long couloir. C'était comme Elizabeth l'avait décrit. Il y avait du monde au fond, des médecins en train de discuter. Certainement les trois médecins qui étaient descendus juste avant lui. Mais ils étaient suffisamment loin pour ne pas être reconnu. Il baissa tout de même au maximum la tête pour ne pas éveiller les soupçons. Le couloir desservait de nombreuses portes avec chacune des numéros. Comme des chambres. Un petit bip dans son oreille et Paul lui parla à nouveau.

– Je … je suis dans la chambre A326 sur ta droite normalement, lui dit Paul qui commençait à avoir la voix qui tremblait.

Plus il s'approchait de la chambre de Paul, plus il commençait à attirer l'attention des médecins. La porte n'était qu'à quelques mètres de lui quand au loin un des clinicien l'interpella. Lucas fit mine de ne pas entendre et accéléra son pas. Les trois médecins comprirent que quelque chose d'anormal se passait. Ils l'interpellèrent une seconde fois cette fois en commençant à s'avancer vers lui. A324. C'était la prochaine porte. Lucas se mit à courir quand Paul lui dit dans l'oreille :

– C'est celle-là, je l'ouvre, dépêche toi entre vite !

Lucas frôla la porte avec son écran qui l'ouvrit automatiquement. À peine à l'intérieur, elle se referma et se verrouilla derrière lui, empêchant les trois médecins de le suivre. Il s'était fait repérer, mais était en sécurité dans la chambre A326.

Au même instant, trois étages plus haut, David entrait dans le bâtiment. Au contrôle de sécurité, accompagné de ses deux gorilles de vigiles, David demanda à l'agent si quelqu'un était arrivé récemment. L'agent de sécurité tendit son écran pour lui montrer la vidéo de surveillance de Lucas sans lui parler ni le regarder dans les yeux.

– Putain, le fils de pute, il est là ! Il nous a devancé les gars. Suivez-moi, on a pas une seconde à perdre.

David était rouge écarlate, un mélange de fureur et de peur, ce qui changeait de son visage habituellement impassible à la mine grisâtre. Comment Lucas avait-il pu entrer dans le bâtiment ? Comment avait-il pu déjouer la sécurité ? La seule réponse qui lui vint à l'esprit : Paul. Ils étaient en contact. Mais comment cela était possible. Il aurait réussi à sortir du bâtiment ? Il serait vivant ? Non, c'était encore plus évident que ça. Paul communiquait avec lui depuis W.A.Y.S.. Il avait réussi à contourner le firewall. Les trois hommes marchaient vers la porte. David se retourna et aboya.

- Toi, dit-il en regardant l'agent de sécurité, je vais t'apprendre à me respecter, je m'occuperai de toi en revenant.

Il fallait qu'il vide ses nerfs sur quelqu'un. Ne supportant pas l'insubordination, qu'il voyait partout, très souvent à tort, il s'en prit au pauvre homme de l'accueil. Il surenchérit en lui demandant de les tracer immédiatement. Derrière lui, les dizaines d'écrans des caméras de surveillance du bâtiment filmaient en direct les trois étages du bâtiment. Ils ne voyaient rien d'anormal. David demanda à son assistant personnel d'analyser les lieux et de retrouver Lucas. Son assistant ne lui répondit pas.

– Putain de sécurité anti-intelligence artificielle, hurla David à sa propre idée, ouvre-nous la porte toi là bon à rien.

L'agent fit semblant de chercher un badge. Il ne mesurait pas l'ampleur de la situation, mais se faisait un malin plaisir à voir David s'énerver. Sa revanche sur sa façon de lui parler depuis tant d'années. Son petit cadeau de Noël à lui. Il leur fit perdre au moins 3 minutes. Il ne savait pas pourquoi, son instinct sûrement, mais il sentait que c'était la bonne chose à faire. Donner de l'avance à Lucas. Il leur tendit finalement une carte magnétique qu'un des gorilles lui arracha des mains. La porte s'ouvrit enfin, David courut dans le couloir en direction de l'ascenseur. Il renversa une employée sur son passage en la frappant violemment de l'épaule dans sa course. Il lui hurla dessus un « dégage ».

David n'avait que très peu de temps devant lui. Il savait ce que Paul s'apprêtait à faire.

27 octobre 2031 et plus...
Melbourne, 3ème sous-sol de TPA, Australie

La mère de Paul avait signé les papiers sans se poser de questions. David lui avait promis que son fils serait entre de bonnes mains avec eux et qu'ils allaient le ramener « à la vie ». David jubilait intérieurement de ce qui venait de se passer. L'accident de Paul, il s'en moquait complètement. Au contraire, c'était même un soulagement. Premièrement, contrairement à Björn, il n'aurait pas besoin de l'orchestrer. Deuxièmement, le projet étant presque abouti, l'état de santé de Paul était suffisamment bon pour le terminer à l'aide de W.A.Y.S. même pendant son coma. La connexion entre W.A.Y.S. et le coma de Paul serait un jeu d'enfant. Alors que David ramassait les différents papiers et qu'il escortait la mère de Paul en dehors de sa chambre vers son bureau, une équipe de médecins arrivait dans la pièce pour paramétrer le dispositif à son oreille. Du couloir, Elizabeth regarda une derrière fois son fils à travers la grande fenêtre de sa chambre. Il était allongé et paraissait si paisible. À cet instant elle sourit, se disant que la prochaine fois qu'elle le reverrait, il serait éveillé.

Paul était connecté à W.A.Y.S. depuis maintenant 3 jours. C'était comme s'il rêvait, sans arrêt. Ils l'avaient enfermé pour toujours dans un bureau virtuel, le surveillaient, et le faisaient travailler 22h / 24, 7j / 7. Les 2 heures quotidiennes de déconnexion étaient prévues pour ses soins par les médecins. Ce qui ne manquait pas d'irriter David, qui ne voyait que des minutes perdues dans son grand projet. Son état ne s'améliorait malheureusement pas. La technologie W.A.Y.S. continuait même d'aggraver ses séquelles, sur lesquelles David continuait de fermer les yeux, alors que les médecins tentaient du mieux qu'ils pouvaient pour le maintenir en vie.

Paul n'avait presque plus aucune notion du temps. Pour qu'il ne s'aperçoive de rien, David avait orchestré qu'on lui laisse « ses soirées » pour se reposer, et lui donner la sensation d'une vie réelle. Depuis son coma, Paul n'avait pas conscience de son état réel. Pour lui tout paraissait normal « dans son rêve ». Comme un ordinateur, il s'exécutait à finaliser le programme pour lequel il était missionné. De l'autre côté du rêve, dans le monde réel, David suivait avec précision l'avancée des travaux de Paul et contrôlait son monde et ses souvenirs.

Les premières semaines seraient décisives. Avant son accident, Paul avait verrouillé presque toutes les sessions de W.A.Y.S. et partiellement détruit une partie du code. David et son équipe l'avaient donc programmé pour qu'il creuse dans ses vrais souvenirs afin de tout réactiver. Puis, une fois qu'il aurait réussi, ils le remettraient sur le développement du programme pour le terminer. Afin d'éviter toute rébellion de sa part, même depuis son coma, David avait limité l'accès à certains des souvenirs de sa vraie vie. Les détails de sa vie privée et de sa personnalité n'existaient plus que de façon partielle. Tout ce qu'il savait, c'est qu'il était heureux, marié à Lucas et adorait son travail. Il avait oublié David, ses découvertes concernant W.A.Y.S., et tout ce qui concernait ces dernières années. David s'était assuré qu'il se contente de cela.

Quelques semaines plus tard, Paul avait réussi à ré-autoriser tous les accès à David et son équipe, et le projet était en marche. Il travaillait sans cesse depuis son lit blanc d'hôpital, endormi. David, lui, continuait d'avancer sur le démarchage de nouveaux clients. Il ignorait progressivement les appels et messages de la mère de Paul, qui attendait des nouvelles de l'état de son fils. Il devait lui faire croire qu'aucune amélioration n'avait eu lieu, afin de ne pas éveiller ses soupçons. Et tant qu'il avait eu son accord pour « l'exploiter » (même si cela n'avait pas été présenté dans ces termes), il n'avait rien à craindre. Le grand lancement était prévu pour le lendemain de Noël 2034. Ils n'avaient plus que 3 ans devant eux. À cette occasion, il dévoilerait officiellement à la presse son grand projet et présenterait ses principaux partenaires, pour un déploiement en tout début d'année 2035. Tous les grands groupes avaient déjà signé pour exploiter cette innovation futuriste. Tous voulaient être les pionniers de ce nouvel avenir que David et TPA proposaient. Ces sponsors ne feraient qu'amplifier la nouvelle et faire exploser la capitalisation boursière de TPA au lancement. Alors que David se laissait aveugler par le succès qui l'attendait, de son côté, Paul, dans sa bulle, continuait de coder.

Au fur et à mesure des semaines qui passaient, depuis ses rêves, Paul commençait à re-développer une conscience personnelle. Une chose que David et son équipe n'auraient pas su prévenir. Il n'est pas si facile d'empêcher la nature de reprendre sa place. Seul dans son bureau virtuel, Paul commençait à se poser de sérieuses questions sur sa situation. Le bonheur de sa vie privée semblait indéniable et parfait, ses souvenirs étaient clairs, mais quelque chose semblait manquer. Il ne savait pas réellement comment l'expliquer, un instinct, mais c'était comme s'il y avait un brouillard devant ses yeux. De plus, au fur et à mesure qu'il avançait dans le code, il s'apercevait de détails surprenants qui ne faisaient qu'augmenter ses soupçons. C'était comme si des morceaux partiels de code avaient été dissimulés un peu partout dans le programme sur lequel il travaillait. Des fractions de programme dans le programme. Des données qui n'avaient rien à voir avec ce qu'il était en train de développer. Il n'était pas sûr de ce qu'il lisait, ni de ce que cela avait à faire là. Un ordinateur aurait exécuté la commande sans se soucier de ces morceaux de code fantôme. Mais la faille du système était l'instinct humain de Paul. Il était sûr que cela n'était pas là par hasard.

Les semaines se transformaient en mois. Il continuait de travailler d'arrache-pied sur le software et en parallèle à noter progressivement chaque bout de code égaré qui retenait son attention. Et si cela avait été fait de façon intentionnelle ? S'il était en train de collecter des indices ? Qui les lui aurait laissés ? Et dans quel but ?

De l'autre côté du virtuel, à Melbourne, David vérifiait en temps réel l'avancée du travail de Paul. Il avait remarqué depuis quelques temps une baisse de sa productivité. Ni lui, ni son équipe, ne comprenaient d'où cela venait. Ils tentaient de lui ingérer des stimulants et des drogues pour accroître et accélérer son travail, mais cela avait de moins en moins d'effets. Depuis son bureau infini virtuel, dans son rêve, Paul passait effectivement de plus en plus de temps à ses recherches personnelles qu'à l'avancée de W.A.Y.S.. En creusant dans le code et en reliant les centaines de lettres, signes, chiffres d'indices qu'il avait trouvés, il avait réussi à en reconstruire un tout nouveau programme.

À quoi cela pouvait-il bien correspondre ?

Il tenta pendant des semaines dans tous les sens de comprendre la signification de ce logiciel reconstitué, et surtout comment l'exécuter, mais rien à faire, il lui manquait une clé. Un mot de passe. Il fallait continuer à chercher de nouveaux indices. L'explication devait être là, sous ses yeux, il en était sûr. En reconstituant le programme et en avançant sur sa mission, Paul avait trouvé une chanson. Un fichier audio .mp3 caché dans le code. Mais cette musique ne lui rappelait rien. Une musique stridente presque inaudible. Il l'avait écoutée des centaines de fois, étant sa seule source de distraction, mais elle sonnait faux. Au fur et à mesure des mois, cette chanson avait tout de même réussi à réveiller en lui de vieux souvenirs. Des souvenirs qui lui semblaient oubliés, ou plutôt effacés. Il venait de s'accorder une pause, même si techniquement il n'était pas fatigué, encore une habitude qui lui était revenue de nulle part, quand soudain, il eût une illumination. Il y avait une place. Une foule lui cachait un peu la vue, mais il semblait au loin observer deux personnes qui se tenaient la main. Un couple. Quand soudainement l'image se précisa. Cette scène, c'était le plus beau jour de sa vie. C'était son mariage avec Lucas. Et à cet instant, en fond de ce doux moment de célébration, il entendit une chanson. Sa chanson préférée. Un morceau de musique classique qu'il connaissait par cœur, dont la partition n'avait soudainement plus aucun secret pour lui. Il reprit ses esprits, persuadé d'avoir trouvé la solution, et se pencha alors sur le morceau .mp3. Il le décortiqua dans tous les sens. Les notes qui le composaient avaient été mélangées ! Enfin plus précisément inversées. La fin était le début et le début la fin. Il retravailla le morceau et joua la mélodie en sens inverse. C'était sa chanson, celle de son mariage. Il n'en revenait pas. Si seulement des larmes avaient pu couler de ses yeux virtuels. Alors, comme il l'espérait, la bonne mélodie une fois enclenchée lança le programme que Paul avait reconstruit. Une décharge électrique se propagea en lui. Il fut comme propulsé hors de son bureau virtuel, puis hors de son corps réel dont il n'avait pas conscience, dans cet autre monde parallèle. Il ne comprenait pas ce qu'il vivait, mais c'était magique.

Il ne comprenait pas qu'il venait de rejoindre la réalité.

À ce moment-là il ouvrit les yeux pour découvrir face à lui un coucher de soleil.

Il se retrouvait dans ce lieu si familier, qu'on avait cherché à lui faire oublier. Les couleurs dans le ciel étaient plus belles que tout ce qu'il aurait pu rêver. Le son des vagues qui frappaient le sable vibrait dans tout son corps. Il resta là, face à ce spectacle, quelques minutes, sans dire un mot. Quand le soleil disparut complètement sous l'horizon, une aspiration électrique le ramena dans son monde actuel, face à son bureau. La chanson s'était arrêtée.

– Wow !! mais qu'est-ce qu'il s'est passé ? Ou suis-je ? se demanda-t-il.

Il tenta de rejouer la musique, pour relancer le programme, mais en vain, rien ne se passait. Il ne voyait rien. Il réessaiera demain.

La seule chose dont il était sûr, c'est que ces indices lui avaient été laissés délibérément et que cette mélodie lui avait donné accès à un monde parallèle qu'on tentait par tous les moyens de lui cacher.

24 décembre 2034,

Dans la chambre de Paul, 3ème sous-sol, TPA,

Melbourne, Australie

Lucas n'avait pas bougé depuis quelques secondes, ou minutes il n'était plus sûr. Il se trouvait dans la même pièce que Paul. Il voyait au loin son doux visage d'ange endormi dans son lit. Il n'y croyait pas. Ce fantôme du passé était de retour et bien vivant. Son coeur se remplit d'espoir et de joie. Il s'avança timidement vers lui, profitant de chaque seconde de ce moment. Il était debout face à son corps endormi. Paul paraissait si paisible. Il souriait dans ses rêves. C'était le Paul tel qu'il s'en souvenait. Le Paul pour qui il avait craqué 10 ans plus tôt au premier regard. Ce jeune américain qui l'avait ensorcelé du son de sa voix et de son accent, un dimanche midi sur le palier d'escalier d'un immeuble parisien. Ce garçon qui l'avait fait devenir l'homme qu'il était aujourd'hui. Son amant, son meilleur ami, son confident, celui pour qui il vivait depuis tant de temps et pour qui il voulait continuer de vivre jusqu'à la fin de ses jours. Ils étaient enfin réunis. Lucas attrapa sa main. Il ne put s'empêcher de retenir son émotion alors qu'il touchait son corps chaud. Il ferma les yeux un instant, sa main posée sur son visage. Il se revoyait ces soirs d'étés, allongés, leurs corps emmêlés, face à la grande baie vitrée de leur chambre qui donnait sur leur océan. Ils regardaient le soleil se coucher face à eux bercés par la douce mélodie des vagues. Ce spectacle de couleurs qui les unissait. Comme un *flash-back*, il revit défiler tous leurs plus beaux moments de leur vie devant lui. Puis un *flash-forward* s'enchaîna. Il les imagina vieux, ensemble, avec leurs enfants et leurs petits-enfants. Cette vie dont il avait tant rêvé, à laquelle il ne croyait plus, était là face à lui, prête à lui offrir une seconde chance.

– Je… je te vois, dit Lucas à voix haute, en souriant, rigolant et pleurant à moitié en fixant son corps allongé, tu es là, je n'en crois pas mes yeux, c'est magique, mon amour tu es si beau. Tu n'as pas changé.

Il avait déposé le casque audio sur le bout du lit. D'une pression, il se transforma en petit haut-parleur. Il entendait la voix de Paul comme si elle sortait de sa bouche. Il était là à nouveau avec lui. Paul qui observait la scène depuis une des caméras de la chambre vivait lui aussi leurs retrouvailles hors de son corps. Il savait qu'ils avaient besoin de partager cet instant et ne voulait rien gâcher, conscient de ce qui les attendait.

– Je n'y croyais plus, je ne voulais plus y croire. Je n'ai jamais cessé de t'aimer tu sais. Je n'en aurais jamais eu la force. Ma vie, je te la dois. Ma vie c'est toi, c'est nous, dit Lucas en regardant Paul droit dans ses yeux clos tout en serrant sa main.

– Nous…nous n'avons pas beaucoup de temps mon coeur… reprit Paul d'une voix qui se voulait rassurante, sans arriver à dissimuler sa douleur.

Se laissant envahir par ses émotions, Lucas avait oublié un instant sa mission. Il n'avait jamais été aussi ouvert sur ses sentiments. Lui qui s'était laissé se refermer au fil des années depuis la perte de Paul. Cette deuxième chance qu'on leur offrait avait débloqué en lui une toute nouvelle facette de sa personnalité et de sa sensibilité. Tous ces mots, Paul les avait attendus pendant toute leur relation. L'amour de Lucas pour Paul était indéniable, mais trop souvent représenté par des gestes, des attentions. Les mots rassurants étaient rares. Depuis son rêve, Paul était très ému. Lui aussi mourait d'envie d'ouvrir les yeux pour partager l'intensité de leurs retrouvailles. Il avait presque l'impression de sentir la chaleur des mains de Lucas sur son visage. De petites décharges électriques traversaient son corps jusque dans son rêve. Il aurait voulu figer ce moment pour toujours et ne jamais avoir à mettre son plan à exécution. Un plan qu'il n'avait pas eu la force de partager entièrement avec Lucas.

Soudain un bruit résonna dans le couloir. Il parcourut d'une pensée toutes les caméras du bâtiment. David était en train de frapper sur la double porte vitrée comme un malade pour appeler les trois médecins et leur ordonner de venir lui ouvrir.

– Que quelqu'un nous ouvre putain de merde ! Ouvrez-moi cette putain de porte !

Un des infirmiers courut dans sa direction et passa son badge sur la porte. David et ses gorilles dévalèrent le couloir jusqu'à la chambre de Paul.

– Ouvrez-moi cette porte, hurla-t-il à nouveau aux médecins qui le regardaient avec effroi, choqués par son comportement.

– On ne peut pas Monsieur, c'est fermé de l'intérieur, on a essayé de l'arrêter mais…

– Bande d'incapables ! Je vais me débrouiller tout seul, je ne suis entouré que d'imbéciles !

David avait complètement vrillé. Il se mit alors à frapper avec acharnement contre la vitre, regardant Lucas et lui ordonnant de s'arrêter. David savait exactement ce que Paul voulait faire et il ne pouvait pas le laisser. Il allait détruire tout ce qu'il avait créé. Détruire ses rêves fanatiques d'avenir utopique. Il attrapa un siège et se mit à le frapper de toutes ses forces contre le verre de la porte. Des petits éclats apparaissaient petit à petit. Elle n'allait pas craquer de sitôt, mais ils devaient tout de même se dépêcher.

– Paul ! Je sais que tu m'entends ! Ne fais pas le con putain ! hurla-t-il, désespéré.

– Merde, on fait quoi maintenant ? demanda Lucas espérant que Paul lui explique comment il comptait le faire sortir de son coma artificiel et s'enfuir. C'est quoi la suite du plan dis-moi.

Paul prit un instant.

– Tu sais, je n'ai jamais cessé de t'aimer Lucas. Si j'ai tenu toutes ces années, dans cette spirale infernale dans laquelle je me suis enfermé, c'était pour toi, pour nous. Je n'ai jamais cessé de penser à toi, et jamais je ne cesserai non plus. Chaque jour où je m'éloignais un peu plus de toi, je mourrais d'envie de te faire partager ma souffrance. T'expliquer pourquoi. Mais je devais te protéger, peu importe le prix. Par amour pour toi, j'ai sacrifié nos sentiments.

Sa voix était calme, posée, réfléchie. Ces mots, ils étaient préparés. Il connaissait la suite, son destin était tracé.

– De .. de quoi ? Non mais de quoi tu me parles chéri ? reprit Lucas tremblant.

Lucas faisait mine de ne pas comprendre les intentions de Paul. Le déni. Depuis qu'il était monté à bord du taxi, il avait senti que l'espoir qu'il nourrissait de le retrouver s'amoindrissait plus il se rapprochait physiquement de lui. Il connaissait Paul par cœur. Il savait quand il lui mentait, pour le ménager, le protéger. Il avait espéré se tromper, mais au fond de lui, il savait.

– Nous ne pouvons pas me sauver, et tu le sais. Tu as le pouvoir d'achever ce que je n'ai pas réussi à terminer. Tu peux stopper cette technologie et stopper David. Tu peux empêcher des millions de personnes de souffrir de la mégalomanie de son inventeur. J'aurais dû agir plus tôt, trouver une solution quand il en était encore temps. J'aurais dû être plus fort, comme Björn. J'aurais dû te parler et te demander de l'aide. Mais notre moment, c'est maintenant. Seul toi peux nous sauver. J'ai glissé un programme dans ton écran. Une sorte de virus. Il te suffit de le déposer près de ma joue vers la petite oreillette que j'ai. Il se téléchargera automatiquement et tout sera alors terminé. Nous aurons gagné. W.A.Y.S. sera complètement détruit. Tu n'as rien à craindre, ni toi, ni ma mère. Je n'ai pas su t'aimer comme tu l'attendais, mais je vais te sauver, je te le promets.

Lucas n'entendait plus les bruits sourds de David et de ses gorilles qui frappaient et hurlaient contre la fenêtre de la chambre. Il n'entendait rien d'autre que les mots de Paul. Ils étaient dans une bulle. Il regardait son visage, qui paraissait de plus en plus paisible et serein.

– Mais… ce virus… si je le mets ?

– Oui… lui répondit Paul très calmement.

– Non, mon amour non, je ne veux pas. Je ne veux pas te laisser partir, il y a forcément un autre moyen, je t'en supplie, ne m'abandonne pas, ne pars pas, pas encore une fois. Paul s'il te plaît… On a toutes les preuves maintenant, on peut écrire à la presse, les envoyer à la police, ils nous croiront.

– Crois-moi, si c'était aussi facile que ça, je l'aurais fait il y a bien longtemps. David contrôle tout et tout le monde. Rien ne peut l'arrêter, sauf à le détruire de l'intérieur. Si nous ne faisons rien maintenant, nous ne sortirons pas vivants de ce bâtiment. C'est trop tard. Il s'en prendra aussi à ma mère, il remontera même à Sam, à tes parents. C'est notre seule option.

Il laissa quelques secondes à Lucas.

– Sois fort mon amour. Tu seras libéré de moi à présent. Vis ta vie pleinement, retombe amoureux, construis la famille que nous aurions eue ensemble. Prends soin des tiens, de ma mère. Vivez votre vie. Pensez à moi, mais je t'en prie, avancez. On se reverra j'en suis persuadé.

Lucas n'arrivait pas à y croire. Comment l'univers pouvait être aussi cruel et lui faire vivre son départ une seconde fois. Anéanti, psychologiquement épuisé, il s'allongea aux côtés de Paul, déposa sa tête contre son corps et le serra de toutes ses forces dans ses bras pour gagner quelques secondes de vie à deux.

7 décembre 2034

Quelque part

Depuis des années maintenant, chaque soir, Paul lâchait le clavier de l'ordinateur sur lequel il était en train de travailler. Il était toujours seul au milieu de ce bureau sans mur, sans limites. Il poussa un peu le fauteuil de son bureau et s'assit bien confortablement dedans en repoussant le dossier en arrière. Il  ferma les yeux quelques instants et lança la mélodie. Comme la toute première fois qu'il l'avait écoutée, une décharge électrique le traversa. Il connaissait par cœur le voyage à présent. Il fut transporté en dehors de son corps et franchit les fameux trois niveaux de monde. Il tentait de décrire comme il pouvait ce qu'il ressentait : son bureau, son inconscient et le monde de Lucas. Cette mélodie, cette clé de connexion, lui avait donné accès à un univers parallèle. Il avait bien évidemment tenté de lancer le programme à d'autres moments de la journée, mais rien à faire. Il était programmé pour ne fonctionner que sur le temps des couchers de soleil.

Chaque soirée était différente. Les couleurs, le son des vagues. Il n'était pas seul face à cet océan de couleur. Enfin il ne se sentait pas seul. Lucas était là. Il ne savait pas expliquer comment, mais il sentait sa présence. Parfois il avait même l'impression de le voir, de dos face à l'océan. À ses côtés, il partageait ce moment qui les liait pour l'éternité. Il se sentait bien, tout lui paraissait normal. Il redécouvrait des sensations oubliées. Il avait l'impression de vivre pour quelque chose, pour quelqu'un. Et ce d'une simple pensée.

Lancer ce morceau .mp3 "*Lights in a Windy*

Night" pour se connecter à son rituel avec Lucas était le plus beau moment de sa journée. Sa mission n'avait plus vraiment d'intérêt, il ne travaillait presque plus dessus. Dans le monde réel, David voyait que quelque chose d'anormal se passait. Ils avaient beau stimuler Paul de toutes les façons qu'ils pouvaient, rien ne changeait. C'était comme si Paul avait pris le contrôle sur W.A.Y.S. et ne répondait plus que de ses propres choix. Il restait moins d'un mois avant le lancement et le code n'était toujours pas finalisé. David n'était pas sûr de ce qui se passait, et espérait se tromper. Il envoya une équipe à New York pour observer sa mère. Avait-elle parlé à quelqu'un ? Il fallait agir, et vite, avant qu'ils ne perdent complètement le contrôle de Paul.

Ce soir-là, il restait à Paul encore quelques minutes à profiter de ce doux moment. Comme s'il admirait le spectacle pour la première fois, à travers le viseur d'une caméra, les images défilaient clairement. Quand soudain, la caméra tourna. L'océan disparut soudainement de son champ de vision. C'était la première fois que cela lui arrivait. Il ne comprenait pas ce qui se passait. Pourtant le spectacle était loin d'être terminé, il n'en était même pas à la moitié ! La caméra tournait encore. Que se passait-il ? Il devait faire quelque chose et vite. Si Lucas était là, il pourrait l'aider. Il devait absolument trouver un moyen d'attirer son attention. Que faire ? Il réfléchit, comme une machine à pleine vitesse. Comme un programme. Il pensa à ce qu'il aurait aimé faire, s'il avait été physiquement là. Des lignes de code se mélangèrent alors aux images qu'il voyait et à ses pensées. Comme un ordinateur, une première commande s'exécuta. Il réussit à activer un flash de lumière depuis la maison. Peut-être cela attirerait son attention ? C'était la lumière de la cuisine ou de la terrasse de la maison de Lucas. Il ne savait pas comment il avait fait, mais il avait réussi à augmenter la luminosité à son maximum. Il espérait que cela fonctionne. Le soleil continuait de descendre et la mélodie allait bientôt s'arrêter et le ramener à son monde virtuel. Rien à faire ! La caméra continuait de se détourner de l'horizon. Il sentait qu'il perdait Lucas petit à petit. Il criait dans son rêve son prénom

« Lucas, Lucas, reviens, retourne-toi » mais rien ne se passait. Soudain, un sentiment le traversa, qu'aucune machine n'aurait pu comprendre. La peur. La peur de perdre son amant. Il déclencha à nouveau une ligne de code face à lui. Cela ressemblait à la matrice. Il comprit à cet instant qu'il pouvait interagir sur ce qu'il voyait, et exécuter ce à quoi il pensait. Sans vraiment comprendre comment, il réussit à obtenir les coordonnées et l'adresse IP du téléphone de Lucas. Peut-être arriverait-il à l'appeler ? Étrangement, cela ne lui paraissait plus si compliqué.

Quelques secondes de concentration lui suffirent, et il entendit une tonalité.

Puis la tonalité se transforma en un son.

Le son rassurant et apaisant des vagues qui frappaient le sable. Ce son, il le connaissait très bien, c'était celui de chez lui, de chez eux à Biscarrosse. Il fallait qu'il lui dise qu'il était là, qu'il ne devait pas abandonner leur rituel.

« Attends, reste avec moi, attends retourne-toi .. » cria-t-il en vain à Lucas.

Il ne lui restait que 2 peut-être 3 secondes avant que la connexion ne s'interrompe. Sans pouvoir se l'expliquer, le bruit des vagues disparut soudainement. Paul avait réussi à se connecter au téléphone de Lucas. Son envie, puis sa pensée, avait craqué le code. C'était son unique chance de lui dire qu'il était là. Paul finit alors sa phrase et Lucas n'eut que le temps d'entendre ses trois derniers mots.

« … ne pars pas ! ».

24 décembre 2034,

Dans la chambre de Paul, 3ème sous-sol, TPA, Melbourne, Australie

Lucas était allongé le long du corps de Paul. Depuis le casque, Paul continuait de lui parler pour le rassurer. Sa voix était étrangement sereine. Mais Lucas ne l'écoutait pas. Il se refusait de l'écouter. Il déposa sa tête contre son cœur qu'il entendait battre et qui résonnait dans tout son corps. Il s'imprégna de son odeur, du grain de sa peau, de ses pulsations. Une musique qu'il ne voulait pas voir disparaître à tout jamais. Il déposa ses lèvres sur les siennes. Il avait presque l'impression que Paul lui renvoyait son baiser. Une larme glissa le long de sa joue pour terminer au creux de sa bouche. Le battement de son propre cœur commençait à ralentir.

La fenêtre à côté d'eux était sur le point de se briser. Il ne savait pas depuis combien de temps David frappait contre la porte, et il s'en moquait. Il n'entendait pas les coups, ni les cris. Après le choc, puis les pleurs, les larmes s'étaient finalement dissipées. Lucas était maintenant apaisé. Peu à peu il comprenait. Sentant le corps de Paul, il savait que même s'il se réveillait, il ne serait plus le Paul d'avant. Les séquelles de son coma étaient très certainement irréversibles. Alors, d'une voix plus apaisée, Lucas qui tenait la joue de Paul dans le creux de sa main, lui dit :

– Depuis 3 ans, tous les soirs, je t'attendais. Ce coucher du soleil, il réchauffait mon corps et mon cœur comme si tu étais là et que tu me prenais dans tes bras. Je suis si heureux de t'avoir eu dans ma vie. Pour toujours je t'aimerai mon Paul.

De son rêve, Paul était soulagé de l'entendre dire ça. Ce qui le faisait le plus souffrir, c'était de s'imaginer que Lucas ne se remette pas de sa disparition. Il était si beau, si talentueux, si jeune, il avait encore tout à vivre. Paul avait accepté que la suite de son histoire ne serait pas avec lui, mais il était si heureux d'imaginer Lucas continuer de s'accomplir et de vivre. Il eut un léger sourire et une larme coula sur son corps endormi. Lucas posa son front contre le sien, ferma les yeux un instant, puis nicha sa tête dans le creux de son cou, et tout en lui disant « je t'aime », de sa main, il frôla son oreille.

En une fraction de seconde, l'écran qu'il tenait du bout de ses doigts diffusa le virus dans le système W.A.Y.S. auquel Paul était connecté. Voyant le geste de Lucas, David hurla. Il sortit un pistolet et se mit à tirer sur la vitre qui se brisa sous les coups de feu. Mais il était trop tard.

L'intégralité du bâtiment sombra dans l'obscurité. Le virus avait déclenché une coupure de courant générale et intégralement effacé tous les serveurs de TPA.

Paul et Lucas étaient enlacés, seuls, dans le noir. Les battements de cœur de Paul commençaient à s'espacer de plus en plus. Lucas embrassa son corps vivant une dernière fois et lui dit :

– Le monde saura ce que tu as accompli. Maintenant, tu peux partir mon amour.

Alors, dans son monde virtuel, Paul ferma les yeux. Et sous les doux mots d'amour de Lucas, il s'envola dans un flash de couleurs et de lumières, encore plus beaux que tous les couchers de soleil qu'il avait pu vivre ces dernières années.

10 ANS PLUS TARD

13 mars 2044,

New York, USA

Le soleil se levait doucement sur la *skyline* New Yorkaise. La lumière se reflétait contre le verre des hautes tours pour se décupler tel un prisme partout dans la ville. Lucas qui ouvrait doucement les yeux, regardait par sa large fenêtre. Il était toujours autant émerveillé par ces levers de soleil. C'était devenu le plus beau moment de sa journée. Il aimait ces couleurs froides qui laissaient peu à peu la place à la chaleur du jour et de la vie.

Son fil d'actualité s'afficha tel un filigrane digital sur la partie droite de la vitre de la fenêtre. Cela ne gâchait en rien le paysage qu'il contemplait. D'un geste, il passa la reconstitution vidéo journalière de ses proches. Une sorte de mini-film créé par son intelligence artificielle qui lui permettait, comme un spectateur au cinéma, de visionner les moments marquants des dernières 24h de ses amis et de sa famille. Il demanda à voir ses notifications personnelles. Quelques messages de ses proches, particulièrement de ses parents, défilaient sous ses yeux, mélangés à la *skyline*, aux arbres et au soleil qui se levait. Sa

246

mère lui demandait de re-confirmer pour la troisième fois sa venue au mariage de sa soeur la semaine suivante. Le destin avait bien fait les choses. Tel que Lucas aimait en rire, sa Mathou s'était finalement laissée séduire par un jeune client régulier de sa boutique. Il avait su conquérir le coeur et apprivoiser sa personnalité. C'était une occasion de rentrer à Paris qu'il attendait avec impatience. Il reverrait également Léa. Comme pour Biscarrosse, elle n'avait pas perdu ses habitudes et profitait maintenant sans gène de son pied-à-terre de Brooklyn. Même s'ils se voyaient assez souvent, le temps entre chaque retrouvaille paraissait avoir été une éternité.

Tandis que Lucas finissait de se préparer, le fil d'actualité continuait de se dérouler sur le miroir de sa salle de bain face à lui. Une voix lui présentait les dernières informations, accompagnées d'images qui se mélangeaient à son reflet dans le miroir.

« La maire de New-York tiendra ce matin une conférence suite à l'élection de la ville en tant qu'ambassadrice du futur demi-siècle. À partir de 2050, New-York assurera un rôle politique clé de facilitateur mondial. La transformation écologique des nouvelles puissances économiques africaines et l'inclusion technologique seront les sujets clés de cette mission. »

« Les États-Unis d'Afrique viennent d'annoncer le premier programme humanoïde planétaire. En 2036, ils avaient déjà été le premier regroupement économique et politique de pays à investir dans la recherche humanoïde. Le projet, présenté hier après-midi par son conseil présidentiel, implique notamment le sujet de la duplication mémorielle humaine et de sa digitalisation. Une avancée technologique et scientifique majeure qui permettra notamment de contourner le destin d'hommes, femmes et non-genres touchés par certaines maladies encore mortelles ou par des séquelles physiques irréversibles. Co-développé par la compagnie africaine Replikka, l'objectif final sera de pouvoir transférer des sujets mortels dans des reproductions robotiques augmentées. Cette annonce a créé de nombreuses réactions partout dans le monde, notamment par les mouvements extrémistes pro-humain. »

« L'équipe de e-baseball de New York a battu hier après-midi l'équipe de Sao Paolo lors d'un match en réalité virtuelle diffusé au stade … »

Lucas demanda à son intelligence artificielle d'arrêter la diffusion des informations. Il enfila une veste légère, attrapa son sac et quitta son appartement. Sa voisine sortit au même instant de chez elle. Alors qu'il la saluait et discutait rapidement avec elle, le flash info qu'il venait d'entendre se rejoua dans sa tête. Un jour peut-être, il ne serait même plus en mesure de différencier de vrais êtres humains d'humanoïdes Replikka se dit-il.

Comme chaque matin, Lucas passa dire bonjour à ses équipes. Il vivait à seulement quelques rues de sa dernière pâtisserie qu'il avait ouverte 5 ans plus tôt à Williamsburg, un quartier très branché et artiste de Brooklyn. Son entreprise se portait extrêmement bien. C'était devenu en quelques mois seulement un repère incontournable du quartier où hipsters et juifs hassidiques libéraux aimaient se retrouver et se mélanger. Elle fonctionnait si bien, qu'après Biscarosse et New York, il travaillait maintenant sur un projet à Melbourne. Tous les lieux qui lui rappelaient son histoire et sa folle aventure avec Paul. C'était sa façon d'honorer sa mémoire et que Paul reste à jamais une partie de lui.

Elizabeth était décédée juste avant qu'il n'ouvre sa boutique. Après toute l'histoire avec Paul, elle et lui avaient retrouvé leur complicité d'autrefois. Elle l'avait aidé à s'installer aux États-Unis, l'avait accueilli plusieurs mois chez elle avant qu'il ne déniche son propre appartement. C'était même elle qui l'avait poussé à se lancer et qui l'avait aidé à trouver le lieu pour installer son entreprise. Ayant passé toute sa vie à Brooklyn,

Elizabeth connaissait tout le monde et tout le monde la connaissait. Il ne lui avait pas été difficile de décrocher une des plus belles adresses de Williamsburg pour y faire naître sa pâtisserie. Lucas l'avait soutenue jusqu'à la fin comme un fils l'aurait fait. Elle voyait en lui la même lumière qu'elle voyait autrefois en Paul et grâce à lui était partie en paix.

Ce matin-là, Lucas ne resta pas à la pâtisserie. Il but un café avec ses employés, discuta rapidement des objectifs de la journée et des principales commandes à préparer et s'en alla. Il était en effet attendu à un événement très particulier. Un événement dont il était l'invité d'honneur. Une invitation qu'il avait reçue des mois plus tôt et à laquelle il avait mis très longtemps à répondre. Avec le temps, il avait réussi à se reconstruire et à avancer. Il avait retrouvé son énergie et la mettait à contribution de sa créativité et en nourrissait sa passion. Son passé ferait toujours partie de son présent et il était en paix avec, mais pour autant, cet honneur qu'on lui faisait semblait au-dessus de ses forces.

Après la mort de Paul, et la destruction du système W.A.Y.S. 10 ans auparavant, TPA avait été dédouané de toute responsabilité quant au travail de David et de ses équipes. L'enquête avait en effet démontré que les entités W.A.Y.S. et TPA étaient complètement détachées. Cette mission secrète, David l'avait menée dans l'ombre de TPA et de son co-CEO. Suite au scandale de Noël 2034, David ne travaillait évidemment plus là-bas. D'ailleurs il ne travaillait plus nulle part. Il n'avait pas été prononcé coupable de la mort de Paul, ni même d'homicide involontaire, n'étant pas allé au bout de son projet et ayant suffisamment de preuves limitant plus au moins sa responsabilité. David s'en était sorti indemne mais pauvre, ayant en effet dilapidé toute sa fortune dans les meilleurs avocats. Lucas, furieux de ce verdict final, avait mené David en justice à titre personnel. Il comptait par tous les moyens le faire payer pour tout ce qu'il avait fait, à Paul mais aussi à son collègue et ami Björn oublié dans l'enquête initiale. Une nouvelle enquête avait été ouverte. La justice investiguait à présent pour trouver un lien entre la mort de Björn et David. Une affaire bien avancée qui allait très certainement permettre d'inculper David.

TPA s'était excusé maintes et maintes fois auprès des proches de Paul en premier, et du public via la presse de ce qui s'était passé. Ils avaient dévoilé sans aucun filtre le projet mégalomane de David et de son équipe. Paradoxalement salué par la critique scientifique, le projet n'avait pas été totalement avorté. Les plus grands ingénieurs avaient déclaré, en se donnant le temps qu'il faudrait pour réaliser les tests les plus complets, qu'ils souhaitaient reprendre le projet si TPA le finançait. Autorisé par la justice et le tribunal technologique international, TPA avait accepté et ouvert une nouvelle entité dédiée à ce projet. Nous voici 10 ans plus tard, quelques heures avant la conférence d'annonce du lancement d'une nouvelle technologie révolutionnaire. Et Lucas était leur invité d'honneur.

– Lucas ? Lucas ? Par ici Lucas, l'interpella une voix.

Lucas y était allé à reculons. Il se trouvait devant l'entrée de The Shed, dans l'Ouest New Yorkais. Les choses avaient été faites en grand pour l'occasion. Une occasion unique, un moment historique pour TPA et une nouvelle étape technologique pour l'humanité. Une nouvelle avancée dépassant tout ce qui avait été fait jusqu'à maintenant allait enfin être dévoilée.

– Merci d'être venu, merci énormément. Pour être franc, je ne pensais pas que vous viendriez. N'ayant pas eu de réponse de votre part nous…enfin bref vous êtes là, merci, lui dit un jeune homme en costume qui semblait parfaitement savoir qui il était alors que lui n'en avait absolument pas la moindre idée.

– Dites-moi comment cela va se passer et ce que je dois faire, répondit Lucas hésitant.

– Bien entendu, c'est très simple Mr Guillot. Dans 15-20 minutes nous allons vous appeler sur scène. Nous allons commencer par vous présenter, en dire un peu plus sur qui vous êtes, ce que vous faites à New York bla bla bla et ensuite nous allons raconter votre histoire. Votre histoire et celle de Paul. Je vous rassure, nous n'exposerons pas en détail votre intimité. Nous souhaitons juste rappeler en quelques mots ce qui s'est passé. Ensuite, et j'espère que vous avez bien pu prendre connaissance des documents que nous vous avons fait parvenir avant la conférence, nous allons lancer notre nouvelle application. Ma collègue s'avancera vers vous et vous remettra un appareil à placer à côté de votre oreille. En hommage à votre histoire, à votre mari Paul, nous aimerions que vous soyez en direct le premier utilisateur « grand public » de notre technologie.

Lucas avait du mal à se concentrer sur ce que l'homme en costume lui expliquait. Alors qu'il déroulait son discours préparé, un homme arrangeait ses cheveux et sa tenue, un autre le maquillait et une technicienne lui installait une puce dans le cou qui servait certainement de micro. Il comprit qu'il devrait monter sur scène et, comme un ruban rouge qu'on coupe avec un ciseau lors d'une grande cérémonie d'inauguration, il devrait lancer un programme développé par TPA. Bien entendu, et malgré les relances de son intelligence artificielle personnelle, il n'avait rien lu de toute la paperasse qu'il avait reçue.

– Et je vous invite à accueillir sur scène le célèbre pâtissier et notre invité d'honneur aujourd'hui, Lucas Guillot.

Une assemblée applaudissait dans la salle. L'homme en costume fit signe à Lucas qu'il devait à présent monter sur scène. « Qu'est-ce que je fous là » se demanda-t-il alors qu'il montait les quelques marches qui l'amenaient sous les projecteurs. Il faisait face à des centaines de personnes présentes dans la salle et des écrans au-dessus affichaient quelques milliers de visages supplémentaires.

– Lucas, un grand merci d'avoir accepté notre invitation. Nous sommes très heureux de vous avoir parmi nous aujourd'hui. C'est un immense honneur, mesdames et messieurs, merci pour vos applaudissements.

Lucas avait la sensation d'être un héros de guerre. Les shows américains étaient toujours autant exagérés.

– Lucas, il y a 10 ans, la presse ne parlait que de vous. De vous et de votre compagnon, Paul. Vous avez évité à vous deux un des plus grands drames technologiques qu'aurait pu connaître notre monde. Une sorte de pandémie digitale et technologique dont personne n'avait conscience de l'ampleur et des potentiels dégâts. Les études montrent aujourd'hui que si vous n'aviez pas empêché son lancement, des millions, je dis bien des millions d'utilisateurs seraient, 5 ans plus tard à peine, invalides, plongés dans des comas ou autre ! Et ce geste héroïque que vous avez fait, vous et Paul, nous le saluons aujourd'hui. Mesdames, Messieurs, Non-genrés, je vous propose de réaliser une minute de silence en la mémoire de Paul Adam.

La lumière dans la salle s'assombrit. Tous les objets connectés à moins de 250 mètres furent automatiquement brouillés, et l'assemblée face à lui baissa la tête en commémoration de Paul. Lucas n'avait jamais vraiment pris conscience de l'ampleur du sacrifice de Paul. Pour lui, il avait perdu son histoire, son passé, son amant et son futur. Ce geste, ce virus qu'ils avaient déployés dans W.A.Y.S., avait agi comme acte libérateur pour Paul, dont la vie était malheureusement déjà condamnée. Il était conscient que W.A.Y.S. n'aurait jamais dû voir le jour, mais pour autant il ne s'attribuait pas le mérite d'avoir sauvé autant de vies.

– Merci, reprit le présentateur, merci à tous. Lucas, 10 ans ont passé. TPA et les plus grands scientifiques, sous la surveillance des autorités des plus grands états de notre monde actuel, ont continué de travailler sur le rêve qu'était W.A.Y.S.. « *Work As You Sleep* ». Souvenez-vous, vous qui nous regardez aujourd'hui, une promesse utopique. La promesse de pouvoir profiter de son quotidien sans plus jamais se soucier du travail. Profiter de sa liberté, de sa vie, en continuant de développer une carrière ambitieuse. Une promesse qui ne pouvait être tenue, le sommeil réparateur devant être préservé pour la survie de la santé de notre humanité. Vous connaissez parfaitement l'histoire. Mais, cette idée n'a pas été totalement abandonnée. Et si le bon raisonnement n'était pas de rentabiliser le sommeil mais de simplement augmenter et accélérer considérablement notre productivité éveillée ? Et si notre mission, grâce à la technologie, était d'aller encore plus loin dans l'automatisation de tout ce que nous souhaitons faire. Vous avez une idée ? Vous pensez à quelque chose ? Nous vous promettons que cela, par la machine, va se réaliser. L'homme détient le contrôle sur le robot et sur le code. L'homme reste à l'origine de l'invention, la machine sous-traite tous ses moindres désirs, ou plutôt devrais-je dire, toutes ses moindres pensées. Et Paul Adam est à l'origine de ce nouveau projet. En explorant les archives de W.A.Y.S. nous avons réussi à en extraire une racine qui a survécu au virus. Un programme que Paul Adam a lui-même conçu et que nous avons repris et continué de développer. Dans le respect le plus complet de son œuvre. Mesdames et messieurs je vous présente aujourd'hui notre nouveau produit révolutionnaire : P-A-U-L. : « *Productive As You Live.* »

À cet instant, Lucas regretta de ne pas avoir lu les papiers que TPA avait joints à l'invitation. P.A.U.L.. Ils avaient appelé le successeur de W.A.Y.S. : P.A.U.L. et c'était son Paul qui l'avait développé. Il n'en revenait pas. Le coeur de son application SUNSET et tout ce qui avait été codé par la suite de leur aventure reprenait vie aujourd'hui. Il était tétanisé. Sous le choc, mais en même temps extrêmement fier. Un sourire s'installa sur son visage face aux centaines de spectateurs. C'était effectivement un merveilleux hommage qui lui faisait chaud au cœur. Il pensa évidemment à la mère de Paul. Il aurait tant aimé qu'Elizabeth soit avec lui à cet instant. Elle plus que n'importe qui aurait apprécié ce geste de TPA. Savoir son fils devenu un héros mondial. Voir son image redorée pour toujours. Le présentateur avait continué de parler, avec son ton d'animateur de jeu télévisé, jouant entre émotion et suspense dramatique, mais Lucas n'écoutait plus rien. Jusqu'au moment où il entendit son prénom.

– Lucas, c'est donc avec beaucoup d'émotion que nous allons vous remettre le premier appareil PAUL. Une fois connecté, nous vous demanderons de penser à quelque chose, n'importe quoi. Cela peut avoir un lien avec votre travail, une envie personnelle, un voyage, un projet. L'écran posé sur la table à votre droite est connecté à l'appareil. Alors, PAUL prendra le relais sur votre pensée, l'analysera et la traitera en votre nom.

Lucas n'était pas certain de comprendre ce qui allait se passer, mais il savait exactement ce à quoi il allait penser. Il avait une idée de recette depuis un moment. Une recette extrêmement complexe à réaliser. Il l'avait tentée plusieurs fois sans succès, les dosages devaient être faux ou sa façon de travailler la matière inadaptée. Malgré toutes les recherches qu'il avait faites, il n'avait pas réussi à trouver la solution. Bref, il poserait alors cette colle à P.A.U.L.. Il trouvait la situation assez cocasse dans le fond. Il avait l'impression qu'ils allaient travailler à nouveau ensemble, lui et Paul qui autrefois aimait tant endosser le rôle de testeur de toutes ses idées culinaires. L'homme en costume s'avança vers lui. On venait de lui remettre un plateau noir sur lequel une petite puce qui clignotait en jaune, était posée. Lucas la saisit. Il ne savait pas où il devait la placer. L'homme en costume lui prit alors l'objet des mains et le colla sur sa tempe droite. L'application face à lui s'initia automatiquement. Une barre de connexion s'afficha sur l'écran jusqu'à atteindre 100%. Le clignotement jaune devint alors une lumière vive verte continue. En une fraction de seconde, Lucas eut l'impression que son cerveau venait d'être entièrement scanné. Il eut une sensation de tournis, mais cela lui passa rapidement. Il avait cependant maintenant l'impression de ne plus être seul.

- Lucas, vous êtes à présent connecté au système, vous pouvez lancer le test.

La foule devant lui ne disait plus un seul mot. La lumière de la salle avait volontairement été tamisée pour augmenter l'effet de mise en scène. Tout le monde retenait son souffle. Les spectateurs fixaient tous l'écran holographique géant derrière Lucas, attendant de voir le résultat de cette première connexion. Personne ne savait exactement à quoi s'attendre. TPA avait fait les choses en grand, rien n'avait fuité. Lucas se concentra quelques instants. Il se parla à lui même, dans sa tête. Comme s'il était face à une page de recherche, il posa sa problématique de recette de gâteau, poblématique qu'il avait déjà tenté de résoudre de nombreuses fois, sans résultat. Alors qu'il décomposait son problème, ses différents tests et échecs, une voix s'adressa à lui.

Lucas ouvrit immédiatement les yeux sous le choc. Les spectateurs ainsi que l'animateur avaient tous leurs regards fixés sur lui, impatients de connaître son expérience.

- Lucas ? Tout va bien ? Dîtes ce que vous ressentez là tout de suite, lui dit le présentateur qui tentait d'animer au mieux cette scène historique.

Dans sa tête, la voix continuait de lui parler. Lucas n'en revenait pas. Cette voix c'était sa voix. C'était celle de Paul. Les spectateurs face à lui s'impatientaient de comprendre ce qui se passait. Lucas sourit et une larme coula le long de sa joue.

Paul serait à jamais maintenant à ses côtés pour l'aider, lui, ainsi que des millions d'autres utilisateurs à travers le monde. Le futur de l'intelligence artificielle était entre les meilleures mains. Celles d'un bel américain qui plus de 20 ans auparavant avait conquis son coeur au 4ème étage d'un appartement de la rue Rollin avant de changer sa vie à jamais.

FIN

FLORIAN PARENT

NE PARS PAS

À PROPOS DE L'AUTEUR

Florian Parent est un jeune écrivain Parisien de 34 ans. Il a débuté l'écriture pendant le confinement de 2020. Inspiré de sa propre expérience et enrichie par ses passions, il a sorti en auto-publication son premier roman intitulé « *Retrouve-moi ce soir (Le rêve de Lior et Julian)* ». Une histoire d'amour pendant le confinement ou l'on suit l'histoire d'un jeune garçon, Lior, dans une folle aventure amoureuse à travers ses rêves.

Il se lance aujourd'hui dans une nouvelle aventure littéraire d'un nouveau genre avec « *Ne Pars Pas.* ».

« Je m'en souviens parfaitement. C'était l'été 2020. J'étais en vacances en Grèce sur l'île de Kos avec mes meilleurs amis François, Ivan et Romain. On s'apprêtait à aller dîner chez Oromedon, un petit restaurant que l'on adore dans les hauteurs de l'île, mais avant ça, comme tous les soirs, on regardait le coucher de soleil qui touchait de ses derniers rayons les terres de la Turquie en face de nous. C'était quelques semaines avant que je ne publie RMCS. Alors que l'histoire de Lior et Julian occupait 99% de mes pensées, à cet instant précis, face à la mer, je me suis tourné vers mes potes et je leur ai dit :

Je viens d'avoir une (nouvelle) idée de scénario de film. Ce serait l'histoire d'un couple qui vivrait chacun à l'opposé l'un de l'autre sur la terre. Par exemple, un à New York et l'autre à Melbourne. Et chaque soir pour l'un / matin pour l'autre, ils s'appelleraient pour partager le coucher / lever du soleil. Ce serait leur rituel. Jusqu'au jour où un soir / un matin, alors qu'ils regardent à travers leur iPhone en FaceTime le soleil se coucher / se lever, soudain il reste bloqué. Le monde s'est arrêté de tourner. » Nous sommes partis dîner juste après, mais l'idée était gravée dans un coin de ma tête.

Puis je suis rentré de vacances. Je me suis consacré pendant plusieurs mois intégralement à la sortie de RMCS, mais je n'ai jamais oublié cette histoire. Je l'ai laissée mûrir doucement alors qu'à côté de ça je continuais d'écrire de nouveaux chapitres de RMCS, de le sortir en livre papier, d'écrire des fins alternatives et finalement changer même la couverture du livre ! Mais pour autant elle était toujours là. C'était l'idée de départ. Puis, en décembre 2020 pendant les vacances de Noël, j'ai décidé de me remettre à l'écriture. RMCS avait vraiment déclenché en moi une nouvelle passion qu'il me tardait d'assouvir à nouveau. RMCS n'était que le début de cette nouvelle aventure. J'ai commencé par faire des recherches sur internet. Il s'est avéré que si la terre s'arrêtait, nous n'aurions malheureusement pas beaucoup de secondes à vivre. Difficile donc d'en tirer le fil d'une histoire pour ces deux personnages. Mais je voulais écrire une autre histoire, j'étais déterminé, et je savais que j'avais la trame de départ.

Avec NPP j'ai tout d'abord cherché à continuer sur un style de romance gay, comme pour RMCS. Il est important pour moi que la communauté LGBTQIA+ soit au coeur de l'histoire, sans pour autant proposer une oeuvre communautaire. Quand j'en parle autour de moi, j'aime prendre l'exemple du cinéma ou de la télévision. Aujourd'hui quand on regarde un film ou une série, peu importe le style, à 95% du temps ce sont des contenus hétéro-normés. Et cela ne dérange pas. Au contraire, moi le premier, j'arrive sans difficulté à m'identifier à l'histoire et me projeter à ma façon dans les personnages et les scènes. Ce que je souhaite faire avec mes romans, c'est apporter une littérature LGBTQIA+ inclusive où tout le monde peut s'identifier aux personnages, à leur histoire, leurs questionnements et ce qu'ils vivent. Ce n'est pas la sexualité qui prône sur le contenu.

Ensuite, cette histoire de coucher de soleil a beaucoup évolué dans ma tête au fil des mois. Je voulais qu'elle fasse partie de mon histoire et qu'elle me permette de développer un nouveau genre. Dans RMCS je m'attarde beaucoup plus sur la psychologie du personnage principal et de ses amis. J'ai travaillé, à travers notamment mon expérience personnelle, toutes ces phases d'interrogation que nous traversons dans notre vie pour nous construire. Derrière une romance entre rêve et réalité, j'ai voulu traiter de nombreux sujets que les jeunes célibataires vivent aujourd'hui, qu'ils soient hétéros ou gays, certains plus difficilement que d'autres. Dans NPP je n'ai pas voulu refaire le même exercice. J'avais envie de me développer sur un autre style d'écriture. La science-fiction dans les films m'a toujours passionné. J'ai cherché ici à me l'approprier et la mélanger à la romance. Imaginer un monde futuriste, m'amuser avec l'intelligence artificielle, inventer de futures technologies et actualités, le tout sous un fond d'histoire d'amour, a été une pure partie de plaisir. J'ai voulu fortement accentuer le rythme de l'histoire en ajoutant ce côté course-poursuite à la limite du thriller sur la deuxième partie. J'ai toujours aimé ça, ce sont les films qui me tiennent le plus en haleine. J'aime m'imaginer les lecteurs dévorant les pages pour connaître la fin de l'aventure de Paul et Lucas.

Avec RMCS, j'ai essayé en particulier de donner envie à des non-lecteurs d'essayer de lire. De les accrocher avec mon style d'écriture, proche de celui d'une série Netflix. Avec NPP, j'espère attirer des non-lecteurs de science-fiction grâce à la romance qui est au coeur de l'histoire ainsi que les illustrations qui sont là pour continuer d'accompagner la lecture, la rendre plus facile, plus fluide et qui me rapproche un peu plus du cinéma. Cela reste un livre dynamique, facile à lire, mais je pense également intelligent et qui vous fera réfléchir sur notre avenir.

J'ai mis dans ce roman encore une fois tout mon amour et ma passion. J'ai intégré de nombreuses références au cinéma et aux séries TV qui j'espère vous ont plu. Je me suis énormément amusé à l'écrire, je suis d'ailleurs très triste que ce soit déjà terminé. J'espère que ce nouveau roman vous aura plu, ou vous plaira, et il est temps pour moi de penser à mon prochain livre.

Merci pour votre soutien, j'ai hâte de savoir ce que vous en avait pensé.

Florian

DU MÊME AUTEUR

Lior est un jeune Californien qui consomme l'amour en *swipant* sur son smartphone, à la recherche du coup de foudre. Suite à la pandémie du Covid-19, il décide de partir avec ses amis au Lake Tahoe le temps du confinement.

Quelques semaines plus tard, un midi, Lior leur raconte un rêve très étrange qu'il a fait. Étrange dans le sens beaucoup trop réaliste. Dans son rêve, il rencontre Julian. Une rencontre digne d'un film. Le genre de rencontre dont il fantasme depuis toujours, et bien plus excitante qu'un match sur une application dans la vraie vie. Mais, malgré son excitation, son réveil mit fin à son rêve et à sa romance avec Julian.

Ce qu'il ne sait pas encore, c'est que ce rêve n'est que le début d'une longue histoire.
Et si rêver était la plus belle chose qu'il avait à vivre ?

Retrouve-moi ce soir (le rêve de Lior et Julian) - Publié en 2020 - Disponible sur <u>amazon.fr</u> et sur <u>florianparent.fr</u>

LES SONGES D'ELIAS

Elias est un jeune garçon célibataire qui vit sa vie à travers son imaginaire et ses dessins. Chacune de ses journées est déjà toute tracée et est, comme à son habitude, sans grand intérêt.

Alors qu'il se rend à son travail, sa routine est soudainement chamboulée lorsqu'il fait une rencontre des plus déstabilisantes. Un homme aussi mystérieux que séduisant, qui va déclencher en Elias une passion dévorante, au-delà de tous ses fantasmes.

Quand tous les yeux sont rivés sur la fameuse tempête qui s'apprête à paralyser sa ville du Quebec, pour Elias, l'ouragan qui va bousculer sa petite vie tranquille a un tout autre nom. Il s'appelle Kyle, son nouveau collègue.

Les songes d'Elias est une douce et piquante nouvelle d'amour qui vous fera tourner la tête.

Les Songes d'Elias (2022)
Disponible sur <u>amazon.fr</u> **et** <u>florianparent.fr</u>

Et si vous tombiez amoureux de votre meilleur ami, que feriez-vous ?

Pour nombreux d'entre nous, c'est l'histoire de nos vies. En tout cas, c'est celle de Julien. Un jeune lycéen qui voit son quotidien chamboulé lorsque débarque en cours d'année un nouvel élève dans son bahut. S'en suivent trois années d'amitié passionnelle qui vont à jamais le marquer et définir qui il est.

Et quand 20 ans plus tard, cet amour réapparait soudainement dans sa vie, les adolescents qu'ils étaient autrefois doivent prendre une décision. Seront-ils prêts cette fois à vivre leur histoire ?

« À ceux que nous étions » est une déclaration d'amour à notre jeunesse. Une romance qui vous fera voyager dans les années 2000, à travers une histoire de remise en question et de construction de soi. Un chemin de vie balancé entre instants de joie et profonds chagrins. Mais